ANNIE

Le cœur en laisse

DU MÊME AUTEUR

L'Éveil, *Stock*, *2016* ; *Le Livre de Poche*, *2018*
Toni, *Stock*, *2018 ; Le Livre de Poche*, *2021*
Les Os des filles, *Stock*, *2019* ; *Le Livre de Poche*, *2020*

Line Papin

Le cœur en laisse

roman

Stock

Jaquette et illustration : © Raphaëlle Faguer

ISBN : 978-2-234-09120-7

1.

Dernier voyage

Le paysage tombait en pente verte, le soleil tapait contre les pierres et l'hôtel se dressait là, sur le flanc de la colline, ancienne bastide entourée de cyprès majestueux. Dans la piscine, des éclats de lumière scintillaient. La bastide était construite dans les roches de la falaise, si bien que l'hôtel évoluait vers le bas, et non vers le haut. L'ascenseur descendait jusqu'à l'étage « moins cinq ».

C'était lors d'un de ces voyages qui doivent tout sauver ou tout perdre. Nous avions décidé de partir, une dernière fois, en week-end. Inès, notre amie commune, nous avait conseillé cet endroit luxueux à Gordes au milieu de la verdure. Elle avait glissé à Isabelle qu'une telle pause nous redonnerait un peu d'élan. C'est ainsi que nous nous étions engagés dans l'un de ces voyages qui portent la responsabilité de l'amour. Nous avions traversé des années d'entente, tendres mais monotones, et nous nous demandions s'il fallait continuer ensemble celles à venir. Isabelle, encore pleine d'espoir, se raccrochait au ciel bleu, aux montagnes, aux oiseaux, aux rivières qui passaient sous son regard trouble. Mais moi, les pieds battant tristement dans l'eau de la piscine, je savais que cette histoire était vouée à l'échec : écrivain, j'aimais le silence créatif ; psychologue, elle préférait l'analyse. Une signature au bas de la feuille, une alliance, un nom apposé au sien sur la sonnette, un enfant : ces projets, qui me plaisaient dans un futur vague, me paraissaient impossibles sous sa pression constante. Qui plus est, elle ne comprenait rien à mon travail ni à mon quotidien solitaire. Quand je parvenais à écrire ou, au moins, à penser, j'étais heureux, mais même cela elle ne le comprenait pas. Je soupirais :

– Je suis crevé.

– Crevé, mais tu ne fais rien ! répliquait-elle.

– Rien ? J'écris un livre.

– Ah oui ? Je ne te vois pas travailler.

– J'écris toute la journée, Isabelle, dans ma tête. Je pense à en crever, le long des heures, des jours, des nuits, des moments mêmes où tu dors !

Elle ne voulait rien savoir, entravait mon imagination, s'agrippait au bas de mon pantalon, pour me tirer en arrière. J'avais envie de liberté, d'avenir. Elle rétorquait :

– Mais moi aussi, Maurice. Je te vois devant moi, dans l'avenir, avec notre enfant.

– C'est justement le problème, Isabelle. Si tu me vois devant, il est logique que je te vois, moi, derrière.

Nous avions espéré vivre une histoire passionnelle, mais il n'y avait jamais rien eu de tel entre Isabelle et moi. Notre couple relevait plutôt de l'amitié, et si elle craignait notre séparation, je l'envisageais sérieusement.

Nous passâmes l'après-midi au bord de l'eau. J'évitais de parler de nous, elle profitait du beau temps, sans oser exposer sa peau diaphane. Ni l'un ni l'autre ne voulaient évoquer les soucis, si bien qu'au fil des heures nous plongions dans un silence prudent. Les remarques sur le charme du paysage ou les conditions météorologiques ne suffisaient pas à remplir la discussion. Mes tentatives de rire étaient feintes. J'exagérais une bonne humeur qui, dès lors, devint factice. Les soupirs de bien-être que poussait Isabelle, s'étirant sur sa chaise longue, sonnaient également faux. Très vite, nous comprenions que notre bonheur d'être à Gordes n'était pas le bonheur d'être ensemble.

Le soir, nous rentrâmes dans la chambre changer de tenue pour le dîner. Sans le soleil, nous n'étions plus que tous les deux. Nos regards se croisèrent avec ennui : que dire ? Non, ces trois jours n'allaient pas être idylliques. Il s'agissait d'Isabelle et moi, non d'un jeune couple arrivé en lune de miel à l'hôtel, comme nous voulions nous le faire croire. Non, ça ne marchera pas. Assise au bord du lit, enfilant ses chaussures plates, elle soupira :

– Si on avait eu un enfant…

Je la regardai, effaré. Elle préférait nous verrouiller, plutôt que de nous libérer.

– Si on avait eu un enfant, on serait mal barrés ! dis-je.

Elle retint un sanglot. Lui causer de la peine m'affligeait, mais poursuivre cette union tiède et mal ajustée me semblait encore plus consternant. Je n'avais pas l'habitude de la brusquer mais il fallait pourtant bien qu'elle comprenne. C'était une femme intelligente et elle saisit très bien : elle se releva, lissa ses cheveux derrière ses oreilles et esquissa un sourire triste.

– On y va ? demanda-t-elle.

Je passai une main autour de ses frêles épaules et nous nous rendîmes dans la salle du dîner.

Celui-ci était servi au deuxième sous-sol, dans une vaste pièce dont les baies vitrées donnaient directement sur le flanc fracassé de la montagne. C'était une vue de falaise, dramatique, éclairée avec superbe par des feux flamboyants. Quelque part, une eau limpide coulait, on en voyait le pudique reflet perdu dans les vallons. Nous traversâmes la salle jusqu'aux chaises qui nous étaient réservées : des écriteaux avec nos noms étaient épinglés sur le dossier. Je repérai le mien sans difficulté et celui d'Isabelle, naturellement, se trouvait à côté. Ce dîner ne serait toutefois pas un tête-à-tête : huit chaises entouraient chacune des quatre tables. Nous allions partager notre repas avec d'autres clients, bon gré, mal gré. Ce principe avait amusé le chef restaurateur : dans cette salle spacieuse, les inconnus devaient se rencontrer. Isabelle parut décontenancée. Je n'étais moi-même pas d'humeur sociable.

Nous nous assimes en face d'un couple âgé, tiré à quatre épingles. Bientôt, un jeune homme, vêtu d'un costume rose pâle, prit place à la gauche d'Isabelle. Il restait trois chaises vides à notre table. Quant aux autres, elles étaient presque complètes. Le maître d'hôtel sonna une cloche, signifiant que le dîner allait être servi. La lumière s'est tamisée et le spectacle a commencé. Les serveurs en livrée arrivaient, bouteilles à la main, tournoyant, ils passaient un bras au-dessus de nos têtes et, gracieusement, versaient dans nos coupes le liquide pourpre. Ils se courbaient ensuite, dans l'attente de nous voir goûter, puis repartaient, valdinguant. Un temps, et ils revenaient en entrechats, les entrées hissées au bout de leurs doigts recourbés. Les yeux d'Isabelle s'étaient illuminés. Nos voisins souriaient. Nous n'avions pas encore échangé, je glissai donc, l'air jovial :

– Bon appétit !

Le vieux monsieur leva son verre. Sa femme aussi. Nous trinquâmes. Puis, dans le silence que connaissent les inconnus à table, nous nous mîmes à mâcher doucement. Le jeune homme en rose se pencha vers moi :

– Permettez-moi… J'adore vos romans, monsieur Mollgaard.

Étonné d'entendre mon nom, je toussai dans ma serviette et lui fis signe d'attendre, incapable de répondre. Je bus une gorgée de vin, puis souris :

– Merci, monsieur.

– Je suis ravi de dîner à la table d'un grand écrivain !

– Enchanté, dis-je, je vous présente ma… ma compagne, Isabelle.

Il la salua. Le couple me regardait avec admiration. Isabelle, à qui mon hésitation n'avait pas échappé, fut à la fois fière et blessée. Heureusement, la valse des serveurs vint à mon secours et dissipa quelque peu cette gêne : les plats suivants arrivaient.

– Alors, vous écrivez un nouveau livre ? me demanda le jeune homme en rose.

– Oui, je suis…

Ma phrase resta en suspens. Je venais de la voir : à l'entrée de la salle, le maître d'hôtel avait ouvert la porte à des retardataires. Elle était là, grande, dressée d'argent, le visage déchiré de beauté. Je ne la connaissais pas, non, je ne l'avais jamais vue, mais elle me transperça le cœur. Il me parut l'avoir toujours connue.

Décelant ma stupéfaction, Isabelle se tourna vers l'entrée. Elle perçut les quatre personnes qui s'avançaient dans la salle. Trois étaient des hommes, vêtus d'habits colorés et déstructurés – sans doute des modeux. Le premier, chauve à lunettes rectangulaires, se dirigea vers la table derrière nous. Il fit signe aux autres d'aller chercher leurs noms sur les sièges. Il y avait cette femme…

Je regardai les trois chaises libres à notre table et mon cœur fit un bond. Pitié, non. Si elle venait… Je ne pourrais pas…

– Vous disiez, pardon ? Vous écrivez un nouvel ouvrage ? reprit le Rose, de sa voix de fausset.

Il n'avait pas remarqué mon trouble.

– Je… Oui, je suis sur un nouveau projet.

Isabelle reposa ses couverts, excédée. Je n'arrivais pas à cacher mon émotion et transpirais. Cette femme était là, derrière… Une vision d'elle, de son visage, et tout s'écroulait. Cette femme, avec son allure époustouflante, me signifiait l'insignifiance d'Isabelle et la sienne de signifiance. Je l'entendais rire et cet éclat me disait : la vie est courte, Maurice, et la Terre bien grande.

Gordes, c'est un nom qui se casse la gueule lui-même : on dirait qu'il tombe dans un gouffre, au bord duquel seul le retient son petit *d*, comme un doigt agrippé aux derniers rochers avant le précipice. Gordes… Il y a dans ce nom la misère de deux jambes ballantes, apeurées. En bas, les roches se fracassent, d'étage en étage, et sur les plateformes, chaque fois, une étendue de verdure, une piscine perdue, un banc, un golf, une rangée d'arbres, puis cette falaise soudain qui tombe, bim, jusqu'à la plateforme suivante, on dirait que ça ne va jamais finir… Ainsi mon cœur tombait-il d'étage en étage. Qu'avait-elle espéré, Isabelle ? Bien sûr que nous nous casserions la gueule à Gordes. Bien sûr que j'allais rencontrer quelqu'un d'autre, dans ce vertige d'étages et de paysages :

cette femme se tenait là, derrière moi, avec son visage coupé au mystère… Je jetai un coup d'œil vers elle. Soudain, elle me rendit mon regard. Ses yeux se fixèrent droit aux miens. Affolé, je tournai la tête vers mon assiette et entendis le maître d'hôtel lui désigner notre table : « Par ici, madame Braun. »

Elle s'approcha de nous, tira la chaise juste à côté de la mienne. C'est là qu'elle devait s'asseoir, Mme Braun. Bien sûr, j'aurais dû me lever, comme les autres, mais, incapable de cette politesse, je restai paralysé. Elle me contourna avec son odeur orageuse comme un voile irisé, de ma droite à ma gauche, et son corps s'assit à côté du mien. « Monsieur », dit-elle. C'est de moi qu'il s'agit. « Oui », je réponds. Il fallait dire « Madame » ou bien se lever mais, non, moi je reste assis et je dis « oui », simplement, et elle penche son visage si près du mien que j'ai soudain ses lèvres presque sur mes lèvres, son nez presque contre mon nez, ses sourcils presque dans les miens. Elle est si intrusive que j'ai envie de répondre davantage que oui, j'ai envie, de peur comprenez, de surprise, j'ai envie de dire : merde. Je dis : oui. Oh, je regrette ce petit mot, donné comme un accord au malheur. « Monsieur » : sa voix sensuelle, vibrante. Toute l'éternité, toute la sinistre éternité dans ce « monsieur », et moi qui acquiesce ! Il fallait dire : « Non, merde, ça va bien se passer, tenez, prenez le tartare, il est bon. » Mais moi je dis : « Oui. » Parce que ses lèvres pourpres et la falaise de

Gordes, parce que le moins deux, le moins trois, le moins quatre, parce que la pluie bientôt et les nuages gris, parce qu'Isabelle et le TGV, parce que Braun pour commencer, et pas Dutronc, pas Dubois, ça aurait pu être Mme Dutronc, alors je n'aurais pas répondu « oui » au dramatique « monsieur », j'aurais dit bonjour naturellement, mais Braun, l'opaque et sombre couleur de son nom, Braun, et ce visage surtout. Ça engage à dire oui, fatalement, oui, comme un fuyard pris dans un cul-de-sac, qui se rend, « monsieur », mains sur la tête, « oui ».

Mme Braun. Son visage est une scène de drame que l'on traverse en train. Un rail vertical va du haut de son front, le long de cette veine qui descend jusqu'à la glabelle, au nez aquilin, pour tomber sur les lèvres. Il coule entre les deux dentelles supérieures, rebondit sur la lèvre inférieure et va mourir sur la pointe du menton. Ses yeux verts, entourés de noir, brillent comme deux rayons de lune dans la nuit. Il y a là les mystères, les amours, les secrets. Et je veux tout savoir. Elle pourrait pleurer ou rire mais elle se tait, et je vais m'écrouler, comme les montagnes de Gordes, à ses pieds. Je ne sais pas pourquoi, il m'illumine et me plaît, ce visage. Il parle, même la bouche fermée. Je ne peux pas le quitter. Il me parle, il me plaît. C'est inexplicable et fatal.

Il me plaît tant que je n'ai pas réussi à dîner, après ça. La présence de Mme Braun à ma droite était un supplice, redoublé par celle d'Isabelle à ma gauche. Je feignis d'abord le naturel et souris à ma nouvelle voisine, afin de ne pas éveiller les soupçons de ma compagne ni décevoir le jeune homme en rose, lequel avait une haute opinion de moi. Il fallait rester poli, sans avoir l'air épris. Pourtant, mes mains tremblaient, une goutte de sueur perlait à mon front, mon sourire était crispé et je laissai maladroitement tomber mon couteau. Isabelle comprit tout de suite ce qui se tramait. Elle me scruta d'une manière tranchante, qui n'eut pour effet que d'accroître mon malaise. Je décidai alors d'ignorer Mme Braun, ce qui n'était pas aisé, l'ayant à ma droite, son avant-bras quasiment contre le mien.

Les serveurs venaient de poser les desserts devant nous et demandaient si nous préférions un café ou une tisane. J'optai pour la seconde proposition, songeant que mon cœur, qui battait déjà la chamade, ne supporterait pas une goutte de caféine en plus. Ils versèrent les boissons digestives et disparurent. Isabelle et moi-même étant silencieux, le jeune homme en rose menait la conversation. Il demanda au couple âgé s'il avait prévu des visites dans la région. Puis, il se tourna vers Mme Braun :

– Et vous, madame ?

– Oh non, je n'aurai pas le temps. Je suis venue travailler, avec mon agent, mon styliste et un photographe. Nous prenons des photos pour un magazine.

Je rougis malgré moi. Le timbre de sa voix était divin. Sans doute n'étais-je pas le seul à être foudroyé, puisque plus personne ne parla après ça. Pour briser cette confusion, Mme Braun ajouta :

– Je suis mannequin. Et actrice, à mes heures perdues !

– Une actrice et un écrivain ! C'est une table artistique ! plaisanta le Rose.

Elle rit alors, du rire le plus charmant du monde. Je ne pus m'empêcher de lever les yeux vers son visage éblouissant, ni de lui sourire en retour, mais je sentais Isabelle, à ma gauche, qui se crispait.

– Vous êtes écrivain ?

Mme Braun me considérait avec curiosité. Elle interrogea également Isabelle du regard, et cette politesse n'échappa à personne. Je me surpris à être timide :

– Oui…

Heureusement, le Rose vint à mon secours :

– Il est très connu ! Ses livres sont hors du commun.

– Arrêtez… Il dit n'importe quoi.

Mme Braun sourit, porta son verre à sa bouche, but une gorgée puis ajouta, clignant ses longs cils recourbés :

– Vous êtes modeste. Je vais les acheter, et je verrai par moi-même. Quel est votre nom ?

– Mollgaard… C'est difficile à retenir… C'est danois.

– Danois ! Mais non, c'est très facile. J'adore le Danemark. J'ai beaucoup d'amies danoises. Mollgaard. Et votre prénom ?

– Maurice.

– Maurice Mollgaard… Maurice Mollgaard.

Elle répétait ce nom lentement, en le lustrant de rêves. Elle le disait d'une si belle manière que je ne le reconnus pas moi-même. Était-ce vraiment le mien ? Il me sembla que ce Maurice Mollgaard là devait être bien fameux et bien chanceux.

– Et vous ? dis-je bêtement.

– Ambroisie.

– Pardon ?

– C'est original aussi, n'est-ce pas ? Ça ne se retient pas facilement non plus. Ambroisie, oui, c'est mon prénom. Ambroisie Braun.

Je ne répondis rien, fasciné. Comment était-ce possible, que cette créature divine porte un nom d'élixir, un mot du lexique de l'Olympe ? C'était trop beau, pour un auteur.

Isabelle, furieuse, prétexta un malaise et quitta la table. Je me levai brusquement pour la retenir et, dans ma hâte, tapai contre ma tasse, qui se renversa complètement. Sous l'effet du pantalon ébouillanté, je poussai un hurlement. Toute la salle me regarda. Les serveurs accoururent, l'un essuyant la nappe, l'autre appliquant une serviette sur mon entrejambe. Je les remerciai et leur signifiai qu'ils pouvaient partir, je me débrouillerais seul. Le tissu collait douloureusement à ma peau et Isabelle était visiblement fâchée. Elle fit signe qu'elle s'en allait. J'allais m'éclipser derrière elle lorsque quelqu'un m'attrapa le bras. C'était Ambroisie. Ses yeux verts me souriaient, sa main se refermait tendrement autour de mon avant-bras.

– Vous ne vous êtes pas fait mal ?

– Non, non… Juste une tache… Merci, madame. Je dois y aller…

Ma maladresse la touchait. Son expression était douce et chaleureuse. Elle sourit si joliment que ma honte se dissipa :

– À bientôt, Maurice.

– Au revoir, Ambroisie.

Dans la chambre, Isabelle s'était glissée sous les draps. Elle avait éteint sa lampe de chevet et s'était endormie, dos à moi. Bien sûr, je n'ai pas réussi à trouver le sommeil. Je m'en voulais de lui avoir fait vivre une telle soirée. Quelle indélicatesse, pensai-je, d'exhiber ainsi mon coup de foudre devant elle, qui avait organisé ce voyage pour nous… Je me fustigeai de tous les noms. N'aurais-je pas pu me retenir ? J'allai sur le balcon fumer une cigarette. La nuit avait enveloppé les falaises, les cyprès découpaient de longues pointes d'ombre noire sur le ciel gris, et la lune, qui était pleine, mangeait la lumière des étoiles. Je soufflai ma fumée blanche dans l'air chaud. Je n'avais eu aucun geste déplacé. C'était le jeune homme en rose qui avait tout orchestré. Moi, je n'avais fait que répondre aux questions. Non, je n'avais rien entrepris, Isabelle n'avait aucune raison réelle de m'en vouloir. Et puis, c'était elle qui avait tenu à ce week-end. Je l'avais prévenue : pour moi, ces trois jours étaient les derniers. J'écrasai ma cigarette dans le cendrier. Les lumières orange, aux fenêtres des hauteurs, formaient des petits brasiers qui brûlaient toute la colline. Comme c'était dommage de se faire mal au cœur dans un si bel endroit. Cet hôtel, perché sur son village, ne serait pas un simple souvenir mais un véritable tournant. Voilà ce qu'il semblait lui-même savoir, du haut de son coteau. Il ne laisserait passer aucun mensonge. Après tout, c'est pour ça que j'étais venu, pour l'entendre me dire : cesse et change.

À mon réveil, le lendemain, le soleil était déjà haut dans le ciel, et la place à côté de moi, vide. Il devait être midi passé. J'avais fini par m'endormir, assommé par mes émotions. Quel imbécile ! Nous avions prévu de rejoindre le groupe de randonnée qui partait à dix heures pour le sentier des Ocres. Isabelle était-elle partie avec eux ? Nous avions également réservé des tickets pour la visite du château de Gordes et des caves de Saint-Firmin. Je me levai d'un bond, enfilai une chemise, fis tomber, dans la précipitation, le cendrier, lâchai un grand « merde » et me ruai vers mon pantalon quand j'entendis une voix lénifiante :

– Pas la peine de te presser, Maurice.

C'était Isabelle. Elle parlait depuis la salle de bains.

– Isabelle ! Tu n'es pas partie !

J'accourus vers elle, qui se tenait dos à moi, face au miroir, et terminait de ranger sa trousse de toilette. Nos regards se croisèrent dans le reflet. Le sien était sévère.

– Je m'en vais, dit-elle.

– À… à la randonnée ?

J'hésitai un instant, car son expression était bien inflexible et froide pour quelqu'un qui partait se promener.

– Non, à Paris.

Elle referma sa trousse, l'emporta avec elle et poussa mon corps, qui gênait la sortie de la salle de bains. Sa valise était déjà faite. Elle glissa ses dernières affaires dedans puis se tourna vers moi, l'air de dire au revoir. Ses sourcils tremblaient d'émotion, des larmes se battaient au coin de ses yeux pour ne pas tomber, elle m'aimait encore, dans le haut de son visage. Mais le bas de son visage, lui, me détestait : son nez pincé, ses lèvres serrées, ses mâchoires fermes étaient durs et intraitables. Elle hocha la tête et sortit. La porte claqua derrière elle.

Cela aura été trois jours, rien que trois jours. La phrase se répétait dans ma tête. Trois jours qui s'étaient résumés en une journée. Pas la peine d'aller plus loin, semblait me souffler l'hôtel. À l'accueil, je demandai le prochain départ pour Paris et partis sans remords. Gordes avait répondu à toutes nos questions.

2.

Un vernissage

À Paris, je décidai d'oublier la peine d'Isabelle et le regard d'Ambroisie. L'une était inévitable, l'autre irretrouvable. Je ne pouvais rien faire, ni pour consoler la femme que j'avais quittée, ni pour retrouver celle que je ne connaissais pas. Je me concentrai donc sur le travail. Il y en avait beaucoup : je venais de sortir un roman quelques mois plus tôt et l'on m'avait convié à de nombreuses dédicaces et interviews. J'avais régulièrement rendez-vous dans les librairies, à la radio, à la télévision ou dans des clubs de lecture. Ainsi mes journées bien remplies ne me laissaient-elles de temps ni pour le remords ni pour la rêverie.

Par chance, j'avais gardé mon appartement, malgré l'insistance d'Isabelle qui trouvait cela anormal de ne pas emménager ensemble après cinq ans de relation. Je voulais absolument maintenir mon lieu d'écriture et cela la sidérait, elle ne voyait pas comment l'on pouvait concevoir un enfant sans habiter ensemble. Je saluai ma conviction, car quoi de pire, pensais-je, que les soucis logistiques lors de ruptures amoureuses. Somme toute, mon quotidien ne changea pas beaucoup. Les semaines passaient et je m'accommodais très bien de mon célibat. Seul avec mon chat, Rodolphe, nous avions une routine plaisante. Ce matou, qui n'aimait pas mon ancienne compagne qu'il considérait comme une rivale, avait pris l'habitude de dormir avec moi, de manger à ma table, d'écouter mes histoires, de faire sa toilette pendant que je me douchais et il n'aimait pas qu'une tierce personne dérange nos rituels familiaux. Il voyait la présence d'Isabelle d'un très mauvais œil et il était déjà arrivé qu'il intervienne violemment lors de nos ébats, griffant et crachant afin de récupérer sa place dans le lit. Isabelle réciproquement n'aimait pas Rodolphe, et ce fut peut-être là le début de nos désaccords, lesquels se poursuivirent avec l'appartement, qu'elle jugeait crasseux et désirait me voir quitter.

Pourtant, ce petit lieu était parfait pour moi : un deux-pièces où traînaient des livres empoussiérés, des tasses à café, des feuilles volantes, des mégots, des chaussettes et la litière de Rodolphe. En cela, Isabelle était d'accord avec ma mère : à bientôt quarante ans, il était temps, selon elles, d'acquérir un appartement plus grand, de le décorer et d'en faire une habitation bourgeoise. Cette dernière qualification n'était pas la leur mais la mienne. Je trouvais terriblement ennuyeux de s'établir, choisir des tapis, des fauteuils, des bols de petit-déjeuner… Qui plus est, il me paraissait aberrant de penser que j'allais avoir quarante ans. Ce verdict, qui désigne moins un âge qu'une situation, me faisait peur. Quarante ans ! Cela ne m'avait jamais choqué chez les autres mais pour moi... C'était tout bonnement impossible. Non que j'aspirais à l'éternelle jeunesse, mais simplement parce que rien ne me renvoyait l'image d'un type de quarante ans. Il me semblait, à vivre parmi les livres et les cigarettes, dans mon studio, que j'étais plutôt le reflet d'un jeune garçon ou bien d'un vieillard. L'homme qui se tenait entre les deux, je ne me le définissais pas. Sans doute manquais-je des éléments qui nous font nous sentir fort, responsable, élégant... Je me voyais encore comme un être brouillon, à un bord ou l'autre de la vie, non au centre. Mes amis avaient des situations qui les rendaient adultes. Stéphane, par exemple, était directeur de son agence immobilière, et cela lui avait conféré un sens des responsabilités. Mais moi, j'inventais des personnages, j'écrivais des histoires, je vivais dans l'imaginaire. En société, j'étais mal à l'aise et ne trouvais aucune adéquation entre l'écrivain de quarante ans que les gens décrivaient et ma propre personne. Par ailleurs, je n'avais ni épouse ni enfant, ce qui inquiétait ma mère. Je lui rétorquais qu'il devait y avoir un bon nombre d'hommes comme moi, à ne pas saisir à quelle vitesse le temps passe. C'est peut-être pour cela que les hommes sont plus bêtes que les femmes, selon certaines études, lui disais-je. Elle acquiesçait d'un haussement de sourcils qui signifiait « évidemment ! ».

Nous passons des décennies entières à errer, avant de comprendre que nous sommes mortels. Elles savent, plus vite, que les années ne sont pas innocentes. Enfin, c'est un autre sujet. J'ai tendance à m'égarer. D'ailleurs, mon éditrice soulignait toujours les digressions sur mes manuscrits, traçant le long des paragraphes d'élucubrations de grandes vaguelettes rouges. Elle me demandait souvent de les couper. Cette fois, je vais le faire moi-même, à la source.

Mon éditrice était une Italienne de soixante ans, au timbre de voix enroué par la cigarette. Elle portait des vêtements de couleurs extravagantes et des talons hauts. Elle avait un châle, qu'elle jetait pardessus ses épaules, d'une manière très classieuse. Bien qu'elle ait quitté l'Italie depuis longtemps, tout, chez elle, était italien : de l'accent aux goûts culinaires, des tissus de ses rideaux au nom de son chien. Elle s'appelait Elena et tenait Maurice Mollgaard pour « son petit chouchou ». Ce surnom, qui me faisait plaisir en privé, était très gênant lors de réunions publiques. Elle me nommait ainsi depuis notre rencontre, vingt ans plus tôt. À vrai dire, je la considérais moi-même comme une mère : quand je l'avais connue, j'avais vingt ans et, du haut de ses quarante, elle était une très belle femme, au flair littéraire sans pareil, généreuse et rassurante. Elle m'avait pris sous son aile et m'invitait régulièrement à boire le thé, à discuter de mes projets, de mes personnages… Elle n'hésitait ni à me féliciter ni à me gourmander.

C'est Elena qui m'envoya au Salon du Livre de Paris, ce mois-là, pour présenter mon roman, *Délétères.* Et c'est au Salon du Livre de Paris, ce mois-là, que l'événement eut lieu... On m'avait assigné un stand dans le périmètre duquel je devais me tenir, assis derrière une table, sous la bannière de ma maison d'édition. Je passais la majeure partie du temps à attendre. Dès que quelqu'un se présentait, je dégainais mon sourire et signais, puis je retombais au fond de ma chaise. C'est alors que je l'ai vue arriver. On ne pouvait pas la manquer : ses chaussures à talons claquaient contre le sol, on l'entendait du bout de la travée, elle faisait de grands gestes dans son manteau de fourrure. Son sac en cuir tapait contre sa cuisse et elle scrutait les alentours, par-dessus ses lunettes de soleil. J'étais assis à la première table, près de la porte d'entrée, mais, dans sa précipitation, elle ne me vit pas. Elle s'adressa au gardien :

– Savez-vous où est Barzini ?

– Comment ? Qui ça ?

– Barzini. Enfin, vous savez bien qu'il vient aujourd'hui. Il n'y a que lui à voir, ici.

– Je ne savais pas, non. Le créateur ?

– Oui, bien sûr. Il n'y en a pas cinq cents. Il vient signer sa biographie.

– Je ne sais pas où il est, désolé. Mais tout est réparti par stand, selon les maisons d'édition. Quelle maison publie son livre ?

– Je n'en sais rien, la maison du livre ! Je cherche Barzini, c'est tout.

Elle a soufflé, tapoté l'épaule du gardien, l'air de dire ce n'est pas grave, puis elle a sautillé sur ses chaussures jusqu'à l'extrémité de l'allée. Elle avait, en parlant, un accent que je n'avais pas remarqué à Gordes. Je demeurai immobile, secoué par cette apparition et, bêtement, je me demandai où était Barzini. Ce nom même me restait en bouche, comme si c'eût été celui du hasard et de l'amour. Barzini... Et ses talons claquaient.

Obligé de rester assis derrière ma table, je ne pouvais qu'espérer et attendre qu'elle repasse. Elle n'y manqua pas : une heure plus tard, je la vis arriver, toujours aussi grandiose avec ses gestes et ses accessoires, entourée cette fois de deux hommes dont l'un était en costume gris, avec une chemise blanche, et l'autre, le fameux Barzini sans doute, en longue veste de cuir avec des bagues fantasques aux doigts. Elle allait de l'un à l'autre, parlait, agitait ses mains et ses poignets. Je voyais ses jambes, à travers les pantalons des messieurs, qui accéléraient. Passant devant moi, l'homme en costume croisa mon regard. Il s'écria alors :

– Monsieur Mollgaard ! Comment allez-vous ?

Je ne le reconnaissais pas mais je répondis le plus vite et le plus naturellement possible :

– Très bien, et vous ? Ça va ?

Il acquiesça, me serra la main et fit les présentations : la veste en cuir était bien Barzini et la dame qu'il me désignait, Ambroisie. Son visage s'éclaira :

– Maurice Mollgaard... !

Nous nous sourîmes. Elle avait galvanisé mon nom de la même manière qu'à Gordes. Ainsi le hasard nous réunissait-il… Comment était-ce possible ? Son regard étonné sondait mon visage et la couverture de mes livres, étalés sur la table, cherchant une réponse à la question qui la taraudait : vous, ici ? Elle s'intéressa aux paquets de romans rassemblés devant moi :

– Dites donc… Vous en avez écrit !

Elle me fit un clin d'œil, puis ajouta :

– C'est l'occasion ! Je vais en prendre un. Lequel me conseillez-vous ?

Médusé, je ne pus répondre et regardai, hésitant, la couverture de mes romans. L'homme en costume vint à mon aide, il se saisit d'un livre et le brandit en l'air, vigoureusement :

– Le dernier : *Délétères* ! C'est par celui-là qu'il faut commencer.

Elle le serra contre sa poitrine, visiblement très enthousiaste. Le libraire, aux aguets, rappliqua :

– Vous souhaitez régler en espèces ou par carte ?

– Oh non, je vous l'offre !

Je me précipitai sur lui et l'empêchai de passer. Les trois autres rigolèrent. Ambroisie s'écria :

– Certainement pas. Je tiens à l'acheter. Par carte, monsieur.

Sa voix était chaleureuse et gaie, je me sentis profondément heureux. Quand elle eut terminé son achat, Ambroisie se pencha vers moi :

– Vous venez, ce soir, au vernissage de Christian ?

Je n'étais pas au courant, dis-je, me demandant secrètement de quel Christian il s'agissait.

– Mais si, à la galerie Banière ! Il expose ses dernières toiles, ce sera magnifique. Venez ! C'est à vingt et une heures.

Je feignis l'évidence, oui, bien sûr, la galerie Banière, je viendrais. Barzini, en retrait, s'exclama d'une voix grave :

– Ah oui, il faut venir ! C'est l'événement du mois.

L'homme en costume secoua la tête, faussement gêné :

– Mais non... Ce n'est rien. Enfin, ce serait un honneur de vous y voir, monsieur Mollgaard.

Je compris qu'il était le Christian en question. Je leur assurai que je serais là.

Parti du Salon vers vingt heures, il me restait peu de temps pour me préparer avant le vernissage de ce mystérieux Christian. J'enfourchai la Yamaha et roulai rapidement. Je tenais à repasser chez moi me changer. Sur le guidon, mes mains étaient moites, mon cœur battait fort, j'avais du mal à me concentrer sur la route. Je pensais à Ambroisie, à ses cheveux, à son rire, à mon livre serré contre sa poitrine. Je pensais à la galerie, à Barzini, à ce cocktail où j'allais apparaître, sans connaître personne, dans l'unique but de revoir Ambroisie...

D'habitude, je n'allais jamais à ce genre de soirées parisiennes. Je détestais les salamalecs et autres simagrées. Je trouvais pathétiques les pique-assiettes qui venaient se remplir le ventre de petits-fours et la panse de champagne. Personne ne regardait jamais les œuvres, tout le monde se foutait des artistes et des bouquins, à moins qu'il n'y eût un photographe dans le coin, alors on se précipitait vers la vedette pour figurer sur le cliché et, avec un peu de chance, page 84 d'un magazine mondain.

Heureusement, la galerie Banière ne se situait pas loin de chez moi. J'arrivai à l'heure, ce qui signifie, pour ces soirées-là, en avance. Mon casque sous le bras, j'avançai vers l'entrée où se trouvaient déjà plusieurs personnes habillées, coiffées et maquillées pour l'événement. Les adeptes des vernissages et autres inaugurations étaient toujours à la pointe de la mode. Ils portaient le tee-shirt dernier cri, le *it bag*, le bijou original, la veste du prochain défilé, les chaussures de la saison… Cela avait tendance à m'agacer mais, pensant qu'Ambroisie se trouvait parmi eux, je gardai mon calme. Tel un poisson dans les algues, je me frayai un chemin à travers la masse. Il y avait là des gens de toute sorte, des petits, des grands, des maigres, des ronds, des bruns, des roux, des blonds, et ils se mouvaient lentement, les uns contre les autres, se pressaient le corps, l'épaule, comme autant d'algues visqueuses, laminaires, diatomées, brunes, rouges ou vertes, en forme de fougère, de haricot, de laitue, wakamé, kombu, nori ou goémon… Tout cela était désagréable, d'autant plus que je n'y trouvais pas Ambroisie. J'avais beau scruter cette foule bigarrée, aucune trace d'elle. Je me tournai vers les œuvres de Christian, accrochées aux murs. C'étaient des peintures abstraites, plutôt gaies et solaires, des aplats de bleu, de vert, des segments jaunes, des rayons mauves, des cubes, comme des paysages de Hockney passés dans un mixeur. J'en étais à ce stade de ma réflexion quand une main se posa sur mon épaule :

– Maurice ! Tu es là !

Ambroisie se dressait derrière moi, avec un large sourire. Je remarquai qu'elle avait des canines pointues qui lui donnaient l'air carnassier. Ses pommettes hautes étaient roses, ses grandes paupières éclairées d'un fard pailleté. Elle était resplendissante.

– Tu es là depuis longtemps ?

Trop occupé à l'admirer, je n'avais même pas fait attention au glissement subtil qu'elle avait instauré, du vouvoiement au tutoiement.

– Je... Je viens d'arriver ! dis-je.

Elle m'accompagna boire un verre et manger quelques hors-d'œuvre, m'entretenant longuement du travail de Christian, de la manière dont il peignait et concevait ses toiles. Elle vantait sa réputation et l'accueil de son art auprès du public. Je la trouvais brillante. Souvent, notre conversation se trouvait interrompue par une ou deux personnes qui s'arrêtaient, la saluaient. Elle ne manquait pas de me présenter, Maurice Mollgaard, écrivain de talent. Je voyais dans les yeux des autres une approbation et un flottement : sont-ils amis ou amants ? Ambroisie se plaisait à ne rien expliciter. Elle posait sa main sur mon poignet, mon épaule ou mon coude. Ce contact permanent me rassurait : nous étions bel et bien liés.

Barzini se tenait à l'autre bout de la salle, ténébreux dans sa longue veste en cuir. Les gens se bousculaient pour lui serrer la main. Quelques flashs d'appareils photo ou de téléphones portables l'éclaboussaient. Stoïque, il faisait simplement signe qu'il fallait faire attention aux œuvres, derrière lui. Je demandai à Ambroisie s'il était peintre, lui aussi. Elle éclata de rire :

– Barzini ? Oh non ! Voyons, c'est un grand créateur, tu ne le connais pas ? De mode ! C'est un couturier.

Non, je ne le savais pas. Elle me rétorqua qu'il fallait à tout prix que j'aille dans l'une de ses boutiques admirer les coupes de ses vestes et de ses pantalons. Il faisait de très belles choses pour homme et avait été la coqueluche de la dernière Fashion Week. J'acquiesçai et promis d'aller voir. Elle me proposa de m'y emmener, dans la semaine. Quant à Christian, je ne l'avais pas vu de la soirée.

Vers minuit, la galerie ferma ses portes et congédia les invités. Ambroisie me proposa de venir avec elle et les autres dans un bar mais, épuisé, je déclinai l'invitation. La cacophonie des algues mouvantes, la lumière blanche des néons et des flashs, l'agitation permanente des corps, les bulles de champagne et toutes les phrases nouvelles qu'Ambroisie m'avait dites me donnaient l'impression d'avoir été, moi aussi, passé au mixeur avec les œuvres de Hockney, pour figurer, aplati et en morceaux, dans un tableau de Christian. Il me fallait absolument rentrer dans ma chambre sombre et silencieuse. Une prochaine fois, lui dis-je. Elle me serra contre elle et m'exprima combien elle avait été heureuse de partager cette soirée avec moi, puis glissa un papier avec son numéro dans la poche de ma veste. Je lui souris. Ainsi tenait-elle à me revoir... Cette femme extraordinaire attendait mon appel...

Démarrant ma Yamaha, j'étais encore étourdi. Ils avaient tous disparu, désormais le trottoir était vide, les lumières de la galerie, éteintes. Paris retrouvait sa forme anonyme et séculaire. Je roulai dans la nuit, admirant l'eau noire de la Seine et la blancheur des façades. Dans l'obscurité, les pierres, les pavés et les ponts de Paris lui redonnent le visage des siècles passés. Sous la lumière orange des lampadaires, la capitale se rappelle son histoire, ses révolutions, ses folies. Comme j'aimais cette ville, qui portait maintenant les marques et les réminiscences d'une vie. Elles étaient logées là, derrière les fenêtres de cet immeuble, sur cette place, cette station de métro, ce jardin ou cette fontaine. Partout dans Paris il y avait des fantômes de mon passé, des instants, des personnes, des sensations qu'un restaurant, une enseigne, un nom de rue me rappelaient. Souvent, quand je parcourais la ville à moto, je croisais un souvenir : mon école primaire, le square où l'on fumait entre les cours, le musée que m'avait fait découvrir mon père, la maternité qui m'accueillit au monde, l'immeuble de mon oncle, le parc de nos après-midi d'été, ma maison d'édition, la première librairie qui mit mes livres en devanture, l'agence de Stéphane, le cabinet d'Isabelle, le café fétiche d'Inès… Paris était une carte codée, où les rues portaient non pas le patronyme de personnes illustres, mais le petit surnom de mes propres remembrances. La galerie Banière allait s'inscrire sur cette carte : voici l'endroit où Ambroisie me prit dans ses bras pour la première fois et me donna son numéro.

Ce soir-là, pensais-je, ce n'étaient pas les tableaux de Christian qui avaient été recouverts de vernis, mais bien mon cœur battant pour Ambroisie. Le vernissage de notre histoire venait d'avoir lieu.

3.

Romance

À partir de ce soir-là, nous ne nous sommes plus quittés. Le lendemain, j'ai téléphoné à Ambroisie, qui m'a donné rendez-vous sous les arcades, dans le jardin du Palais-Royal, devant la boutique de Barzini. Elle m'a fait essayer des chemises, des vestes et je suis reparti avec deux sacs et trois housses. Je n'avais pourtant pas l'habitude de faire des achats vestimentaires, mais sans doute voulais-je lui faire plaisir. Nous avons mangé un morceau au Café Marly, puis nous sommes descendus jusqu'au jardin des Tuileries. Elle me tenait par le bras, tendrement, et me racontait diverses aventures rocambolesques et solaires. Tout me paraissait excessivement gai en sa présence. Même les pigeons, les piétons, les devantures des magasins, la forme des arbres me semblaient joyeux et drôles. Elle avait une voix éclatante, débordait d'énergie, faisait de grands gestes dans l'air, manquant parfois de frapper un passant par inadvertance. Elle n'avait peur de rien, les bâtiments ne l'intimidaient pas, ni les trottoirs, ni les voitures. Elle se plaisait dans Paris et, amoureuse de cette chair vivante qu'est une ville en mouvement, elle se fondait dedans.

Si je la quittais, le soir, pour un rendez-vous de travail, je la retrouvais le lendemain, afin de déjeuner. Ainsi nous sommes-nous revus chaque jour, dès que nous le pouvions. Entre une interview et une lecture, je filais la chercher, à moto. Entre une séance de photos et un essayage, elle passait un moment avec moi. Le soir, nous dînions dans les restaurants de son choix, toujours très réputés. Le matin, quand nous avions le temps, nous prenions le petit-déjeuner ensemble, dans un café. Finalement, je ne pensais plus qu'à ça, à l'instant où je roulerais dans Paris, à toute allure, pour rejoindre Ambroisie.

Elle ne m'avait pas encore invité chez elle et je n'avais pas osé lui montrer mon deux-pièces crasseux. Nous nous étions serrés, pressés, touchés, frôlés, mais je ne l'avais pas encore embrassée, et elle non plus. Cela faisait deux semaines que nous nous fréquentions et je me disais, avec une appréhension excitée, qu'il était temps de franchir ce pas. Je rêvais de ce premier baiser, adolescent pusillanime, tandis que je rangeais mon appartement. En vérité, il y avait tant de paperasses, de poussière et de mégots que mon maigre ménage était bien inutile. Déplacer une canette, mettre trois bouquins dans la bibliothèque, vider le cendrier, ramasser les mouchoirs et les stylos tombés par terre… Tout cela ne changeait pas grand-chose à l'état de mon endroit désordonné. Hors de question, me dis-je, d'inviter Ambroisie ici. Elle qui était si distinguée, elle ne supporterait pas la vue de mon nid. La sonnette coupa court à mes réflexions en retentissant d'un bruit aigu. Je n'attendais personne, pourtant… Mon cœur se mit à battre. Qui était-ce ? Elle ? J'essuyai mes doigts moites sur mon pantalon et jetai un regard alentour. Tout était sale. Si c'était elle, je n'aurais pas le temps de tout camoufler. La sonnette retentit une seconde fois. Nerveux, je me dirigeai lentement vers la porte. Pourquoi était-elle venue ? J'hésitai à ouvrir. Peut-être valait-il mieux faire semblant d'être absent ? Je me retirai à pas de velours, prudent, afin de ne faire tomber aucun objet ni craquer aucune latte. Il valait mieux m'éclipser, elle repartirait. Une prochaine fois, pensais-je, je t'inviterai quand ce sera propre, Ambroisie, tu verras, ce sera mieux. J'avais atteint le matelas et tentai de m'y asseoir sans bruit. J'avais honte, bien sûr, de faire la sourde oreille, mais c'était pour notre bien. Si j'ouvrais, elle penserait, mon Dieu, Maurice vit dans un endroit sinistre ; si je n'ouvrais pas, elle s'interrogerait, mais où est-il ? que fait-il ? La première solution susciterait le dégoût, la seconde la curiosité et l'amoureuse inquiétude. Cependant, la sonnette retentit une troisième fois :

– Ouvre !

C'était la voix de Stéphane. Je m'essuyai le front et m'étalai de tout mon long sur le matelas. Quel imbécile !

– Maurice ! Je t'ai entendu. Je sais que t'es là.

Je me levai pour lui ouvrir.

– T'en as mis du temps ! C'est pourtant pas si grand, ici.

– J'ai cru que c'était quelqu'un d'autre.

– Qui ? La mystérieuse créature qui t'a enlevé à Gordes ?

– Comment tu sais ?

– Isabelle en a parlé à Inès, qui me l'a répété et, naturellement, puisque tu ne donnes aucunes nouvelles depuis plus d'une semaine…

J'éclatai de rire, conscient de ma bêtise. Stéphane s'installa sur une chaise et me demanda de tout lui raconter en détail, ce que je fis amplement, mais j'épargnerai cette marmelade amoureuse à mon lecteur qui en sait déjà bien assez long. Il fut très heureux pour moi et dit que je méritais une grande histoire. En réalité, je n'avais jamais été en proie à de tels transports. J'avais aimé, bien aimé, beaucoup aimé, avec affection et raison, mais je n'avais jamais senti mon cœur battre d'une telle manière. Était-ce donc ça, l'amour, le vrai ? Stéphane rétorqua que j'en avais, en tout cas, l'air idiot. Il était ravi pour moi mais je lui manquais et il me pria de lui réserver un soir, un seul, je pouvais bien faire cela. Je ris et lui assurai que oui. Il regagnait déjà la porte quand, après un vague coup d'œil autour de moi, je lui glissai :

– Tu me préviendrais si tu trouvais un bel appartement, à louer ?

Son visage s'éclaira doublement, je venais de m'adresser à l'ami et à l'agent :

– Mais bien sûr ! Un trois-pièces ? Lumineux ? Plein sud ? Quel quartier ? Le même qu'ici ?

L'enthousiasme du vendeur prenait le dessus. Je m'amusais de le voir dans l'exercice de ses fonctions. Il m'assura qu'il prenait mon dossier en main :

– Je vais te dégoter une perle, tu vas voir ! Mais attention, hein, tu n'y foutras pas le bordel ?

Il m'exprima sa hâte de me voir dans mon nouveau chez-moi, qu'il trouverait dans les semaines à venir, et celle aussi de rencontrer cette femme qui me faisait tant de bien. Je lui serrai la main et il partit en trombe, déjà en retard à son rendez-vous.

Les jours qui suivirent, j'avais une seule et unique préoccupation : voir Ambroisie. Nous nous rendions dans les bars et les boîtes branchées qu'elle fréquentait, elle me présentait à ses connaissances. Nous rencontrions des gens sans vouloir, toutefois, être avec personne. Nous y allions moins pour parler aux autres que pour exposer notre bonheur et expérimenter notre duo : quelle image renvoyait-il ? Faisions-nous bonne impression ? Immanquablement, les gens avaient les yeux fixés sur nous. Il faut dire qu'elle était magnétique, sublime. Je n'étais pas vilain non plus. Nous nous plaisions et le miroir que nous tendaient les yeux des envieux nous plaisait lui aussi. J'étais fier d'être au bras d'un mannequin, elle était heureuse de présenter un écrivain. La journée, nous nous promenions dans Paris, de jardins en cafés en boutiques en terrasses… Nous arpentions les rues du Marais, paradions dans celle de Montorgueil, prenions des photos de nous, qu'Ambroisie rendait publiques sur ses réseaux sociaux. Nous étions beaux ensemble et pour la première fois je ressentis ce que c'était que d'être un homme. J'avais une femme magnifique à mon bras, intelligente et distinguée, j'étais cet écrivain talentueux et reconnu.

Je troquai mes tee-shirts sales pour des chemises, mes pantalons troués pour des smokings, je me soignais le matin, j'arrangeais l'ébouriffé de mes cheveux, je me rasais de près. Sur ma Yamaha, je n'étais plus cet individu indéfini qui allait d'un point A à un point B mais ce chevalier servant enfourchant sa monture pour rejoindre sa dulcinée. Je me mettais à abhorrer les fast-foods, les bières, les choses médiocres et désordonnées. Je ne jurais plus que par les restaurants étoilés, les vins de grands crus, les vêtements de Barzini, les lieux et les gens renommés. Je n'avais jamais prêté attention aux marques ni aux richesses avant, mais Ambroisie était une créature si fastueuse qu'elle m'apprit à développer un nouveau regard sur la vie : celle-ci pouvait être embellie si on la soignait. Il me semblait, à tout prendre, que c'était là l'occasion de me dépasser, d'être mieux que moi-même, et j'en voyais d'ailleurs l'effet positif dans les yeux de mes proches. Ma mère, qui était passée me voir, s'enthousiasmait à l'idée que je change d'appartement. J'allais déménager le mois prochain, dans un endroit propre, lumineux, spacieux, lui dis-je, et rien ne lui faisait plus plaisir. Elle était triste pour Isabelle, soupirait-elle, car c'était une gentille fille, mais ma nouvelle compagne avait l'air de me faire beaucoup de bien. Je lui affirmai que je n'avais jamais été aussi heureux. Lorsqu'elle repartit de chez moi, je vis à son œil admiratif qu'elle était ravie d'avoir devant elle ce nouveau Maurice Mollgaard. Quant à Elena, elle ne me reconnut pas. Tandis que j'entrais dans la maison d'édition, un lundi matin, elle me dévisagea de long en large avant de pousser un grand cri : « Mon chouchou ! Comme il est beau ! »

Somme toute, je constatais que cette nouvelle relation suscitait une hystérie favorable autour de moi. Je me laissai vite envoûter par Ambroisie, dont la vocation était d'envoûter tout le monde. Elle m'envoyait mille messages par jour, me proposait des centaines de rendez-vous dans Paris, et je répondais, j'y allais, car il me semblait que là où Ambroisie était, je devais – tout le monde devait – être. Elle avait le don de ne jamais manquer les événements mondains, de rendre huppé, par sa seule présence, un lieu ou une soirée ; et chaque pas qu'elle faisait était un pas à faire, car là où Ambroisie allait, il y avait vie et lumière. Tout Paris se dressait autour d'elle. Cette ville, qu'elle saturait de sa présence, était non seulement parcourue, mais aussi illuminée par elle. Ses déambulations énergiques formaient une mouvance constante et sacrée, semblable au rayon lumineux de la tour Eiffel, qui ne s'arrête jamais de tourner et favorise les lieux où il se pose. Ainsi suivais-je Ambroisie partout, sûr qu'elle pouvait, pour moi comme pour Paris, chasser l'obscur ennui de sa brillante irradiation. À ce propos, il m'arriva, un soir, en rentrant chez moi, de passer sous un réverbère qui, à mon approche, s'éteignit. Cela était anodin, bien sûr, mais l'effet me surprit. Une autre nuit, la semaine suivante, alors que je remontais une rue, gagnant mon appartement après un dîner en compagnie d'Ambroisie, je passai de la même manière sous une lampe qui grilla à mon contact. Était-ce une coïncidence ? Quand nous étions ensemble, aucun lampadaire ne cramait. Seul, je les étouffais comme des mèches sur mon passage. Cela me parut être une preuve que ma valeur électrique était plus importante aux côtés d'Ambroisie. Son ampérage était fort, le mien faible. Sans elle, ma puissance lumineuse foutait le camp.

Ambroisie ne manquait jamais une occasion de me voir. Elle me demandait des nouvelles de ma mère, me questionnait sur mes amis, se languissait de les rencontrer. Je compris qu'elle voulait faire partie de ma vie. Cette dernière, laissée en friche jusque-là, se comblait soudain d'une femme. Bien sûr, il y avait eu Isabelle, mais j'avais toujours gardé ma part d'intimité, mon studio, mes journées et même la plupart de mes soirées. Les autres femmes n'avaient jamais envahi mon existence, j'avais toujours pris soin de conserver mon espace intime de réflexions. Avec Ambroisie, c'était différent : elle prenait toute la place, ce qui m'enchantait. Elle sautillait dans ma vie, sur mon cœur, et sa voix faisait fuir les tristes pensées, les oiseaux de douleur qui s'y étaient nichés et s'envolaient maintenant, réveillés. C'était donc cela, être amoureux.

J'étais charmé par cette façon qu'elle avait de lisser les boucles de ses cheveux, de choisir des chaussures assorties à son sac à main, de manucurer ses ongles… Elle prenait soin d'elle et c'était agréable à voir, car c'était comme si elle prenait soin de la vie. Sa sophistication était aux antipodes de l'abandon dont j'avais fait preuve jusque-là. Avec Ambroisie, tout semblait avoir son importance, chaque détail paraissait crucial. Elle ne haussait jamais les épaules. Au contraire, ses épaules étaient bien en place, le long des lignes descendant de son cou, légèrement en arrière pour ne pas être voûtées. Leur position même semblait travaillée de sorte à tomber parfaitement. Rien ne dépassait chez Ambroisie, rien n'était négligé ou raté. Elle savait parler, dire bonjour, faire bonne figure, empocher des cartes de visite et laisser son numéro. Où que nous nous rendions – à un vernissage, au cinéma, au restaurant, au marché, en balade, ou simplement dans la rue –, Ambroisie charmait les gens, lesquels se retournaient inévitablement sur elle, le sourire aux lèvres. J'étais moi-même émerveillé et je la remerciais, secrètement, de prendre tant de place dans ma vie, d'appeler si souvent, de bavarder autant, de rire, d'aimer, de vivre si fort. La vie semblait bien plus vivante, Ambroisie à mes côtés.

Elle me donnait l'impression d'être dans la vérité des choses. Elle semblait tout savoir, se renseigner sur un maximum de sujets, et elle se montrait si convaincante que j'opinais toujours. Sa certitude était contagieuse : si assurée d'elle-même, je devenais sûr de moi. Mais de quoi étions-nous tellement garantis ? Ce domaine, où nous régnions, avait des contours bien flous puisqu'ils s'étendaient de la mode à la politique, à la littérature, au cinéma, à l'architecture, aux sciences, aux faits divers et même aux ouï-dire. Ses limites se révélaient indiscernables, mais Ambroisie paraissait si catégorique qu'il fallait bien la suivre : nous savions. Quoi ? Tout, puisque c'était la forme qui était irréfragable. Cette forme, c'était nous, notre corps, et nous en étions certains. Le contenu n'avait aucune importance, il pouvait bien changer, notre forme le recueillerait toujours d'une manière infaillible. Ambroisie ne laissait aucune place au doute. Sa démarche même était imparable. Elle avait confiance en elle, en ses longues jambes, en ses cheveux, en ses gestes et en ses mains. De la même façon, tout ce qui sortait de sa bouche devait être clair, exact, avéré. Personne n'avait le droit de la contredire.

Ce comportement ferme et irréfutable me plaisait. Ma carcasse molle avait justement besoin de s'accoler à un corps décidé. J'avais toujours eu tendance à répondre oui, puis non, à hésiter, changer d'avis, me plier aux raisonnements et aux envies des autres... Cela énervait mon amie Inès qui mettait ça sur le dos de l'astrologie : « C'est parce que tu es Gémeaux. » Isabelle était douce et conciliante, ce qui avait l'avantage de ne pas me brusquer, mais l'inconvénient de me laisser dans ce marasme d'imprécision, d'inconstance... Avec Ambroisie, tout se solidifiait, tout devenait net. Cette nouvelle attitude m'exaltait.

Qui plus est, elle était toujours précise dans ce qu'elle désignait, et je trouvais cela extrêmement appréciable. Les autres considéraient le teint, les ongles, les lèvres ; Ambroisie examinait les pores, les cuticules, les commissures. Cela s'étendait à tous les domaines : quand les autres achetaient sac, pantalon et veste, Ambroisie acquérait velours, nubuck, vachette. Tandis que les autres admiraient un bureau en cuir ou une coiffeuse, elle vantait la finesse d'attache du maroquin, la taille des caissons, l'allure d'un bonheur-du-jour. Rien n'était laissé au hasard, chaque angle, chaque ombre, chaque matière, chaque forme étaient scrutés et admirablement désignés par ses soins. Dans les galeries d'art où nous allions, j'étais fier de la voir parler des peintres, des couleurs, des courants artistiques. Elle distinguait tout avec finesse. Dans la rue, au lieu de s'exclamer : « quel bel immeuble », elle remarquait les cariatides, les motifs Art déco, les moulures et les corniches.

Elle était à la pointe de la sophistication, bondissait même sur les trois *i* du mot, savait et avait d'avance. En matière vestimentaire surtout, elle était indépassable. Elle prenait soin de toujours surprendre par des tenues extravagantes. Un jour, elle avait revêtu une robe de satin rose vif aux reflets nacrés, qui bouffait en ourlets autour de sa taille, et dont le corsage carapace était suffisamment resserré autour de son buste pour tenir sans bretelles. Ses mollets bronzés étaient visibles sous la jupe qui s'arrêtait aux genoux et je les voyais s'agiter, mobilisés et musclés par les hauts talons à lanières argentées. Dans ses cheveux bruns teints en blond, elle avait glissé quelques perles. C'était quasiment une tenue de mariage, c'était trop, bien sûr, mais ce n'était rien puisque c'était tous les jours comme ça, des tenues abracadabrantes. Il y avait la robe en soie de Sienne froissée aussi, qui tombait jusqu'au sol et montrait sa jambe droite, du pied à la cuisse, par une longue fente subtilement tracée. Il y avait la robe japonaise, avec ses écailles incrustées et son col boutonné. Il y avait la robe noire, en velours, qui gainait ses seins, sa taille, ses hanches et paraissait tantôt mate tantôt brillante, ne cessant de me déconcerter par son irrégularité chatoyante. Il y avait la robe en laine couleur de lait, associée à son bombers rose. Sa manière de s'habiller était sophistiquée mais pas seulement : sa manière de parler aussi. Elle finissait les phrases avec des intonations tantôt brutales, tantôt doucereuses, tantôt intimes, tantôt hilares. On ne savait jamais comment allaient finir ces queues de poisson, qu'elle s'appliquait à rendre imprévues. On ne savait pas si la conversation était sérieuse ou drôle, publique ou privée... Par ses rebuffades travaillées, Ambroisie étonnait tout comme par ses robes précieuses. Chaque intonation de langage était comme une tenue : inattendue.

Nous approchions de la fin avril quand elle me prit la main, cet après-midi-là, au parc :

– On s'est vus tous les jours, depuis un mois. Tu crois que l'on continuera à se voir autant, le mois prochain ?

– J'aimerais bien. Et toi ?

– Moi aussi, Maurice. Tu sais, je crois que je tombe amoureuse de toi.

Je la serrai contre moi et nous nous embrassâmes. Rien n'était plus simple que cela. Son corps contre le mien, sa tête renversée, ses cheveux dans mes mains, et ses lèvres, surtout, roses et fruitées. Toutes mes inquiétudes s'envolèrent : à cet instant-là, Ambroisie était mienne. Elle se laissait tomber dans mes bras et je frissonnais au contact caressant de sa peau. Les premiers bourgeons du printemps pointaient leur nez sur les branches. Le débourrement des feuilles allait faire naître des fleurs. Il me sembla que, comme elles, j'allais éclore suite à une longue période de dormance et que de nouvelles racines étaient en train de me lier, avec vigueur, à mon amour.

Ce jour-là marqua le début d'une longue litanie de vocables amoureux. Alors que nous nous en étions tenus, jusque-là, aux évocations, aux gestes, aux approches sous-entendues, l'après-midi du premier baiser laissa les portes grandes ouvertes à l'expression franche de notre passion. Cela devint un jeu entre nous : nous ne parlions plus que de notre amour et c'était à qui chantait le plus les louanges de l'autre, à qui racontait le mieux ses émois intérieurs, à qui rêvait le plus fort d'un avenir éclatant. Nous projetions des voyages, des mirages d'avenir. Nous nous serrions, nous embrassions. Nous nous aimions, doublement, triplement, entièrement.

Avez-vous déjà remarqué comme Paris est petite, quand l'amour vous tombe dessus ? Les rues se rétrécissent, les voitures deviennent minuscules, les immeubles prennent taille humaine, les cafés pullulent partout et les passants vous croisent, envieux. Les kiosques à journaux affichent la bonne nouvelle, les pigeons roucoulent sur une branche fleurie, le funiculaire de Montmartre glisse en chantant, les bancs publics sifflent un air de Brassens, les boulangeries sentent bon le croissant chaud et les quais de Seine déroulent sous vos pieds leur balade amoureuse. Paris est ciselée à la taille de l'amour, c'est une ville que l'on traverse, de long en large, en trente minutes, une ville où l'on peut rejoindre son amour tout de suite. Elle a la forme même d'un cœur humain, et le fleuve la traverse comme l'aorte qui fait battre l'organe. Je marche et mon cœur rebondit, mes pieds sautillent, la ville est minuscule et tout le monde sait mon bonheur : tout le monde sait qu'Ambroisie aime Maurice, que Maurice aime Ambroisie, que Maurice Mollgaard et Ambroisie Braun se sont rencontrés et se ressemblent.

4.

La Défense

– Si on allait chez toi, boire un dernier verre ?

Nous sortions du restaurant italien où Ambroisie m'avait emmené dîner et, alors que nous regagnions ma moto, elle m'avait lâché la question, comme ça. J'enfilai mon casque et répondis, du tac au tac :

– Ou bien chez toi ?

Elle resta décontenancée une seconde :

– Avec plaisir, je t'invite. Allons chez moi.

Je poussai un soupir de soulagement et saluai intérieurement le génie de ma réplique. Elle m'indiqua son adresse, la Défense, et je me mis à rouler dans cette direction. Assise à l'arrière, elle se tenait à moi. Je sentais son corps ployer dans la direction de mon guidon, tantôt à gauche, tantôt à droite. Elle posait parfois son menton sur mon épaule. Dans le rétroviseur, son joli visage, encadré par le casque, me souriait. Je priai pour que Stéphane trouve un endroit rapidement, afin de ne pas paraître trop rustre. Une fois passait, mais je ne pourrais pas repousser indéfiniment l'échéance. Il allait bien falloir l'inviter, sans quoi elle finirait par trouver ça louche. Elle présumerait peut-être un mensonge, une cachotterie, une autre femme ? Je devais la convier rapidement, afin d'éviter toute méprise. Et pourquoi ne pas l'inviter dans mon deux-pièces actuel, après tout ? Elle m'invitait bien chez elle, sans chichis. Ses bras autour de ma taille me donnaient confiance : nous nous aimions tant, ce n'était tout de même pas un appartement qui mettrait un terme à cette idylle ! Je l'inviterais sans plus attendre. À vrai dire, j'avais hâte de m'allonger contre elle, sur mon matelas ou sur son lit, et de sentir nos deux corps se serrer dans l'intimité froissée des draps… J'en rêvais.

– C'est à droite !

Ambroisie faisait de grands gestes avec son bras. Tout à mes pensées, j'avais omis de tourner. Je m'exécutai. Nous approchions du quartier aux grandes tours, encore plus impressionnantes la nuit. Cela faisait longtemps que je ne m'étais pas rendu à la Défense et j'avais oublié combien c'était dépaysant. Nous roulions sur le bitume éclairé de lasers blancs, les fenêtres des immeubles modernes brillaient, petits carrés de lumière dans le noir, tandis qu'ils s'élevaient à des hauteurs vertigineuses. Parmi les blocs géants de miroir, de verre, d'acier, de béton et de fer, qui reflétaient des rayons rouges, bleus, roses et verts, nous semblions minuscules. La Yamaha se débattait sur les routes glissantes, entre tunnels et boulevard circulaire. Une pluie fine tombait sur nous, contre la visière de mon casque, sur l'asphalte, les vitres, le guidon... Les étincelles colorées de la ville chatoyaient dans les gouttes. J'avais l'impression d'être dans un autre pays, à Los Angeles ou à Hong Kong. Ambroisie me serrait toujours la taille mais nous n'étions plus à Paris. Le vent soufflait fort. La glace dans ma nuque était un froid venu d'ailleurs.

Rendus près du plus haut gratte-ciel, Ambroisie m'indiqua que nous étions arrivés. Le building était composé d'immenses tours jumelles. Elle pointa du doigt l'entrée d'un parking souterrain. Je m'y enfonçai. Le lieu était énorme et vide : aucune voiture n'était parquée là. J'y garai ma moto et nous descendîmes.

– Il n'y a personne ? demandai-je.

– Non, ce sont les bureaux d'une société pétrolière. J'ai un appartement au dernier étage mais je suis seule à habiter ici. Le soir, les autres rentrent chez eux.

Elle appuya sur le bouton pour appeler l'ascenseur et me pria de monter avec elle. Pensant que nous étions seuls dans ce mastodonte d'immeuble, j'eus le tournis.

– Combien d'étages y a-t-il ?

– Cette tour fait deux cent quarante-quatre mètres de hauteur. C'est la plus grande. Elle s'appelle The Link.

L'ascenseur montait à présent. Ses quatre faces en miroir se reflétaient l'une dans l'autre, si bien que je voyais plusieurs Maurice et plusieurs

Ambroisie, découpés par les reflets déformants. Elle me prit la main et nous continuâmes à monter en silence. Je me demandai combien de temps allait durer ce voyage vertical, tant l'immeuble était haut, et songeai avec frayeur que nous étions deux dans ce mystérieux lieu, The Link, deux petites personnes d'un mètre quatre-vingts dans une baraque de deux cent quarante-quatre mètres de hauteur…

Soudain, les portes de l'ascenseur s'ouvrirent sur une femme en uniforme bleu, un seau à la main.

– Vous descendez ? demanda-t-elle.

– Non, on monte, madame.

Ambroisie lui sourit et la dame poussa une exclamation :

– Pardon, madame Braun, je vais prendre l'autre ascenseur.

Nous la saluâmes, puis les portes se refermèrent sur notre reflet. Ambroisie m'expliqua que les femmes et les hommes de ménage nettoyaient les bureaux la nuit. C'étaient les seuls à être présents dans l'immeuble le soir et ils repartaient vite. Enfin, au dernier étage, l'ascenseur s'arrêta sur un hall de verre, duquel on voyait toute la Défense s'étaler à nos pieds, et Paris, au-delà. Je tremblai à l'idée que ma Yamaha se trouvait en bas, à près de deux cent cinquante mètres en dessous de moi. Ambroisie avança vers sa porte d'entrée, qui était haute, à deux battants et blindée par trois serrures. Elle ouvrit et nous fûmes dans un espace que les lumières multicolores de l'extérieur éclairaient, à travers des baies vitrées descendant jusqu'au sol. Elle me pria d'ôter mon manteau, mes chaussures, me désigna une console où je pouvais laisser mon casque. Toute hardiesse me quitta. Dans cet endroit neuf, je redevenais le Maurice Mollgaard maladroit de Gordes, celui-là même qui renversait sa tisane sur son pantalon et bégayait sans bravoure. Finis, le chevalier sur son destrier, l'écrivain crâne au bras de sa belle. Estomaqué, comme quelqu'un qui s'est laissé emporter par l'euphorie et se retrouve éveillé dans un endroit inconnu, je réalisai soudain que j'étais chez elle… Ce voyage à Gordes, ce mois d'amour aveugle, tout cela m'avait donc conduit ici, au dernier étage du plus grand immeuble de la Défense, The Link, dans l'appartement de cette femme, Ambroisie. Tout devenait réel et cela m'effraya.

Son éclat de rire brisa mon état d'hébétement. Elle pouffait de me voir tétanisé. Gentiment, elle me prit par la main et me conduisit au salon. Tout y était parfaitement rangé. Le sol brillait. Deux murs de la pièce étaient en vitre, si bien qu'elle semblait à moitié suspendue dans le vide. Il y avait de multiples chandeliers, un canapé en velours, une table basse qui se vantait de son design conceptuel et des miroirs reflétant la lumière de la ville. En revanche, je ne vis aucun tableau, aucune photographie, aucun objet personnel. Ce lieu aurait pu être le séjour des bureaux. Tout cela tranchait avec mon studio brouillon, parsemé de feuilles raturées, de souvenirs et de livres annotés... Ici, aucun objet ne racontait d'histoire. L'appartement était muet. Rien ne traînait par terre, rien ne débordait. Je revins sur ma décision de l'inviter bientôt : hors de question qu'Ambroisie découvre ma garçonnière.

– Je te fais visiter ?

Afin de briser le silence et mettre mon corps ahuri en mouvement, elle m'emmena dans un long couloir métallique. Une porte s'ouvrit sur la cuisine. Je remarquai que les portes étaient automatiques, ce qui était naturel pour un lieu de travail ou une boutique, mais très étrange pour une habitation privée. La cuisine était américaine, moderne, avec un comptoir en obsidienne. Il y avait une multitude d'ustensiles, comme s'il se fût agi d'une machinerie de restaurant : des louches, des spatules classées par taille, de la plus petite à la plus grande, une série de couteaux japonais, disposés dans un ordre similaire, plusieurs fours, plusieurs grille-pains, un micro-ondes, un mixeur, deux lave-vaisselle. Je décidai de réagir avec humour :

– Tu ouvres un restaurant ?

Elle rit et me dit que la cuisine avait été conçue ainsi, quand elle loua l'appartement. Elle n'avait touché à rien et son cuisinier était bien content d'être si bien équipé. Je tiquai au terme « mon cuisinier » mais ne dis rien.

La visite se poursuivit dans le long couloir. Les portes s'ouvraient successivement sur la salle de télévision, la salle à manger, le sauna, le dressing à chaussures, le dressing à vestes, le dressing à robes… Je m'aperçus qu'elle vivait dans quatre cents mètres carrés. Rien, cependant, ne semblait lui appartenir vraiment, si ce n'était le nombre incalculable de fringues. Le reste était totalement désincarné. Elle me montrait une chambre d'ami, quand je lui demandai s'ils vivaient à plusieurs dans ce palace ou si elle y était seule.

– Seule, bien sûr ! s'esclaffa-t-elle. Enfin, tu ne penses pas que j'habite avec quelqu'un d'autre, tout de même. Il n'y a que toi, Maurice.

Cette réponse, censée me rassurer, me glaça : elle vivait seule au dernier étage de la Défense, dans un lieu appelé The Link, seule au-dessus de tout Paris, entourée de verre… Était-ce sublime ou terrible ? Cette fille n'était pas normale. J'eus envie de la serrer dans mes bras, pour sentir une chaleur humaine dans cet endroit givré. Elle ne m'en laissa pas le temps : voilà qu'elle continuait sa visite, se mouvant avec prestance, comme une reine dans son palais de glace. Au bout du couloir, elle m'indiqua la porte de sa chambre. À l'idée de voir le lieu où elle dormait, je tremblai, d'une part parce que tout était très épatant dans cet appartement, d'autre part parce que je ne pouvais m'empêcher de l'imaginer allongée sur son lit. Quand la porte s'ouvrit, mon cœur fit un bond et il me sembla franchir la ligne de la pudeur. À sa démarche aisée, il était évident que cela ne présentait aucun caractère immoral pour elle. Elle me montra la salle de bains attenante, d'un geste vague, et ressortit de la pièce, avec légèreté. Face à son lit, je remarquai un aquarium bleu avec un requin immobile, à l'intérieur, la gueule ouverte. Elle rit :

– Ne prends pas cet air affolé. C'est une sculpture. Je l'adore, c'est l'œuvre d'un artiste que tu connais sans doute, Damien Hirst. J'ai une licorne aussi, dans la dernière chambre. Viens, je vais te montrer.

Je la suivis, pétrifié. Elle me désigna la dernière porte :

– La chambre d'Anita, ma fille. Viens, la licorne est juste derrière son lit, regarde.

Je la dévisageai. Elle se tapa le front :

– Mais oui, tu ne le savais pas ! Je suis bête. Je ne t'ai jamais parlé d'Anita ?

– Non. Je ne savais pas que tu étais mère.

Elle avait dit cela comme s'il se fût agi d'un détail. Interloqué, j'eus envie de rire. Comment avais-je pu ignorer cela ? Elle m'expliqua qu'elle n'avait pas la garde de sa fille et ne la voyait qu'aux vacances scolaires, d'où son silence à ce sujet.

– Je n'en parle pas à tout le monde, tu vois.

D'un air complice et douloureux, elle me saisit à nouveau le bras et m'entraîna vers le salon.

Là, nous nous assîmes, Ambroisie sur le canapé, moi sur un fauteuil, en face. Elle tournait le dos aux murs vitrés, tandis que Paris s'étalait sous mes yeux, dans un poudroiement de lumières animées.

La vue était telle que j'en eus le vertige et m'agrippai au bras de mon siège.

– C'est beau, n'est-ce pas ?

J'acquiesçai, ne pouvant détourner mon regard de ce grand vide nocturne. Elle me proposa un bourbon, que j'acceptai. Alors, elle appuya sur le bouton d'une télécommande. J'allais lui demander, avec ironie, si ce système high-tech permettait de nous verser, de manière automatique, deux bourbons avec glaçons, quand un grand bruit éclata contre le mur de verre. Je sursautai. Une ombre noire venait de s'y écraser avec fracas. C'était un oiseau. La pauvre bête glissait à présent le long de la vitre, assommée, le bec en l'air, la poitrine collée au verre, les ailes écartées, rémiges inertes. Elle coulait vers le bas, pour plonger dans l'espace et mourir, écrasée au sol, deux cent quarante-quatre mètres plus bas. Je poussai un cri.

– Ce n'est rien, dit Ambroisie, cela arrive souvent. Les oiseaux ne distinguent pas la vitre et s'y cognent.

Je restai agrippé à l'accoudoir. Cet être que la tour Link venait de tuer, tombé de si haut, me rappelait ma propre vulnérabilité.

– Allons, allons, Maurice. Ce n'est qu'un oiseau. Ce bourbon va te remonter, tu es pâle comme un mort.

Ambroisie appuya une seconde fois sur la télécommande et les portes du salon s'ouvrirent. Un bel homme, asiatique, grand, maigre et en livrée, entra. Il nous salua et s'adressa à Ambroisie en japonais. Quelle ne fut pas ma surprise quand je l'entendis répondre dans la même langue. Ils se comprenaient visiblement très bien. Ils dialoguèrent un instant dans cette langue que je ne décryptais pas, puis l'homme s'apprêta à repartir, lorsque Ambroisie s'exclama :

– Au fait, Takumi, un oiseau vient de s'écraser ! Juste là.

– Encore ?

Il parlait donc aussi français. Il rit, fit une demi-courbette et partit. Elle se tourna vers moi :

– Takumi est mon cuisinier et homme de maison. Il va nous préparer nos verres.

Je souris. Tout cela tournait à la blague. Ainsi, elle avait un majordome ! À ce moment-là, l'envie me vint de retrouver ma Yamaha et de retourner à la vie normale.

– Tu parles japonais ?

– Oui, j'ai vécu trois ans au Japon. J'ai appris. Tu sais, je parle aussi allemand, italien, espagnol, anglais, portugais. Les langues me fascinent.

Je saluai sa maîtrise. Elle me raconta ses souvenirs du Japon, m'indiqua qu'elle avait également habité à New York.

– Nous avions un grand loft qui surplombait Manhattan, avec des copines mannequins. À l'époque, je voyageais sans cesse, nous faisions des défilés dans tous les pays. C'est alors que j'ai appris le portugais, aussi. Nous avions vécu six mois à Rio… Oh, je te raconte ça comme une vieille…

Takumi avait fait vite : il revenait déjà avec les bourbons. Il posa une protection sur la table basse, puis les deux verres dessus, avant de nous souhaiter une bonne soirée et de disparaître. Ambroisie leva son verre et nous trinquâmes. Je n'avais plus envie de parler, sans doute étais-je sonné par tout ce qui gravitait autour de moi. J'avais cru côtoyer une fille précieuse et distinguée, j'étais en fait avec une femme d'un autre monde, d'une autre réalité. Elle était plus sophistiquée que tous ceux que j'avais rencontrés ou imaginés. Elle aurait pu être une sorte de *James Bond girl.*

– Je repense souvent à ces années de voyages. Maintenant, j'ai vieilli. Ils ne me prennent plus trop sur les shows. Trente-six ans, pour un mannequin, c'est beaucoup.

En racontant ses histoires, elle bougeait le pied, d'un mouvement répété de la cheville, et son bourbon tournait légèrement dans le verre qu'elle agitait en cercle, faisant tinter les glaçons contre la paroi.

– C'est pour ça que j'ai perdu la garde d'Anita. Elle est née à ce moment-là. J'avais du travail, je voyageais sans cesse, et puis tu connais ces milieux-là, ce n'était pas sain pour une enfant. À présent, j'aimerais bien la récupérer, mais tu sais comme sont longues les procédures judiciaires, longues, longues… Alors, tant pis, je la vois rarement. Enfin, c'est un autre sujet.

Je l'écoutais sans rien dire. Un autre portrait d'elle s'esquissait devant moi, moins naïf, moins floral. Il y avait la Défense, la glace, le verre, les miroirs, le majordome, l'oiseau mort, les portes coulissantes, Anita. Et toujours ce bourbon sombre, comme à Gordes. Mais après tout, elle m'avait fait confiance en m'invitant chez elle. C'était injuste de la juger. Cette femme, que j'aimais, se livrait à moi, me montrait tout d'elle. Pourquoi avoir peur, pourquoi se rétracter ? Elle ne me cachait rien, elle me racontait tout. Quant à moi, je lui avais dissimulé mon habitat et mes amis. C'était plutôt à moi d'avoir honte ! Pensant cela, je secouai mon verre, sans faire exprès. Une goutte de bourbon fut propulsée sur le siège.

– Oh, pardon !

Je tentai d'essuyer la tache marron mais elle s'agrippait au lin. Le visage d'Ambroisie devint dur. Ses mâchoires se contractèrent, elle gonfla les narines et inspira lentement. Elle semblait profondément meurtrie. La tache brune, d'abord resserrée sur elle-même, avait imbibé la matière et se répandait à présent. Le cercle étroit gagnait le tissu, s'élargissait en diluant son cuivre mordoré, pour former une auréole en forme d'étoile de mer. J'étais confus. En face de moi, Ambroisie regardait l'évolution de la souillure. Elle avait un regard si noir et ses lèvres étaient si serrées que je me dis qu'elle pourrait me tuer sur-le-champ avec un des couteaux aiguisés de sa cuisine. Elle finit par lâcher, en tranchant difficilement chaque mot :

– Takumi trouvera une solution. À l'avenir, fais attention. Je déteste ça.

Son humeur s'était assombrie. Je m'excusai encore mais rien n'y fit. Elle était en colère. Je décidai de partir : accusant l'heure tardive, je lui dis au revoir. Elle répondit à peine, m'embrassa du bout de ses lèvres glacées.

Quand la porte se referma, je poussai un soupir de soulagement et me précipitai vers l'ascenseur. Il fallait retrouver ma moto, en vitesse, et quitter ce quartier ahurissant. Je fonçai hors de la Défense, éperonnant ma Yamaha comme un cheval, je roulai à toute allure pour gagner le centre de Paris, les rues pavées, les lampadaires à taille humaine, les immeubles aux toits gris, les trottoirs mignons, les petits piétons et, enfin, ma maison…

5.

Des rêves et des cauchemars

Le lendemain, je déjeunai avec Inès, ce qui était rare : infirmière, elle avait des horaires impossibles. Ce jeudi-là était un de ses jours de repos. Nous nous retrouvâmes à la station Stalingrad, dans un bistrot, non loin de La Rotonde. Elle m'attendait, attablée face à une pinte de bière et un bol de cacahuètes, dans un pull épais dont elle avait retroussé les manches, ses cheveux noirs relevés en chignon. Quand elle me vit, elle fit un bond :

– Maurice !

Elle mesurait un mètre cinquante-cinq et devait, par conséquent, effectuer un saut pour se retrouver à ma hauteur. Nous ne nous étions pas vus depuis plus d'un mois. Elle m'embrassa chaleureusement :

– Quelle élégance ! C'est quoi ce look ? Où est-ce que t'as chopé cette veste ?

Je lui dis qu'elle venait de chez Barzini.

– Barzini ? Qu'est-ce que c'est que ce truc-là ? Allez, installe-toi. Tu veux une pinte ? Cheeseburger, croque-monsieur ? J'ai bien envie d'un petit croque, moi.

Je pris place, sans oser lui dire que je préférais une salade et un verre de vin. Rien ne me faisait moins envie qu'une bière et un burger à présent. Inès apostropha le serveur, lequel rappliqua. Elle demanda son croque et me désigna. Je fis mine de consulter le menu, redoutant le moment où je devrais lui commander ce dont j'avais réellement envie, sous le regard désapprobateur de mon amie. Je finis par dire :

– Une salade César, s'il vous plaît, et un verre de rouge… Le meilleur.

Le serveur acquiesça et s'éloigna. Inès leva un sourcil interrogateur :

– Tu t'es embourgeoisé ?

Je lui assurai que non et changeai vite de sujet : comment se passait son travail à l'hôpital ? Elle pesta contre les conditions de son boulot :

– Je passe ma journée à courir d'un patient à l'autre. Être mal payée, encore, c'est une chose. Ça ne me dérange pas. Mais le problème, c'est qu'on ne nous laisse pas faire le job correctement. On doit tellement enchaîner les actes médicaux que l'on n'a même pas le temps de prendre soin des patients. Tu vois ce que je veux dire ? C'est frustrant. Ajoute à ça le travail de nuit, le matos pourri ou manquant… Évidemment, on a un système de santé fantastique en France, la sécurité sociale, l'hôpital gratuit, mais c'est difficile pour nous, franchement, et pour les médecins aussi.

Le serveur l'interrompit en déposant les plats. La vitesse de leur élaboration me parut suspecte. Je levai un morceau de poulet du bout de ma fourchette, le retournai, pour voir si tout était bien net là-dedans… Inès avait déjà attaqué son croque-monsieur. Elle parla la bouche pleine :

– Mais toi plutôt, raconte ! Qui est cette femme ? Tu sais, je me sens bête, puisque c'est moi qui avais conseillé à Isabelle de t'emmener à Gordes. Je suis conne, parfois ! J'en fais, des bourdes… Isabelle va bien, d'ailleurs. Rassure-toi. Elle était très triste mais ça va mieux. Elle a des projets personnels.

Inès coupa un second morceau de croque-monsieur, but une gorgée de bière et revint à la charge :

– Raconte, ta nouvelle gonzesse ! Comment elle s'appelle ?

– Ambroisie, c'est son prénom.

– Tu parles d'un nom à coucher dehors ! Ambroisie ? Ça ne m'étonne pas de toi, tiens. Elle est fabuleuse, alors ?

– Je te raconterai une prochaine fois.

Je n'avais aucune envie de parler d'Ambroisie, ni de lui narrer ma soirée de la veille. Je changeai de sujet :

– Tu sais que je vais déménager ? Stéphane me trouve un nouvel appartement.

– Avec elle ? Déjà ?

– Mais non, Inès. Seul. Je déménage, simplement.

– Ah, cool. Bon, puisque tu ne me dis rien sur ton histoire d'amour, laisse-moi te raconter la mienne.

Elle haussa plusieurs fois les sourcils. J'étais soulagé : je n'aurai pas à parler d'Ambroisie aujourd'hui. Inès me dit qu'elle avait rencontré un type super, gentil, intelligent, délicat. Cela faisait longtemps qu'elle n'avait pas eu de relation. Ses horaires de travail lui laissaient peu de temps pour batifoler. Ce mec-là, Pierre, avait un métier plus ou moins similaire au sien. Elle l'avait rencontré tandis qu'ils s'occupaient du même patient, elle avant, lui après.

– Que fait-il ? demandai-je.

– Il est croque-mort. Enfin, pour être exacte, il dirige une société de pompes funèbres. C'est lui qui est venu chercher mon pauvre monsieur Bernard quand il est mort.

J'étais estomaqué :

– L'infirmière et le croque-mort ! Jolie nouvelle !

– Ne rigole pas ! Pierre est formidable.

Je n'en doutais pas une seconde, lui assurai-je, et j'avais hâte de le rencontrer, mais autour d'une bière plutôt que d'une mise en bière. Elle sourit. J'aimais la simplicité d'Inès car elle ôtait toute complexité à l'existence. Cette dernière se déroulait sans exigence, dans un quotidien limpide. À ses yeux, la vie était une chose biologique et maîtrisable, la mort était prévue d'avance. Quoi de plus transparent ? Elle n'accordait aucune valeur à mes tourments métaphysiques. Elle appelait ça la bêtise humaine. Cela ne m'étonnait pas de la voir amoureuse d'un directeur de pompes funèbres. Même ce métier-là ne l'effrayait nullement. C'était, pour elle, la chose la plus naturelle du monde.

Quand je le racontai à Elena, dans son bureau, elle éclata de rire. Son lévrier italien, Enzo, mâchait un os en plastique, couché dans son panier. Derrière nous, les bibliothèques étaient remplies de livres qu'Elena avait publiés durant ses trente-cinq ans de carrière. Elle trônait à son bureau, comme une sorte de papesse littéraire et mystique, la tête renversée en arrière pour expirer la fumée de sa cigarette. Autour des yeux, elle avait appliqué un khôl sombre et de nombreuses bagues ornaient ses doigts courbés. Elle jeta son châle par-dessus son épaule, ce qui signifiait qu'elle abordait un nouveau sujet :

– Bon, je dois te parler de l'adaptation cinématographique de *Délétères*. Tu sais que les droits ont été achetés, ça y est ? Le film va se faire rapidement. Les scénaristes sont déjà en train de décortiquer ton livre et ils voudraient ton avis, bien sûr, au fur et à mesure de l'écriture de leur scénario. Tu pourras faire ça, mon chouchou ? Il suffira de passer les voir, de temps en temps, et de lire leurs foutaises afin de vérifier qu'elles sont suffisamment fidèles à ton chef-d'œuvre.

Je ris et lui assurai que je ferais ce travail-là. J'étais ravi de voir mon roman au cinéma, car c'était le signe d'un certain succès.

– Et pas n'importe quel succès ! s'écria mon éditrice, enflammée. Tu ne te rends pas compte ! Le réalisateur est un cinéaste qui a le vent en poupe. Anton Geijer, c'est son nom. Vous allez très bien vous entendre, tu vas voir. C'est un garçon formidable, qui vient d'Allemagne, il a déjà réalisé cinq ou six films. Voilà sa carte, appelle-le.

Je glissai la carte dans ma poche et lui assurai que j'appellerais cet Anton Geijer. Elle fourra un dossier dans son tiroir, écrasa sa cigarette dans un cendrier en forme de coquillage, puis lança une nouvelle fois son châle en arrière :

– Et ton prochain roman, de quoi parle-t-il ?

Elle se pencha pour m'observer, ses iris violets par-dessus les lunettes épaisses. D'habitude, j'avais toujours une histoire en tête et, dès la parution d'un ouvrage, nous étions convenus qu'Elena me parlerait déjà du prochain. Cette fois-ci, je ne sus que répondre. Je brodai :

– Eh bien, justement… C'est l'histoire d'un croque-mort. Tu sais pourquoi on appelle ça croque-mort, d'ailleurs ? À l'époque, ils croquaient l'orteil du défunt afin de vérifier qu'il était bien mort. Amusant, n'est-ce pas ? Bon, c'est l'histoire de ce type qui est directeur d'une boîte de pompes funèbres. Il faut imaginer un personnage à l'image de Dutilleul, le passe-muraille de Marcel Aymé, tu vois ? Un mec banal dont on découvre qu'il n'est, en fait, pas comme les autres. Son entreprise n'est pas ordinaire : il a inventé une façon inédite d'enterrer… Il pratique la taxidermie sur humain. (*À l'expression dégoûtée d'Elena, j'enchaînai rapidement.*) Mais pas n'importe quelle taxidermie, une taxidermie aquatique. Il empaille les morts et les place dans des aquariums, à la manière de Damien Hirst. (*Elena se tapa le front, signifiant par là que je racontais un tas de conneries.*) Attends, attends… Tu vas voir. L'histoire devient intéressante quand il rencontre cette fille, dont il doit empailler le père… Là, je soulève le débat de l'euthanasie et mets l'accent sur les différents cultes mortuaires. Puis le roman bascule carrément dans le fantastique, au moment où le père, devenu une statue de cire dans un aquarium, ouvre les yeux…

– *Basta cosi !* Tu as perdu la tête, Maurice ? Rentre donc te reposer et reviens me voir quand tu auras les idées claires. Tu me fais perdre mon temps, mon chouchou.

Elle se leva et m'accompagna à la porte, perchée sur ses escarpins moutarde.

– À la prochaine, Maurice.

Je quittai son bureau, heureux d'avoir passé un moment avec elle. Dans les étages de la maison d'édition, je croisai une romancière que je connaissais.

– Bonjour, Line !

Elle signait les exemplaires de son nouveau livre, pour les envoyer à la presse. Elle me salua et je lui souhaitai bonne chance. Nous nous croisions souvent sur les salons littéraires mais n'avions pas de relations. C'était le cas avec la plupart de mes collègues écrivains. Trop occupés à écrire, reclus chez soi, nous ne nous fréquentions que sporadiquement. Je continuai à marcher vers la sortie. Il fallait emprunter un dédale de couloirs où fourmillaient des gens occupés à porter des manuscrits d'une pièce à l'autre. J'aimais cette atmosphère feutrée dans laquelle chacun évoluait avec son idée sous le bras, son histoire dans la tête, sa page cornée au bout du doigt, son bon mot à la bouche. Ils marchaient là-dedans comme des personnages sur une feuille noircie. À l'intérieur de la maison, le temps s'arrêtait. C'est en sortant, seulement, que le brouhaha de la rue prenait le dessus et que nous nous retrouvions soudain projetés en plein XXIe siècle.

Ma Yamaha m'attendait sur le trottoir d'en face. Je décidai d'écouter les conseils d'Elena : il fallait rentrer me reposer. Chez moi, j'allais plonger dans l'un de mes sommeils favoris, la sieste de l'après-midi, quand mon téléphone sonna. Le prénom d'Ambroisie s'affichait et l'engin vibrait, insistant. Après une courte hésitation, je décrochai. Sa voix était chaleureuse, son ton enjoué. Elle me proposait de l'accompagner voir un ballet, au palais de Chaillot, le lendemain. Il y aurait quelques amis à elle. Le désagrément causé par la tache brune avait donc disparu. Elle m'aimait toujours, m'invitait de nouveau, voulait me voir encore… J'acceptai.

– À demain, dix-neuf heures, place du Trocadéro, mon cœur, dit-elle avant de raccrocher.

Quelle raison avais-je eu de me glacer ainsi ? « À demain, mon cœur. » Je me répétais sa phrase, son timbre doux et sensuel. Cette femme était merveilleuse, et moi, je n'étais qu'un pauvre fou, débordé par une imagination morbide. Je m'allongeai sur mon matelas, rêvant du ballet de danse, du palais de Chaillot, d'Ambroisie dans mes bras, ses cheveux qui sentent bon contre moi. J'allais revoir mon amour demain, et cela suffit à me bercer. Je m'endormis paisiblement.

Soudain, mon pied glissa, je poussai un hurlement : j'avais dérapé et je tombais de la tour, du haut des deux cent quarante-quatre mètres, je m'écrasais et, dans ma chute, je croisais l'oiseau mort. J'allais tomber, j'allais mourir ! Le requin, la licorne, Takumi, tout cela m'avait fait basculer… Mais Ambroisie ne disait rien, avec Anita dans ses bras… Et le croque-mort qui m'attendait, en bas… Je me levai en sursaut. Il était vingt et une heures. J'avais dormi quatre heures d'affilée. Quel cauchemar ! Je m'allumai une cigarette et allai en direction de la cafetière. Dans le reflet du miroir, je me vis, les cheveux châtains, hirsutes, des cernes sous les yeux, la marque de l'oreiller sur la joue. Tandis que ma boisson chauffait, je me passai de l'eau fraîche sur le visage. Il fallait se ressaisir. L'angoisse qui me prenait au sujet de la tour Link, des œuvres de Damien Hirst et du majordome japonais était totalement irraisonnée. Il n'était pas question d'en faire de mauvais rêves. Après tout, si j'avais ressenti un tel malaise, n'était-ce pas dû à mon ignorance plutôt qu'au mode de vie d'Ambroisie ? J'ouvris mon ordinateur et me mis à taper son nom, Ambroisie Braun, dans la barre de recherche Internet. Je savais bien que ce n'était pas une chose à faire, que cette toile numérique était emplie d'erreurs et d'inconséquences, mais la curiosité m'attisait trop. Je tombai sur de multiples photographies de mannequins : elle couverte de fleurs, elle habillée en noir, en rose, en blanc, elle devant un fond neutre ou bien avec d'autres femmes, marchant sur un podium, une main sur la hanche, le menton haut, elle qui pose, elle qui sourit, elle qui regarde fièrement. Je la trouvai magnifique et, à cela, je n'avais rien à redire. Cependant, tous ces clichés ne répondaient pas à mes questions. Je précisai ma recherche en inscrivant : Ambroisie Braun, The Link. Quel était son lien avec la compagnie pétrolière ? Pourquoi habitait-elle cet immeuble désert ? Je ne trouvai aucun résultat. Pris au piège dans la toile numérique, je continuai de taper sur mon clavier : Ambroisie Braun, Anita. Qui était le père de cette enfant ? Où vivait-elle ? Une seule image, en noir et blanc, montrait Ambroisie, plus jeune, tenant un bébé de quelques mois dans ses bras. On ne distinguait même pas leurs visages, celui de la mère étant baissé vers le nourrisson et dissimulé par ses cheveux qui tombaient devant, celui du bébé étant caché par un couffin. Je refermai mon ordinateur et posai ma tasse dans le lavabo. J'allais me commander à manger quand Stéphane m'appela pour m'annoncer qu'il avait trouvé l'appartement idéal, rue des Écoles, dans mon quartier, mais plus grand et plus lumineux que mon studio actuel. Il me dit que je pourrais y emménager dès la semaine suivante. Je me fiai à lui et acceptai sans tergiverser.

Ainsi allais-je déménager. Je m'allongeai sur mon matelas, Rodolphe contre moi. Il était chaud, doux, son flanc se soulevait au rythme de sa respiration. Je commençai à rêver du futur, d'un lieu de vie rangé, où je pourrais accueillir Ambroisie, j'allais même jusqu'à l'imaginer emménager avec moi, nous choisirions alors des meubles, elle m'indiquerait tout avec son exactitude épatante, me dirait quel tissu il faudrait pour le canapé, quel bois pour la table, quels métaux, quelles bougies, quelle marqueterie, elle saurait trouver des verres, des choses en cristal, en porcelaine, et puis on mettrait des fleurs aussi, qu'elle choisirait. Elle quitterait la Défense et nous vivrions ensemble, nous trouverions un moyen de mettre sa garde-robe chez moi, un compromis pour les paires de chaussures peut-être, j'accepterais même le requin et la licorne, nous nous aimerions dans ce nouvel environnement… Je me projetais, les yeux au plafond, tout en caressant mon chat qui ronronnait. Je lui chuchotai :

– Nous allons déménager, Rodolphe.

Il acquiesça en s'étirant de tout son long, le ventre à l'air, son front contre moi.

Le lendemain, je passai la matinée à rassembler de la paperasse et à joindre mon propriétaire, afin de lui annoncer mon départ, malgré les dix années formidables vécues ici. Une nouvelle vie commencerait, dans un appartement neuf. Quand j'eus raccroché, je fus effrayé d'avoir fait ce choix qui me paraissait, cependant, nécessaire. Triant les objets, les photos, les papiers, les livres et les carnets, j'eus un pincement au cœur. C'en était donc fini de ma bonbonnière brouillonne. Je décidai de retrouver ma mère, afin d'avoir un entretien avec elle à ce propos.

À quinze heures, elle m'attendait devant l'église Saint-Sulpice, où elle priait régulièrement. Je la vis, de loin, sur la place, en rouge, dans son tailleur sur mesure, au milieu des pigeons, comme un coquelicot sur le bitume. Elle se dressait là, sous son chapeau aux bords flottants.

– Tu es à l'heure, mon fils, c'est rare. Aurais-tu vraiment changé ?

Je ris tandis qu'elle attrapait le col de ma veste Barzini afin d'en tâter la matière. Elle fit une moue approbatrice puis en souleva un pan, toucha ma chemise neuve. Elle hocha la tête :

– Même les chaussures sont cirées.

Nous allâmes dans un café, non loin. Elle était assise en face de moi et j'observai son visage vieilli par l'âge : les cheveux avaient blanchi, naturellement, les traits s'étaient affaissés. Les cernes peut-être, les rides, ou plutôt l'expression générale de fatigue avaient transformé cette figure, que je connaissais bien, en une autre, complètement différente. Ce n'était pas tant une question de jeunesse ou de beauté, c'était l'identité même qui avait bougé. Elle était devenue une vieille femme, et par ce constat je fus pris d'une grande affection et d'une immense tendresse pour elle. À présent, elle me semblait vulnérable, et je vis, sur son corps amaigri, toutes les années parcourues. Devant ce guéridon, à la terrasse de ce bistrot, tenant ainsi sa tasse de café par l'anse, avec ses mains tavelées, elle me parut une personne comme une autre, perdue dans la foule des humains. Ce n'était plus cette mère qui nous ordonne, à qui l'on reproche, qui nous câline, à qui l'on dissimule, qui nous apprend, à qui l'on demande, qui nous indique, à qui l'on ressemble. Désormais, c'était une vieille femme, indépendante de tout lien familial trompeur. Je la voyais devant moi, assise, tranquille sur sa chaise, et je sentis que c'était à moi de l'aimer comme un être libre. Elle m'avait éduqué, protégé, et sa présence envahissante ainsi que ses incessantes doléances m'avaient parfois agacé. Cependant, j'avais toujours eu recours à elle au moindre problème, à la moindre interrogation. Cette femme, qui avait consacré sa vie au garnement Maurice Mollgaard, buvait à présent son breuvage chaud, du bout des lèvres. Elle avait soixante-dix ans. Je trouvai soudain déplacé de me plaindre auprès d'elle, à propos d'un pauvre déménagement. Mes ancêtres, du côté de mon père, n'avaient cessé d'émigrer, du Danemark aux

États-Unis, dans les années 1910, puis des États-Unis en Europe dans les années 1940. Nous avions un passé de voyageurs, et voilà que j'allais me plaindre auprès de ma mère pour un simple changement d'appartement, dans le même quartier qui plus est ! Au lieu de lui faire partager mon inquiétude, je lui annonçai donc ma joie :

– Ça y est, je déménage la semaine prochaine !

– Formidable, mon fils. Et quand me présentes-tu ta nouvelle femme ?

– Bientôt, maman.

Avais-je le droit de lui faire part de mes craintes à propos d'Ambroisie ? En venant jusqu'à l'église, j'avais pensé lui raconter la soirée de la Défense. Ainsi aurais-je eu son avis sur Takumi, la tour Link et Anita. Peut-être aurait-elle pu m'éclairer, me rassurer. À présent, je la voyais touiller son sucre dans sa tasse, doucement. Elle me souriait, l'air heureux et affaibli. Je décidai de ne rien dire. Je l'avais déjà bassinée, à l'époque d'Isabelle, avec mes indécisions, au point qu'elle m'avait conseillé d'aller consulter mon oncle, expert en histoires d'amour, ayant lui-même divorcé trois fois, après s'être marié trois fois, avec la même femme. Inutile de s'infliger un deuxième entretien avec l'oncle, j'optai pour la méthode optimiste :

– Tu viendras dîner dans mon nouvel endroit, et j'inviterai Ambroisie aussi ! Nous pendrons la crémaillère ensemble.

Cette situation me parut totalement improbable. Ambroisie, chez moi, avec ma mère ?

Le soir, à dix-neuf heures, je garai ma moto place du Trocadéro et avançai vers le palais de Chaillot. Une femme vêtue d'une robe en cuir moulante, avec une longue fermeture éclair entrouverte, courut à moi. Je ne la reconnus pas tout de suite car elle était devenue brune. C'était Ambroisie, bien évidemment. Cette couleur lui allait encore mieux : elle soulignait ses traits, rehaussait son teint, mettait ses yeux verts en valeur... Je la serrai contre moi. Bizarrement, le fait qu'elle ait changé de coiffure me rassura. Je l'interprétai comme une manière de dire que ce qui s'était passé l'autre soir, et m'avait effrayé, n'arriverait plus : désormais, les choses avaient changé, les visages aussi, les couleurs également. Une nouvelle page s'offrait à nous. Ambroisie était brune, elle était là, dans mes bras, et m'aimait.

Nous avançâmes vers l'entrée du palais où nous attendaient ses amis, que je reconnus. Il y avait le chauve à lunettes et le roux qui étaient à Gordes, accompagnés de Christian et d'un autre gars, plus jeune, métis, musclé, joli visage, yeux clairs et peau noire. Je saluai Christian et le beau mec, puis m'avançai vers ceux de Gordes, appréhendant leur réaction : voilà que j'étais en couple avec leur amie, alors qu'ils m'avaient vu accompagné d'Isabelle. J'eus l'impression étrange de déborder, de ne pas être là où il fallait. De plus, ils avaient été témoins de l'épisode de la tisane renversée. Je m'approchai, timide et maladroit, comme si les avoir connus dans le passé m'obligeait à retrouver la peau de l'ancien Maurice Mollgaard, dans laquelle ils m'avaient rencontré. Par chance, ils n'eurent aucun problème avec moi, ni avec le moi d'avant, sans doute n'avaient-ils même pas fait le lien entre Gordes et moi. Mon visage ne leur rappela rien, ils me saluèrent et rigolèrent de choses et d'autres. Je soufflai et me dis que cette soirée allait bien se passer. Le nouvel appartement, les cheveux bruns d'Ambroisie, la sympathie du chauve et du roux… Tout cela contribuait à me rassurer, d'autant plus qu'en allant au guichet récupérer nos places, Christian me prit gentiment à part. Tandis que les autres avançaient, il leur fit signe que nous les rejoindrions directement à l'intérieur.

– Fumons une cigarette, avant le spectacle.

J'acquiesçai et nous nous installâmes sur le perron. Il me proposa du feu puis, d'un air complice, engagea la conversation :

– Alors, vous avez aimé mon vernissage ?

– J'ai adoré, Christian. Cela m'a beaucoup fait penser aux œuvres de Hockney, bien que les vôtres ne soient pas figuratives mais abstraites, évidemment.

– Elles sont, en fait, très figuratives… (*Il plissa les yeux et laissa planer le suspense un moment, sa clope au bec, façon Clint Eastwood.*) Enfin, assez parlé de moi. Ce qui me fait plaisir, pour vous parler franchement, monsieur Mollgaard, c'est la nouvelle relation que vous entretenez avec mon amie, Ambroisie Braun.

– J'aime profondément Ambroisie. C'est une femme exceptionnelle.

– Exceptionnelle ! C'est le terme. Hors du commun. Cela me fait plaisir, voyez-vous, qu'un homme aussi cultivé et gentil s'occupe d'elle. Il faut avoir le cœur bien accroché, mais c'est une bonne personne. Je la connais depuis plus de dix ans, je l'ai même peinte, à l'époque, dans mon atelier, à New York.

– Vous connaissez sa fille ?

La question m'avait échappé. Ma curiosité avait pris le dessus. Je rougis, me croyant démasqué par Christian. Ce dernier, cependant, ne cilla qu'un instant :

– Anita ? Bien sûr. Je l'ai vue naître. Pardon si j'ai paru interloqué, mais il est très, très rare qu'Ambroisie parle de sa fille… Elle n'en parle, pour ainsi dire, jamais.

– Elle m'a montré sa chambre, à la Défense.

– Ça alors ! Vous êtes allé à la Défense… Elle vous aime donc beaucoup, Maurice. Si vous permettez que je vous appelle ainsi ? Peut-être pourrions-nous nous tutoyer ?

– Euh… Oui, avec plaisir, Christian.

Il me sondait maintenant de ses yeux plissés et, avec son foulard autour du cou, il me fit tant penser à l'acteur de western qu'un flingue dans sa poche ne m'aurait pas surpris. Il me regardait dans le fond des yeux mais cela ne lui suffisait pas, il aurait voulu voir derrière la pupille, percer la cornée, sonder l'iris, le corps vitreux et la rétine, s'infiltrer dans le point aveugle, oui, carrément, glisser le long du nerf optique pour interroger choroïde et sclérotique. Comment se fait-il qu'Ambroisie l'ait invité chez elle ? Pourquoi lui fait-elle confiance au point de lui parler de sa fille ? Voilà ce que semblait demander le regard passionné de Christian. Je me sentis fier. J'écrasai ma cigarette et lui fis signe que sa cendre allait lui tomber sur les doigts.

– Rentrons, dis-je.

Une file de gens attendait devant la porte. Je profitai de ce moment pour lui poser mes dernières questions :

– Vous êtes déjà... Enfin, je veux dire, tu es déjà allé dans cet immeuble, The Link ?

– Bien sûr, ah, ah ! (*Il s'esclaffa d'une manière que je ne sus interpréter.*) C'est fabuleux, n'est-ce pas ? Ça en jette. Je l'ai souvent suppliée de faire des soirées là-bas, juste pour la vue ! Et puis Takumi fait une cuisine délicieuse, il pourrait aider. Quel homme formidable, non ? C'est un artiste, lui aussi, dans son genre. Enfin, je me disais, tu vois, une réception dans un endroit si beau, ça doit être merveilleux. Mais Ambroisie est très maniaque. Elle a toujours refusé. Elle déteste que son espace soit dérangé.

– Oui, j'ai remarqué qu'elle était très maniaque...

– Il faut la comprendre, vu sa situation. Ce n'est pas évident de salir l'appartement qu'on a gardé à la place de son enfant.

– Évidemment.

Je pris l'air compréhensif mais ne voyais pas du tout où il voulait en venir. Que voulait dire cette phrase tarabiscotée ? J'avais beau tourner les mots dans un sens et dans l'autre, je ne comprenais pas Christian. Toutefois, je prenais garde à conserver l'aspect de l'homme qui sait. Ce fut enfin notre tour d'entrer. La salle était comble. La placeuse nous indiqua nos sièges, où Ambroisie, le roux, le chauve et le jeune mec étaient déjà installés. Nous nous faufilâmes, moi à côté de ma belle, Christian à côté du roux. Quand les lumières s'éteignirent et que le brouhaha des voix s'estompa, je me sentis assez heureux. J'avais glané un bon nombre d'informations, dont la plus importante : Ambroisie m'aimait beaucoup, elle avait confiance en moi. Je bombai le torse, fat et amoureux. J'avais eu raison de penser que cette soirée serait délicieuse.

Le ballet fut ravissant, la chorégraphie sublime, mais ce qui me bouleversa le plus, c'était la main d'Ambroisie serrée contre la mienne, dans le noir de la salle de spectacle. J'avais ses doigts dans les miens et je les pressais un peu fort, afin qu'ils s'inscrivent dans ma paume. Elle tournait son profil grec vers moi, magnifique femme, avec ses longs cils et ses lèvres délicieuses, on aurait dit une pouliche, elle me souriait puis posait sa tête contre mon épaule. Au loin, sur la scène, les ballerines faisaient des pointes, des cabrioles, des arabesques, des pliés, des fouettés, des glissades, des jetés, et j'en passe. Elles se mouvaient comme ça, figurines blanches sur fond noir, tournaient à en perdre la tête, et moi je perdais la mienne, à observer Ambroisie du coin de l'œil...

Le ballet terminé, le roux, le chauve et le jeune mec partirent. Christian me donna son numéro puis disparut à son tour. Ambroisie me proposa alors d'aller chez elle. Serein grâce aux propos antérieurs de Christian, j'acceptai sans avoir peur. Dans la bouche du peintre, The Link s'était transformée en un lieu formidable, Takumi en un artiste sensible, un maître-queux, et la Défense elle-même en une sorte de Manhattan glamour. Je roulai donc sans crainte, Ambroisie derrière moi. Arrivé au pied de la tour, je ne frissonnai pas. Je savais où me garer, connaissais l'ascenseur et ses miroirs, ne m'étonnai pas de la présence des femmes et hommes de ménage ni de l'appartement au dernier étage, je savais pour la porte blindée, connaissais le hall d'entrée, le salon et Takumi. La seule chose que je remarquai était la présence d'un nouveau fauteuil, en cuir cette fois, venu remplacer celui en lin blanc que j'avais souillé. Elle l'avait balancé à la poubelle. Je ne fis aucun commentaire, mais elle releva mon sourire et me répondit gentiment par une tape sur l'épaule. Quand les bourbons arrivèrent, j'étais encore en lieu sûr, je connaissais le déroulé de la soirée. Même si un oiseau s'était écrasé contre la vitre, je n'aurais pas sursauté : j'étais préparé, mentalement. Rien ne m'étonnait plus. J'étais conscient de l'endroit où je me trouvais et y évoluais en connaissance de cause. Cette aisance nouvelle me remplit de satisfaction. Je me surpris à sourire aimablement à Takumi, comme s'il eût été mon propre homme de main. Je fis tournoyer mon bourbon, mollement, avachi sur mon fauteuil, admirant la vue. Pourquoi avoir peur de cette immensité ? Le panorama était magique. J'en profitais. Oui, mes rêves étaient possibles. Ma vie prenait enfin un tournant exaltant.

Sur ce, Ambroisie se leva. Elle défit la fermeture éclair de sa robe jusqu'en bas et se tint nue devant moi, telle Vénus sortie des eaux. Derrière son corps, les lumières de la ville scintillaient. Elle se dressait, laiteuse, dénudée, en chair, devant moi... Elle était douce et gracieuse, comme la déesse de Botticelli, avec ses seins fermes, ses tétons dressés et ses hanches arrondies. Sous Botticelli, Courbet : l'origine du monde se dévoilait à moi, devant la vue panoramique de Paris. Je restai immobile, paralysé. Elle me montrait tout, fière et désirable. Était-ce donc possible de la toucher ? Non, je ne pouvais pas, c'était trop. D'ailleurs, on dit des tableaux qu'il faut les toucher avec les yeux. Oh, je la regardais, oui... Mais y poser la main ? C'était interdit. Personne n'avait le droit de toucher cette beauté là. Ambroisie n'était pas de cet avis : elle s'avança d'un pas, me prit la main et la posa sur sa hanche. Au contact de sa peau, la Terre s'effondra. Elle me sourit tendrement. Ainsi, c'était possible... J'épargnerai la suite à mon lecteur mais, cette nuit-là, je me dis une nouvelle fois que tous mes rêves étaient réalisables...

6.

Une nouvelle vie

Nous étions au mois de juin et j'habitais, à présent, rue des Écoles. Mes fenêtres donnaient sur le Collège de France, ce qui n'était pas pour me déplaire. Au pied de mon immeuble se trouvaient un disquaire que j'appréciais et une boulangerie donnant sur une place ombragée, où se situait la statue d'un poète roumain, Mihai Eminescu. J'y mangeais régulièrement, prenant vite mes nouvelles habitudes. Dans l'appartement, j'avais installé une bibliothèque afin de ranger le tas de livres et de papiers qui traînaient. C'était d'un très bel effet. J'avais emporté mon lit et la litière de Rodolphe, mais rien d'autre. Il allait falloir acheter des meubles, avant d'accueillir Ambroisie.

Je fis la rencontre de Gérard, le concierge de l'immeuble, qui était un être tout à fait poétique et féru de littérature. Il avait sa loge au rez-de-chaussée, remplie de bouquins. Souvent, sur le rebord de sa fenêtre, je trouvais un livre qui traînait. Il m'accueillit avec entrain, me vantant les mérites du bâtiment, des voisins. Il me dit qu'au moindre problème je pouvais me tourner vers lui. Il était petit, sec et trapu, avec des cheveux hirsutes et une moustache en brosse. Je me pris de sympathie pour Gérard, lequel me demanda de lui offrir mes livres, car il voulait absolument découvrir mon écriture et se trouvait emballé d'avoir un écrivain dans son immeuble.

– J'aime la poésie, comprenez ! J'ai ça dans la peau. La prose poétique, la poésie !

J'espérais ne pas le décevoir. La journée, je le voyais de la fenêtre de ma chambre, qui donnait sur la cour intérieure. Il marmonnait dans sa moustache, sans arrêt. Au début, je pensais qu'il rouspétait. Très vite, je découvris que ce n'étaient pas des remarques, des insultes ni des commérages, mais des poèmes qu'il récitait. Adieu tristesse, bonjour tristesse, il répétait en rythme avec ses coups de balai. Quelle nef, quel appui, quelle oreille dormante, demandait-il encore et encore tandis qu'il sortait les sacs noirs de leurs poubelles vertes ou jaunes. Il voulait apprendre les poèmes par cœur. À la fin de la journée, j'en connais un, disait-il. Comme je descendais des Fleuves impassibles, je ne me sentis plus guidé par les haleurs... Et dans son seau, parfois, au lieu d'un litre d'eau savonneuse, on trouvait trois recueils de poésie, reliés et cornés.

Je n'eus aucun regret à changer d'habitat. Il était grand temps de tourner la page, et puis j'étais bien tombé. Celui qui eut le plus de mal fut Rodolphe. Ce dernier, comme la plupart des chats, craignait les modifications. Son territoire s'était dérobé sous ses coussinets, et voilà que je lui imposais un terrain inconnu. Habitué aux allers-retours entre l'ancienne cuisine et mon lit, l'ancienne douche et sa caisse, il se trouvait démuni dans ce nouvel espace. Le pauvre tournait en rond, miaulait dans l'air, interrogeait les murs et le plafond sur son sort, à force de vocalises désespérées qui pouvaient signifier : « Quand reverrai-je, hélas, de mon petit village fumer la cheminée ? » N'ayant aucune réponse, il restait prostré dans un placard ou sous le lit. Toutes les deux heures, il recommençait son tour de jérémiades puis, acculé, seul, sans la moindre lueur d'espoir, il se planquait de nouveau. J'avais beau lui expliquer – nous avons déménagé, Rodolphe, c'est ton nouveau territoire ici –, il ne comprenait pas. Perdu, je devenais son seul repère. Dès lors, il me suivait partout. Quand je me levais, il se mettait debout sur ses pattes ; quand j'allais dans la cuisine, il s'y rendait aussi ; quand je prenais ma douche, il m'attendait devant la porte ; et quand je me couchais, il s'allongeait près de moi. Mon départ de la maison était un drame pour lui. Il suffisait que je descende à la boulangerie déjeuner en compagnie de la statue de Mihai Eminescu pour qu'il pousse des cris déchirants. Pauvre Rodolphe… Sois indépendant, lui adjurai-je, détends-toi, explore l'appartement, prends tes marques ! Je ne croyais pas si bien dire : une semaine plus tard, le matou se mit à pulvériser les murs de pisse.

Ce même mois, j'eus également l'occasion de rencontrer Anton Geijer, le cinéaste, et son équipe de scénaristes. À vrai dire, j'avais été si préoccupé par les derniers événements que j'avais oublié de les appeler. La carte de visite qu'Elena m'avait donnée était passée au lave-linge, ce qui l'avait rendue indéchiffrable. Ainsi, quand un numéro inconnu m'appela, je ne pus deviner que c'était lui. Je décrochai et me trouvai très surpris de l'entendre.

– Bonjour, Maurice Mollgaard ? Ici Anton Geijer.

Ce nom me frappa : j'eus l'image de la carte mouillée, flétrie, tournant dans le lave-linge. Anton Geijer ! Lui-même paraissait être un souvenir à essorer et repasser. Je m'y adonnai aussitôt :

– Monsieur Geijer ! Pardonnez-moi, mon éditrice m'avait donné votre numéro, mais j'ai déménagé et j'ai perdu tant de choses...

Je défroissais son personnage, le brossais, le lissais, comme un vêtement à enfiler. Il était très sympathique :

– Aucun problème, monsieur Mollgaard. Que diriez-vous d'un rendez-vous la semaine prochaine ?

Je le rencontrai la semaine suivante. Il m'attendait à l'hôtel Intercontinental, dans le hall. C'était un homme élégant, élancé, les cheveux blonds, le visage creusé, maigre dans son ensemble. Il portait des vêtements noirs, dont un sweat-shirt à capuche. Toutefois, sa figure n'était pas sinistre mais intéressante. Ses yeux, très mobiles, se déplaçaient sans cesse de droite à gauche, sans raison, sans même accompagner son regard, comme une sorte de tic plutôt. Il me convia à prendre un café dans le salon rouge et vert de l'hôtel, sous la verrière. Là, il m'entretint longuement de la manière dont il voulait adapter mon livre : le point de vue qu'il envisageait, l'endroit où il placerait sa caméra, les scènes qu'il voulait filmer. Il me décrivit ses personnages, afin de voir s'ils correspondaient bien aux miens, et me dit qu'il allait organiser un casting auquel il souhaiterait que je sois présent.

– J'aimerais avoir votre avis. Après tout, ce sont vos personnages, c'est à vous de choisir aussi.

J'acceptai avec plaisir. Il me proposa un rendez-vous avec les scénaristes, avenue Franklin-Roosevelt.

Une grande aventure commençait donc, ma carrière d'auteur prenait un tournant splendide ! J'allais choisir mes acteurs, travailler l'adaptation de *Délétères* au cinéma ! Cela m'enthousiasmait tant que j'en parlai en continu à Inès et Stéphane lors de leur première visite rue des Écoles. Inès avait apporté des sushis et nous mangions à même le sol – je n'avais toujours pas fait l'acquisition d'une table. Elle trouvait l'endroit superbe et félicitait Stéphane. Ce dernier, grand amateur de boisson, avait apporté plusieurs bouteilles de vin et nous sirotions déjà notre quatrième verre. Le ciel était dégagé, à travers la fenêtre passait un vent estival. Inès avait les joues rouges d'avoir trop bu. Stéphane se versait de grandes lampées. Quant à Rodolphe, il somnolait contre ma jambe, bercé par nos conversations enjouées. Je me sentais comblé. La vie ne m'avait jamais paru si pleine, si plaisante, si cohérente. Il me semblait qu'enfin mes différentes préoccupations se rejoignaient en un seul faisceau pour disparaître. Mes doutes sur l'évolution de mon travail littéraire, mon envie jamais assouvie d'aimer follement, mes tracas concernant la situation d'un homme de quarante ans, les reproches de ma mère, d'Isabelle, les remords que j'avais à ne pas voir assez mes amis… tout cela s'annulait en confluant. J'aimais passionnément Ambroisie, j'avais un bel appartement, où se plaisaient Inès et Stéphane, ma mère allait être ravie et, cerise sur le gâteau, mon roman allait être adapté au cinéma par un réalisateur renommé, ce qui exauçait Elena. Je levai haut mon verre, trinquant à ma nouvelle vie.

Durant ces semaines du mois de juin, Ambroisie et moi nous vîmes quasiment tous les jours. Je lui avais parlé de mon déménagement et lui avais fait part de ma réticence à l'inviter, car mon espace était vraiment petit, comparé au sien. Elle m'avait tout de suite rassuré : elle serait très heureuse de découvrir mon nid et nullement dérangée par son apparence, sa taille, sa forme ou sa localisation. Je trouvai cela charmant de sa part. Tandis que le rendez-vous avec les scénaristes approchait, je lui fis part de ce nouveau projet professionnel. Elle fut très enthousiaste, me félicita et me rappela qu'elle était actrice, elle aussi, et pourrait participer à cette aventure. Elle tenait absolument à lire le script, à savoir de quoi parlait l'histoire. J'étais touché par son engouement mais en conclus aussi, tristement, qu'elle n'avait pas lu *Délétères*, acheté deux mois plus tôt au Salon du Livre. N'avait-elle aucune curiosité pour mon travail littéraire ? Avait-elle pris l'exemplaire simplement pour me faire plaisir, avant de le balancer dans un coin de sa tour de verre ?

Le jour du rendez-vous avenue Franklin-Roosevelt, je partis en avance, sur ma Yamaha, vêtu d'une chemise Barzini blanche et d'un pantalon en lin beige. Je tenais à être beau et à l'heure, comme si de cela dépendait la qualité de mes commentaires et du scénario que nous allions écrire. En réalité, arrivé là-bas, je me rendis vite compte qu'ils étaient tous en tee-shirt, détendus, et qu'ils avaient déjà écrit le scénario en entier – une première version, selon eux, mais je vis que mon champ d'action allait être réduit. Ils me proposèrent un café, puis nous nous mîmes à discuter. Ils voulaient simplement recueillir mon consentement et mes éventuelles remarques. Ils bloquaient sur une scène, également, et me demandaient mon avis sur la tournure à adopter : fallait-il que le personnage sorte, à ce moment-là, ou bien qu'il « pète un câble », selon leurs mots ? C'étaient trois scénaristes avec qui Geijer avait l'habitude de travailler. Ils me conseillèrent de repartir avec un scénario et de le lire tranquillement chez moi, avant de leur retourner mes remarques par mail. Ensuite, ils m'indiquèrent le bureau du producteur, qui se trouvait dans les mêmes locaux. Il désirait me parler. Je fus un peu étourdi par la manière rapide dont les choses se déroulaient. Était-ce vraiment de mon livre, *Délétères*, que l'on parlait ? Montant les marches vers le deuxième bureau, je me dis qu'il n'y avait plus rien de l'artistique chaleur d'Anton Geijer. Ici, tout paraissait froid, calculé, maîtrisé. Ils parlaient de numéros de scènes, de minutes de tournage, de budget, de possibilités ou non d'avoir tel accessoire, de tourner dans tel lieu… Le producteur ne se trouvait finalement pas dans son bureau. Il avait dû partir en urgence. Je ressortis, déboussolé. Toutefois, enfourchant ma moto, le scénario dans le top-case, cette histoire me parut de bon augure. Après tout, c'était ainsi que l'on faisait du cinéma, et pas autrement. Cela prouvait simplement que mon roman avait grandi, était entré dans d'autres têtes, d'autres imaginaires, qu'il m'avait échappé pour devenir une nouvelle entité, non plus littéraire mais cinématographique. *Délétères* ne me demandait plus de l'écrire, de le modifier, de le raturer, mais simplement mon avis, comme un fils, ayant grandi et quitté le foyer familial, demande l'opinion de son père. Il allait devenir un film. Cette pensée me submergea de joie. Une nouvelle vie commençait pour mon roman aussi. Nous prenions la grande route, tous les deux, et chacun !

7.

Souvenirs et auditions

« Oh, je t'en prie, laisse-moi participer ! » Nous étions au mois de juillet et, suite à mes commentaires, les scénaristes avaient écrit une seconde version du scénario, laquelle venait d'être soumise aux comédiens retenus pour le casting. Quand je l'annonçai à Ambroisie, elle me supplia de lui céder le tapuscrit afin qu'elle le lise, l'apprenne et se présente aux auditions. Celles-ci étaient prévues pour la fin du mois, face aux conjurations d'Ambroisie il était impossible de refuser. Son enthousiasme me plaisait : il signifiait qu'elle accordait une grande importance à mon travail. Voir la femme que j'aime jouer un rôle du livre que j'avais écrit serait merveilleux. Cependant, j'appréhendais le moment où elle débiterait le texte sur scène, devant moi qui devrais être son juge.

– Je t'en prie, laisse-moi lire le scénario. Tu verras, ma performance va te surprendre. Tu ne m'as jamais vue jouer !

Elle me serrait la taille, son visage penché, les cils battants. Je finis par lui donner le document.

Les semaines qui suivirent, je ne la vis pas. Elle me dit qu'elle était occupée à apprendre son texte par cœur, adorait le rôle de Myriam et s'en imprégnait tant qu'il était impossible que Geijer et moi ne la choisissions pas. La savoir travailler de manière si forcenée sur un personnage que j'avais créé de toutes pièces m'embarrassait. Le personnage de fiction inventé par mes soins me soutirait mon amoureuse réelle. J'étais dupe de ma propre entreprise et, livré à moi-même, je succombais peu à peu à l'inquiétude. Qu'allait proposer Ambroisie ? Qui seraient les autres candidates ? Serais-je vraiment objectif ? Devais-je en parler à Geijer, lui dire que ma compagne se présentait au casting ? Ou bien fallait-il offrir à Ambroisie l'anonymat ? Des tonnes de questions me submergeaient. J'en eus la migraine et passai trois jours au lit, avec Rodolphe. Ce dernier continuait d'asperger régulièrement les murs et le canapé de son urine. Il avait deviné que mes tourments m'étaient causés par une femme, celle-là même que je retrouvais lorsque je quittais notre domicile. Cela lui déplaisait fortement.

Les jours de migraine passés, je profitai de mon temps libre pour me rendre au musée et dans les librairies. Accaparé par Ambroisie, mon déménagement et mon scénario, je n'avais pas lu un livre depuis des mois, ce qui ne m'arrivait jamais, étant habitué à en dévorer plusieurs par semaine. Il fallait également penser au prochain roman, qu'Elena me sommait d'écrire. Je n'avais aucune inspiration. Assis au café, je feuilletais le journal à la recherche d'idées, de faits divers, mais rien. Il y avait cette photographie à la une d'un hebdomadaire : une foule de personnes réfugiées, à bord d'un bateau, dont une seule dépassait – un bébé tenu à bout de bras, porté vers le haut, afin qu'il ne soit pas broyé par la masse. Ce bateau était passé de côtes en côtes, avait cheminé le long des océans et des pays, disait l'article. Je pensais à une odyssée moderne, peut-être l'histoire d'un petit garçon… Puis je tournai la page, c'était bête, comment pouvais-je décrire les choses, moi qui n'avais rien vu ? Je tombai sur un fait divers malheureux, une famille assassinée dans un camping. Un bref instant, je songeai à Jean Meckert et à l'affaire Dominici, puis cela me parut bizarre. Me plonger dans le roman d'un meurtre, d'une enquête policière ? Je n'avais pas le don d'Agatha Christie. Je posai le journal et bus mon café. L'été enveloppait Paris dans ses bras chauds. Les feuilles des arbres étaient vertes, les trottoirs secs, le pollen volait et s'agrippait dessus. Les enfants criaient sous le soleil, un pigeon fendait l'air et les péniches brassaient l'eau de la Seine. Paris, pensai-je, et si j'écrivais sur Paris ? Mais quoi, je ne suis pas Léon-Paul Fargue. Je profitai d'un passage furtif du serveur pour lui demander l'addition. Non, décidément, je n'avais aucune inspiration. Je réglai et m'en allai, marchant de manière estivale sur les quais, d'un pas leste et lent, les mains dans les poches, la tête au vent, l'air d'un homme heureux.

Ma mère tenait à visiter mon nouvel appartement avant de partir en Vendée, où elle passait tous ses étés chez une amie qui possédait une maison en bord de mer. Fifine et elle jouaient au bridge, se promenaient sur la plage, allaient à la thalasso. Petit, je les accompagnais dans ce rituel. Elles emmenaient le petit Maurice se baigner dans les moutons froids, tandis qu'étendues sur le sable elles offraient leur peau à l'astre bronzant. À l'époque, maman avait les cheveux blonds, coupés court, frisottants. Elle portait des maillots de bain une pièce et des espadrilles. Souvent, elle nouait un paréo autour de sa taille et nous descendions, comme ça, le chemin caillouteux de la plage. Elle était encore jeune, alors. Joséphine, que nous surnommions Fifine, était plus forte que ma mère, elle avait les cheveux roux et riait de bon gré. Enfant, j'avais longtemps réclamé ces étés en Vendée puis, les années passant, je n'y étais plus allé. J'avançais dans ma vie d'homme sans me retourner sur ces vacances, classant la Vendée et Fifine au rang des vieilleries, des choses ringardes. Quand ma mère m'en parlait, j'écoutais d'une oreille inattentive, lassé d'avance. Qu'irais-je faire avec Fifine et elle en thalasso, tandis que je pouvais arpenter le monde avec mes copains ? Comme tous les enfants qui grandissent, je tournais le dos à mes parents afin de suivre ma propre voie, et ce sans beaucoup d'égards pour leurs sentiments, avec l'impression d'être unique, essentiel et d'avoir mon histoire à écrire. Plus tard, je compris que tout cela n'était que des conneries. Ils avaient encore tant de choses à m'apprendre. Quant à moi, je n'avais rien fait d'exceptionnel que de vivre. Enfin, ne nous égarons pas. Ce qui me frappa, cette année-là, c'est la réaction que j'eus en entendant ma mère parler de Fifine et de la plage. Plutôt que d'opiner sans écouter, les mots « Fifine » et « Vendée » me frappèrent et, allez savoir pourquoi, j'eus une vague de nostalgie. Les images du seau, de la pelle, des cartes de bridge, des ongles vernis de ma mère, des pins, du sable, des rochers, du chemin tortueux, des digues et des carrelets remuèrent une tristesse de souvenirs en moi, comme si c'était la dernière fois. Oui, lui dis-je, il fallait absolument qu'elle vienne déjeuner avec moi, dans mon nouvel appartement, avant de partir en Vendée.

Ce jour-là, ma mère sonna donc à la porte. Elle parut ravie et me lança avec humour :

– Devant le Collège de France !

Elle visita l'endroit scrupuleusement, ouvrant les portes, les placards, les tiroirs…

– Beaucoup de rangements ! C'est bien, ça, mon fils.

Elle se pencha à la fenêtre, me félicita d'avoir une chambre sur cour, arguant que c'était plus calme. Puis elle examina la luminosité des pièces, avant de déclarer que tout lui convenait.

– Où déjeunons-nous, à présent ?

Elle avait remarqué qu'il n'y avait pas de table ni de canapé et rouspéta contre ma fainéantise :

– Tu n'as rien à faire, ces jours-ci, va donc acheter le nécessaire. Tu ne vas pas manger par terre toute ta vie ! Si Isabelle était encore là, elle aurait déjà tout arrangé. C'était une fille organisée.

– Elle est encore en vie, répondis-je, agacé par ses allusions constantes à Isabelle.

– Ta nouvelle compagne ne t'aide pas ? Cela ne la gêne peut-être pas de dîner à même le sol.

Elle laissa planer un ton suspicieux, qui signifiait sans doute qu'à ses yeux Ambroisie était une sorte de hippie.

– Loin de là, dis-je, simplement elle n'est pas encore venue.

– Ah bon ?

De nouveau, elle laissa un doute en suspens. Pourquoi ? N'êtes-vous plus ensemble ? Rechigne-t-elle à venir ? Ces questions passaient dans son regard, sous ses sourcils froncés. Je lui souris d'un air rassurant et lui dis que nous pourrions déjeuner dehors, dans un restaurant non loin. Elle caressa Rodolphe avant de partir et murmura :

– Celui-là, il ne te quitte pas.

Dans la rue, jusqu'au restaurant, ma mère marchait lentement, alignant ses pas les uns derrière les autres, agrippée à mon bras. Je remarquai qu'en peu de temps son allure avait bien diminué.

– Allez, mamounette ! lui dis-je, pour la faire rire.

– Mamounette... Ça fait longtemps que tu ne m'as pas appelée comme ça... Du temps où tu venais en vacances avec Fifine et moi, tiens.

Sa fragilité m'attendrit. Les agacements, les remarques, les mauvais traits de caractère, tout cela s'effaçait sous sa démarche malhabile. Tout se désarme face à une vieille dame. Nos manies baissent les bras. Après tout, elle marchait, là, et c'était déjà ça. Au déjeuner, je supportai sans problème qu'elle me parle d'Isabelle.

Toutefois, dès qu'elle fut partie, j'appelai Ambroisie sans relâche. Elle ne répondait pas, sans doute accaparée par le scénario de *Délétères*. Répétait-elle donc des jours entiers ? Takumi lui donnait-il la réplique ? Je l'imaginais, du haut de sa tour, déclamer les dialogues, déverser ses paroles sur Paris, à ses pieds. Je décidai d'écouter ma mère et d'aller acheter une table convenable ainsi qu'un certain nombre de chaises. Dans les divers magasins de décoration et d'ameublement où je me rendis, je me surpris à considérer les bols, les tasses, les sets de table. Ce petit exercice finissait par me plaire et je revins chez moi chargé de paquets. Le magasin allait me livrer le reste, dès le lendemain. Les jours suivants, je flânai chez les libraires mais aussi chez les antiquaires.

Le fameux jour du casting arriva. Ambroisie m'avait simplement laissé un message m'indiquant que nous nous retrouverions là-bas. Elle tenait absolument à son anonymat et préférait que je ne fasse aucun signe démontrant que nous nous connaissions. Ainsi serait-elle jugée de la même manière que les autres candidates. Il me semblait difficile de jouer la comédie et mentir à Geijer, cependant je comprenais son point de vue. Mais si elle était prise, devrions-nous feindre de ne pas nous connaître, jusqu'à la fin du tournage ? Elle me répondit que nous verrions cela dans un deuxième temps. Le jour des auditions, je pensais donc davantage à Ambroisie et à la façon dont je pourrais dissimuler mon amour qu'aux commentaires et instructions du réalisateur.

Quand j'arrivai devant la salle, après avoir garé ma Yamaha, Anton Geijer se tenait là. Son équipe était déjà à l'intérieur du théâtre. Il était heureux, l'intrigue du roman ayant en partie lieu dans un théâtre, il avait réussi à obtenir, par la production, une salle au théâtre du Rond-Point afin de faire passer les auditions aux candidats dans les meilleures conditions. Dans le hall, quelques acteurs en herbe patientaient, assis sur les marches. Geijer les salua brièvement, ce qui les enchanta, puis il m'entraîna derrière lui jusqu'à la salle de représentation, où nous nous retrouvâmes seuls parmi les fauteuils vides, les rideaux baissés et les lumières éteintes. Deux sièges nous étaient destinés, à l'avant. Je tremblais en pensant qu'Ambroisie s'exhiberait là, sur l'estrade, devant nous. Tout était silencieux : les acteurs n'en seraient que plus intimidés, pensais-je, faisant en réalité allusion à ma propre timidité. Nous nous installâmes et Geijer s'alluma une cigarette, à l'aise. Je restai figé sur ma chaise. Il feuilleta le scénario puis m'indiqua que nous commencerions par le personnage de William, avant d'auditionner celui de Myriam. J'acquiesçai, peu sûr de moi. Il pointa le texte du doigt puis résuma :

– William est un jeune homme blond, la trentaine, petit frère de Myriam, il est ambitieux, malin, droit dans ses bottes et, cependant, il se laissera prendre au piège…

Il me sourit d'un air complice, que je tentai de lui rendre sans trop y parvenir. Je hochai la tête et Geijer cria que nous étions prêts, suite à quoi une femme envoya le premier candidat. Les rideaux s'ouvrirent sur un jeune homme, plus rouquin que blond. Il s'avança nerveusement sur la scène, tortillant ses mains l'une dans l'autre, les essuyant régulièrement sur son pantalon. Il était gringalet, peu sûr de lui, et le texte qu'il déclama en chevrotant ne fut aucunement convaincant. Geijer le laissa terminer puis le renvoya poliment. Le pauvre hère repartit, décontenancé. J'en eus mal au cœur pour lui, mais force était de constater qu'il ne me faisait penser en rien à mon personnage. Un autre candidat s'avança donc. Celui-ci était totalement différent : bien coiffé, avec des dents si blanches qu'il aurait pu auditionner pour une publicité de dentifrice. Il portait un polo, des mocassins et, bien qu'il eût beaucoup de charme, il ressemblait trop à un cadre dynamique pour incarner le personnage de William, selon nous.

– Ce côté fils à papa irait encore, pour le début de l'histoire, commenta Geijer, une fois l'acteur parti. Mais comment voulez-vous qu'il joue la chute ? Le personnage doit être froissé.

J'étais du même avis que lui, bien que la procédure d'élimination me parût terriblement cruelle. Geijer raturait la réalité, il éliminait les gens d'un geste. Ce que je faisais sur le papier, à rayer un mot, à enlever du noir sur du blanc, n'était d'aucune incidence comparé à son casting.

Le troisième candidat parut devant nous : un grand dadais, un de ces trentenaires mollassons et indéfinis, encore en jean troué et tee-shirt à messages, qui paraissent tout droit sortis de chez leur mère. Geijer n'eut pas la patience de l'écouter, et lui signifia gentiment qu'il ne conviendrait pas au rôle :

– Désolé, mon cher, mais le personnage a trente ans, comprenez ?

– Moi aussi. J'ai trente-trois ans.

Il lui fit signe qu'aucune négociation n'était possible. Quand le candidat partit, il se tourna vers moi :

– Trente-trois ans, cette grande tige ! Le croyez-vous ? Il m'en paraît vingt-deux.

Anton cria au suivant et un surfeur s'avança sur l'estrade, les cheveux jusqu'aux épaules, visiblement pas peignés depuis plusieurs mois, sans doute depuis le dernier été, passé sur son surf. Il avait revêtu une chemise hawaïenne, ce que Geijer jugea pénible, au vu de la description du personnage de William.

– Pourquoi se présentent-ils, s'ils savent pertinemment qu'ils sont à côté de la plaque ? me souffla-t-il.

Anton le remercia et lui assura qu'il serait tenu au courant dans les semaines à venir.

D'autres individus défilèrent devant nous. Enfin, un grand gars, maigre, au visage anguleux et très expressif, tapa dans l'œil de Geijer. Il était certes moins banal que les autres, et ressemblait beaucoup au réalisateur, à vrai dire. Anton exultait : il avait son personnage.

Le moment tant redouté arriva alors. Mon cœur battait fort car je savais que c'était au tour de Myriam et, donc, d'Ambroisie. Tandis qu'Anton faisait entrer les premières candidates, je restai paralysé, les mains humides, agrippé à mon siège. J'osai à peine les regarder, de peur d'apprécier leurs performances. Mes yeux restaient rivés sur leurs chaussures, j'écoutais le texte d'une oreille distraite, et, à l'issue de leur passage, quand le réalisateur me demandait ce que j'en avais pensé, je me contentais de hausser les épaules et de faire un vague signe de la main, qui signifiait « moyen ». Il finit par me faire remarquer qu'avec une telle concentration, j'étais un allié inutile. Par peur de voir mon stratagème démasqué, je fis un effort pour observer les candidates. Il y en eut des différentes : une grande brune, très mince, à l'air un peu trop agressif ; une femme à l'âge un peu trop mûr pour le rôle ; une autre, un peu trop jeune ; une actrice aux cheveux frisés que Geijer trouva très bien, à mon grand désarroi ; une qu'il jugea mauvaise, à mon grand soulagement. Enfin, Ambroisie parut. Mon cœur fit un bond, je me tins à l'accoudoir pour ne pas sursauter tout à fait. Elle s'avançait au-devant de la scène et, à chaque pas qu'elle faisait, mes lèvres s'asséchaient, ma salive se cristallisait en un soufre anxieux. Je tremblais si fort que j'étais incapable de comprendre ses phrases. La voilà qui levait la main, déclamait haut et fort. Elle portait une robe rouge vif et je songeai avec effroi que cela ne convenait pas du tout au personnage, que l'on imaginait davantage avec des couleurs pâles. De la même manière, elle parlait si bruyamment que son texte s'approchait plutôt du cri de tragédie. Était-ce un raté complet ? Elle se mit à convulser, puis à pleurer. Je jetai un coup d'œil à Geijer : il l'observait attentivement, sans montrer aucun signe de désapprobation. Je repris espoir : après tout, sa prestation n'était peut-être pas si désastreuse. J'osai regarder son visage, moi qui tenais les yeux baissés, lâchement. Je les relevai et vis que ses cils battaient à présent sous des perles de larmes, que les ailes de son nez tremblaient et que toute son expression était aussi délicieuse que douloureuse. Elle était bonne actrice. Je tentai d'oublier Ambroisie afin de percevoir Myriam dans le corps de cette femme qui se tenait devant moi. Pouvait-elle être Myriam ? La voilà qui passait des larmes au rire : elle sourit d'abord, l'air encore empreint de tristesse, avant de rire tout à fait. Alors, son visage s'illumina et j'eus envie de la serrer dans mes bras, de l'embrasser, de l'applaudir ! Je n'en fis rien. Geijer lui signifia que c'était bien, puis elle quitta le plateau, sans un regard pour moi.

– Était-ce vraiment bien ?

Il se tournait vers moi, à présent, et m'adressait un regard interrogateur. Je bégayai, mal à l'aise :

– Euh… Oui… J'ai… Ça m'a beaucoup plu.

– Vraiment ? Je ne sais pas trop quoi en penser. Elle est loin du personnage de Myriam tel que je l'imaginais, mais sa proposition n'est pas inintéressante.

– Intéressante, je trouve…

– Ah bon ?

Il avait l'air sceptique mais pas réticent. C'était à moi de faire pencher la balance. J'insistai un peu lourdement :

– C'est elle qui me plaît le plus, parmi toutes les actrices que nous avons vues. Elle est… différente.

Geijer hocha la tête et inscrivit, au crayon de papier, une note sur son carnet. Je me sentis rougir, honteux d'en être venu à le piéger, lui qui adaptait mon livre. Tandis que nous remballions nos affaires, une fois le casting terminé, j'étais peu fier : il me semblait avoir trahi mon roman, le réalisateur, mon éditrice, les scénaristes, ma conscience et

Ambroisie même. J'avais menti à tout le monde. Anton perçut mon malaise et s'en inquiéta. Je lui dis que tout allait bien, simplement j'étais peu habitué aux auditions et cette méthode d'élimination me paraissait bien cruelle. Il m'assura que je m'y ferais et rit :

– Vous êtes trop sensible, cher artiste !

Cette phrase m'enfonça davantage dans ma culpabilité. Je restai cloué un instant. Il me fit signe de me dépêcher, car nous devions libérer le théâtre. Je courus donc derrière lui, me demandant où était Ambroisie. M'attendait-elle, cachée au coin de la rue ? À la sortie du théâtre, Geijer me donna une tape sur l'épaule :

– À bientôt ! Je vous appelle pour vous informer des décisions finales.

Je le saluai et marchai, hagard, vers ma moto, scrutant les alentours, dans l'espoir de voir la silhouette d'Ambroisie se diriger vers moi, mais rien. Elle était partie. Bien sûr, cela n'aurait pas été discret, si l'on s'était retrouvés dès la fin des auditions. Quelqu'un aurait pu nous surprendre, nous serions démasqués. Je mis mon casque et enfourchai ma Yamaha, gêné par mes réflexions de voleur. Sur le chemin du retour, je roulai à vingt-cinq kilomètres-heure, dans un ralenti d'ahuri.

Arrivé chez moi, je tentai de joindre Ambroisie sans succès. La journée m'avait éprouvé et je décidai de passer la soirée avec Rodolphe, devant un film. Le lendemain seulement, elle me rappela pour me demander comment je l'avais trouvée, si Anton avait dit quelque chose. Je lui promis de la tenir au courant dès que j'aurais une réponse, puis lui demandai :

– Et nous deux, quand est-ce qu'on se voit ?

– Je préfère attendre le résultat des auditions. Au cas où... Ça pourrait me porter malheur. Imagine qu'il nous croise dans la rue ! Tout serait foutu !

Je trouvai la comédie exagérée et lui signifiai ma déception. À cela, elle rétorqua :

– Que dis-tu de partir en vacances, juste toi et moi ?

– Vraiment ?

– Oui, vraiment. Nous sommes au mois de juillet après tout. Si l'on partait au Portugal, en août ? J'ai des amis à Lisbonne qui m'invitent depuis longtemps.

Cette proposition me réjouit tant que j'acceptai de ne plus la revoir jusqu'aux résultats du casting. Toutefois, je pressai Anton de me donner sa réponse finale. Au bout d'une semaine, il me fit savoir qu'il avait arrêté son choix pour le personnage de William mais hésitait encore à propos de Myriam. Je le persuadai qu'Ambroisie saurait donner une dimension plus large à Myriam, l'emmener vers une psychologie plus nuancée... Bref, j'inventai des tas de conneries qui finirent par défigurer complètement le personnage que j'avais moi-même créé, à savoir celui d'une Myriam effacée, timide, mais extrêmement sensible et clairvoyante. Voilà qu'à la place, je me surprenais à décrire Ambroisie avec une conviction capable de détourner Geijer. Il me dit qu'il n'avait pas cette vision-là, au départ, mais pourquoi pas. Après tout, c'était moi l'auteur, et l'actrice n'était pas trop mauvaise, finit-il par concéder. C'était d'accord ! Je bondis de joie, oubliant que je venais de supprimer mon personnage, d'abîmer le roman ainsi que son adaptation, omettant même le fait qu'Anton avait qualifié Ambroisie de « pas trop mauvaise ». Je le remerciai de m'avoir inclus dans cette belle expérience qu'était un casting et lui redis toute ma reconnaissance, et la confiance absolue que j'avais en lui, afin de filmer au mieux l'histoire que j'avais écrite. Nous échangeâmes encore quelques salamalecs au téléphone puis je lui dis que je partais à Lisbonne, en août, après quoi il me donna rendez-vous à la rentrée.

Ces semaines-là furent les plus heureuses de ma vie. Quand j'annonçai à Ambroisie qu'elle était prise pour le rôle, elle jubila. Enfin, disait-elle, il lui était donné de jouer et, en la voyant avec le script sur les genoux, rêver à sa scène, enfin, me disais-je, il m'était donné d'aimer.

8.

Week-end à Lisbonne

Au mois d'août, les aéroports se remplissent d'une foule bigarrée, claquettes aux pieds, chapeau de paille sous le bras, valises à roulettes, en manches courtes et bermuda. Les halls embaument la crème solaire et, sur les tapis roulants, passent des peaux rougies à la chair collante. Les enfants crient, s'asseyent sur les bagages ou bien courent entre les jambes des adultes qui cherchent leur numéro de vol, le doigt tendu vers le panneau d'indications, grognant laisse-moi tranquille, j'essaie de trouver le bon terminal, la porte B, tiens-toi calme. Ensuite, il y a la salle où l'on patiente, les sièges aux dossiers rigides, la file d'attente… Ambroisie avait tenu à voyager en Business, afin d'éviter cette agitation estivale. Elle s'était planquée dans le Lounge, endroit privé, climatisé, où l'on pouvait s'approvisionner en nourriture, boissons et magazines avant le vol, à condition de payer son billet plus cher. Je n'avais jamais pris l'habitude de voyager dans ces conditions favorables, surtout pour un trajet de courte durée tel que l'était le Paris-Lisbonne, mais Ambroisie avait insisté, disant qu'elle ne décollerait pas sans ça. Voilà qu'elle était installée sur un fauteuil confortable, sirotant un cocktail et lisant, à travers ses lunettes teintées, le scénario de Geijer. Elle m'avait prié de ne pas la déranger tandis qu'elle apprenait ses répliques. J'étais donc sorti fumer sur la terrasse, d'où je la voyais, à travers la vitre, lire en agitant le pied. De temps à autre, elle articulait les dialogues et mimait certains gestes, sans se trouver nullement gênée par la présence des autres voyageurs, qui l'observaient d'un œil dubitatif. Elle me semblait, vue de cette terrasse et à cet instant, une véritable vedette de cinéma. Je mesurais la chance que j'avais d'être l'homme de cette femme superbe qui, en outre, apprenait par cœur les paroles d'un personnage que j'avais inventé.

Elle continua de lire ses répliques durant tout le voyage. Quand l'avion décolla, simplement, elle leva les yeux vers moi et me serra tendrement la main. Je profitai du trajet pour dormir tandis qu'elle travaillait avec acharnement. Arrivés au Portugal, elle me signifia qu'elle était épuisée et pressée d'être à l'hôtel. Nous nous hâtâmes donc vers la sortie de l'aéroport, où un chauffeur nous attendait afin de nous conduire au Olissippo Lapa Palace. Ambroisie m'ayant annoncé au dernier moment que ses amis de Lisbonne étaient absents, j'avais dû revoir complètement mon budget du séjour : en effet, je tenais à l'inviter, tel le gentleman que je m'appliquais à être, et elle ne se résignait pas à dormir dans un endroit moins fastueux que ce palace, qui donnait directement sur le Tage.

– Mes amis m'ont tellement parlé de cet hôtel ! Il paraît que la vue est sublime.

Ainsi avais-je fini par réserver cinq nuits au Olissippo Lapa Palace, que je n'allais pas regretter tant j'étais heureux d'y vivre avec Ambroisie.

Quand nous arrivâmes à la réception, je fus surpris de voir deux élégantes personnes s'approcher du guichet. La femme portait une blouse, des escarpins et un sac à main de marque, l'homme avait les cheveux rabattus en arrière, une chemise Barzini et une belle montre. Ils venaient de faire monter leur bagage dans la chambre et demandaient une clé. Il n'y avait rien d'étonnant à voir ce couple distingué dans ce palace baroque, ancienne demeure du comte de Valenças. Ils étaient chics, à l'image du lieu, et le standardiste les avait reçus avec beaucoup d'attention, leur proposant un verre d'eau citronnée. Ces deux amoureux n'auraient surpris personne, mais moi, je les regardais, estomaqué, dans le reflet de la vitre. C'était nous, Ambroisie et moi, au comptoir du palace, qui recevions les clés de la main du standardiste en livrée. C'était nous, endimanchés, avec nos fringues et nos cheveux, nos bijoux et nos montres, nos sacs et nos manières… Nous ! Moi ! Je me voyais dans le miroir, derrière le guichet, et mon reflet était celui d'un autre homme, plus beau, plus élégant, plus distingué.

Je restai troublé un instant, sans savoir si l'image de cet avatar devait me flatter ou m'effrayer. Ambroisie ne remarqua rien. Elle se dirigea vers la chambre d'un pas assuré. À la manière dont elle se tourna vers moi, une fois parvenue devant la porte, je compris que j'étais devenu l'homme du reflet, cet individu raffiné, parfumé, charmeur. Les yeux d'Ambroisie brillaient, son corps entier réclamait mon élégance. Elle inséra la clé et entra dans la chambre à moquette rose, se jeta sur le lit à baldaquin, devant les rideaux lourds. Tout baignait dans un effluve poudré de cire, de sésame, de résines. L'ensemble m'aspira. La seule échappée était à travers cette fenêtre, qui donnait sur le Tage. Ambroisie me serra contre elle et je savais bien que, désormais, ses yeux ne voyaient plus le Maurice maladroit de Gordes mais celui-là, le nouveau, le Maurice fringant du Tage. J'acceptai de le devenir tout à fait. Après tout, n'avait-il pas plus d'allure que le précédent ?

Nous passâmes six jours merveilleux à Lisbonne, dans les ruelles au sol pavé de blanc, sur la place du Commerce, dans les bars colorés, au château Saint-Georges, dans les funiculaires qui roulent comme des oranges le long des pentes de la ville aux sept collines, dans les dentelles de la tour de Belém, au Rossio et aux Carmes... Ambroisie s'émerveillait des visites que nous faisions et je reconnus son goût de la précision : elle remarquait le moindre détail architectural, relevait chaque anecdote historique, utilisait les mots d'un vocabulaire savant. Elle était aussi docte que sensuelle. Lors des visites, elle suivait le guide de près, son nez pointé vers lui, l'observant pardessus ses lunettes, vêtue d'un short kaki et d'une chemise blanche. Le soir, au dîner, elle se métamorphosait en créature céleste, dans une longue robe colorée, bijoux aux bras et aux oreilles. Alors, elle jouait de son charme avec moi. Puis, la nuit, dans le lit, elle lisait le scénario qu'elle répétait avec application. Dans le train, même, que nous prenions pour aller à Belém, elle répéta les scènes pendant tout le voyage, avec une application touchante.

Le dernier soir du séjour, nous allâmes dîner de l'autre côté du Tage. Le soleil se couchait très tendrement sur le *rio Tejo*, ses rayons roses, reflétés dans l'eau, s'y cassaient à chaque vaguelette, pour mieux revenir, brillants, lumineux, rougis de timidité. Quelques navettes se frayaient un passage d'Almada à Santa Engrácia, brisant, de travers, les reflets des rayons alignés au courant de la mer. Au-dessus, dans le ciel, on voyait, qui prolongeaient les vagues et les traces solaires, dans la même ligne oblique, quelques mouettes criardes. Les navettes, bravant le trajet des vagues, des rayons et des mouettes, passaient entre elles. Nous étions sur ce rebord de pierre, contre l'eau, nos pieds s'y balançaient mollement pour faire des clapotis au rythme de la mélodie stellaire d'Octave Peterson, *Hymn to Freedom*, que l'orchestre du restaurant jouait en arrière-plan, sous les lanternes de couleur. Ambroisie avait l'air rassurant et ses cils, en battant, soulevaient, à chaque clignement, cette chaleur vaporeuse pour la densifier. C'était, autour d'elle, comme un halo cuivré qui maintenait les gens à une distance respectueuse, et elle le savait bien : elle battait des cils, encore et encore, et les hommes reculaient, d'un pas, puis d'un autre.

Assis, nous discutions, après avoir terminé nos plats et réglé. Nous partagions notre bonheur d'être ensemble, je lui dis ma hâte de rencontrer sa fille, qu'elle fasse connaissance avec ma mère et mes amis, je lui parlais du retour à Paris, du film, de notre vie commune, de l'appartement... Ambroisie m'arrêta tout de suite : elle voulait rester une semaine de plus au Portugal, afin d'apprendre le texte et de profiter jusqu'au bout des vacances. Je tremblais en songeant à la fortune qu'il me faudrait pour loger une semaine de plus au palace Olissippo Lapa.

– Ah bon ? Tu veux rester ? Mais nous avons les billets de retour, pour demain matin...

– Ce n'est pas grave. J'en prendrai d'autres, vendredi prochain. J'ai vraiment besoin d'une semaine supplémentaire ici.

– Je vais décaler nos billets, alors.

– Mon billet. J'aimerais rester une semaine seule, Maurice.

– Seule ? Mais pour quoi faire ?

– Pour me détendre et apprendre mon rôle. Ne t'en fais pas pour moi, va ! Je suis une grande fille.

J'acceptai sa décision, bien qu'elle me parût cruelle. Ainsi allais-je rentrer à Paris sans elle, dans cette Business class dont je me foutais, seul. La fin du séjour aurait un goût amer. Cependant, je repensais à cette semaine formidable que nous avions passée et me dis qu'il était ridicule de faire la tête pour la simple raison qu'elle voulait rester davantage au Portugal. Ce serait bien une gaminerie de ma part que de lui en vouloir. Après tout, nous étions adultes et libres : elle pouvait tout à fait rester seule à Lisbonne quelques jours, je ne mourrais pas de rentrer en célibataire à Paris. Nous nous retrouverions, de toute manière, après.

Elle invoquait ma patience, me faisait remarquer que tout venait à point à qui savait attendre, la teinte du soleil, celle du ciel et de la mer patientaient elles-mêmes les unes contre les autres pour atteindre ce point, chaque fois parfait, où elles devenaient grises, ensemble, ou vertes ou bleues, ou roses ou jaunes, et les pointes mêmes des étoiles savent guetter sans se presser l'instant où mécaniquement, pic contre pic, elles se toucheront. Il fallait faire abstraction, me disait-elle, des envies et des craintes dans ces moments-là, dans ces moments pleins et vides, dont il faut saisir la transparente volupté. Je l'écoutais en voulant croire beaucoup, sans comprendre rien. Je m'agrippais à ses paroles qu'elle laissait tomber une à une, comme des gouttes dans la mer. Je m'agrippais à ses doigts aussi, vernis de noir, et à sa taille cintrée dans une longue jupe qui couvrait le bout de ses pieds. Je posai ma tête sur son épaule. Il ne fallait mettre en avant aucune exigence, continuait-elle, aucune, car elles formaient sinon un chemin déterminé par des plots autour desquels slalomer, qui nous empêchait de lever les yeux, de marcher en paix. Elle sortit de son sac une boîte en fer dans laquelle se trouvaient des feuilles à rouler et un peu de tabac. Elle étala l'un sur l'autre, saupoudra le tout de l'herbe qu'elle extrait d'un pochon gardé caché.

– Normalement, Takumi me prépare ça. Je trouve ce geste de rouler assez vulgaire. Mais comme il est bon de fumer un peu...

Elle se pencha pour lécher le bord de la feuille puis alluma ce qu'elle appelait son bonbon, sa cigarette-bonbon. Ambroisie mangeait de ces bonbons régulièrement – ça l'apaisait. Je l'ignorais et de l'apprendre me fit l'aimer davantage : ainsi, il n'y avait pas que de la perfection et de la maniaquerie chez cette femme. Il y avait aussi cet illicite laisser-aller.

– Allons danser ?

Elle se levait déjà pour rejoindre l'orchestre. Quelques couples se serraient dans les bras et ondoyaient lentement au rythme de la musique. Les pieds des hommes faisaient deux petits pas, quatre, six, leurs chaussures tapaient contre le sol et, encadrées par ces souliers, les jupes longues des femmes se mouvaient dans un silence tendre et sensuel. Ils formaient à deux une sorte d'insecte dont les antennes alertes, en bas, sortaient du corps-jupe, sensiblement immobile, lui, et dont les deux bustes et les deux têtes en haut venaient se fondre en une seule. Ambroisie flottait entre ces couples d'insectes, balançait ses hanches et fumait lentement. Elle retenait la fumée dans sa poitrine, jetait ses cheveux bruns en arrière, fermait les yeux pour entendre la musique puis, seulement, soufflait. Elle était seule, me disais-je, avec sa transparente volupté. Ces mots ne signifiaient pas grand-chose, ils avaient l'air aussi fumeux que son bonbon, que sa danse, qu'elle, mais j'y croyais, à la voir sourire.

Je me tournai vers le *rio Tejo* : le soleil avait plongé dedans, son rouge trempé maintenant d'eau de mer, un rouge salé. Bientôt, il n'y eut même plus de rouge. Le soleil avait été englouti entier par l'océan. Il faisait nuit. Je pensai à prendre la navette pour rentrer. Je fis signe à Ambroisie que j'allais rejoindre l'autre bord, Santa Engrácia, en le désignant. Elle hocha la tête et continua de danser, l'air de dire : « D'accord, je reste. » Les couleurs des lanternes jouaient sur elle, qui ne cessait jamais son mouvement de hanches. Elle clignait des yeux, avec son halo cuivré. Les couples, la tête de l'un enfouie dans le cou de l'autre, n'étaient pas près de s'arrêter, ni de partir. Je m'en allai sans dire au revoir. Je remontai le chemin de la plage vers le petit port où étaient amarrées les dernières navettes. J'étais à la fois vide et plein, triste et heureux, je ne savais plus bien si cette volupté que j'essayais de ressentir était vraiment là, ou non ; les pointes mêmes de mes étoiles imaginaires, je me demandais si elles s'étaient touchées, ou pas encore. Peut-être pas encore. Je montai dans la navette qui démarra avec un vrombissement terrible. Elle traversa la mer en diagonale, brisant ses vagues et le trajet de ses mouettes. J'avais l'impression de casser les fantasmes d'Ambroisie, de les renier et de m'en départir dans un grand bruit de moteur. Elle restait de l'autre côté, à Almada, sous les lumières et son *Hymn to Freedom*, enrobée dans son ambre mystique. Je revenais vers la vraie Lisbonne, ferme, et vers mon billet d'avion qui pointait déjà Paris du doigt. Paris demain, onze heures : la vie reprendrait son cours hasardeux, mais Ambroisie continuait de danser sur mon cœur, comme une pointe lumineuse, dorée, au bout des journées grises.

9.

L'encre ou le sésame

À Paris, une tournée des librairies m'attendait. Je me greffai aux itinérants de la rentrée littéraire de septembre pour sillonner la France et présenter mes livres. Connu de mes lecteurs depuis maintenant vingt ans, j'avais la chance de ne plus faire partie des auteurs aux tables pleines de bouquins, qu'aucun curieux n'accostait, dont personne n'achetait les œuvres et qui finissaient par s'endormir discrètement, cachés derrière leurs montagnes d'écrits impopulaires – ce que j'avais longtemps été. Au contraire, je voyais tout le temps ma pile descendre, c'était bon signe. Avec quelques collègues, nous avions mis en place un jeu destiné à tuer le temps : compter les livres qui disparaissent, faire la course de la pile la moins haute. L'habitude des déplacements, salons et conférences m'avait attaché des connaissances. Je ne me retrouvais plus ballotté d'un hôtel à l'autre, d'une gare à l'autre, avec pour seul bagage ma solitude. J'avais, à présent, quelques personnes avec qui bavarder. Longtemps, j'avais été un adepte de l'anonymat, de salles de petit-déjeuner vides, d'hôtels de passage, de trajets en train cahotants. Aujourd'hui, Maurice Mollgaard se déplaçait en terrain connu.

Je profitai de l'absence d'Ambroisie pour accepter un maximum d'invitations en librairie, songeant que cette semaine sans elle passerait plus vite, remplie de déplacements et d'activités. Quand j'arrivai dans les salons, cette semaine-là, les auteurs présents me saluèrent comme du bon pain. Ils remarquèrent que j'étais devenu bien plus élégant et me félicitèrent autant pour l'adaptation de *Délétères* que pour ma nouvelle allure et mon teint hâlé.

– Je reviens de Lisbonne, expliquai-je d'un ton exalté, comme si je revenais d'un rêve.

– Et c'est d'être porté sur grand écran qui te rend si chic ?

Ils riaient. J'étais heureux de les revoir mais je constatais qu'une distance s'était créée entre nous. Désormais, nous ne parlions plus la même langue. Ils avaient toujours, dans la bouche, le goût des trajets solitaires, des livres poussiéreux, des studios brouillons, des mégots de cigarettes, des vêtements froissés, des cernes de travail, des heures de relecture, des taches d'encre, des dictionnaires des synonymes et autres parfums du labeur poétique. Quant à moi, je sentais le sésame grillé du palace Olissippo Lapa. Ce constat me laissa perplexe. Je n'avais ni lu ni écrit depuis bien longtemps.

Gérard, le concierge, avait nourri Rodolphe durant mon absence. En vrai littéraire, il avait développé une affection pour mon chat, qui s'était également attaché à lui. Deux êtres sensibles ne peuvent s'ignorer. Quand je revins à Paris, il me surprit à l'entrée de l'immeuble :

– Vous voilà, monsieur Mollgaard ! Comme votre matou est charmant. Figurez-vous que j'ai fini par le faire descendre dans ma loge. Pardon, je sais que nous n'en étions pas convenus ainsi, mais il faut me comprendre… Dès que je fermais la porte de votre appartement, il poussait des miaulements déchirants. Au début, je tenais bon, je lui disais : non, non, mon brave, je reviendrai demain. Mais le lendemain, il recommençait. Au bout du troisième jour, j'ai ouvert la porte. Rassurez-vous, il ne s'est pas échappé, loin de là. Il a mis deux pattes dehors, puis il s'est frotté à mes jambes. Alors, je suis descendu doucement chez moi. Marche après marche, il m'a suivi, jusque dans ma loge ! J'ai fini par le garder ici. Quel adorable chat ! Je lui faisais la lecture à haute voix. Il adore ça, vous savez ? Je m'installais sur ma chaise, avec mon bouquin, et il sautait sur mes genoux. On aurait dit qu'il en réclamait encore ! Ah, bravo, monsieur Mollgaard. Bravo à vous d'avoir éduqué ce félin en poète !

Il me serra la main pour me congratuler puis me donna mon courrier. Je vérifiai immédiatement s'il n'y avait pas une carte postale de Lisbonne, une lettre d'Ambroisie Braun. Rien.

Elle n'avait pas laissé de message, ni de lettre. Nous étions pourtant samedi, elle avait dû rentrer hier, selon ses dires. Une fois dans l'appartement, après avoir salué Rodolphe qui me fit la tête, je me précipitai sur mon téléphone et l'appelai. La sonnerie retentit mais personne ne décrocha. À en croire l'opérateur, j'appelais à l'étranger. Ainsi n'était-elle toujours pas revenue à Paris.

Dimanche, je passai la journée à lire Faulkner, ou plutôt à essayer de le lire, puisque mes yeux observaient les phrases sans les comprendre. Mon regard avait beau se poser une heure sur la même ligne, je ne parvenais pas à déchiffrer l'histoire. Que voulait-il dire ? Je revenais à la page précédente, la découvrais de nouveau, ne la saisissais toujours pas. Mes pensées étaient ailleurs. En réalité, mes pupilles se braquaient sur le pauvre Faulkner, qui n'avait rien demandé, avec l'intention féroce de savoir où était Ambroisie, pourquoi elle n'était pas revenue à Paris, pour quelles raisons elle n'avait pas donné de nouvelles, et s'il lui était arrivé quelque chose. Le livre n'indiquait rien, ce qui m'énervait, et je reprenais au chapitre d'avant.

Le soir, sans me souvenir d'aucune phrase lue, je sortis me dégourdir les jambes et l'esprit sur les trottoirs de Paris. Je descendis sur les quais de Seine, près du fleuve noir. Tandis que j'avançais sous les lampadaires, l'un d'entre eux grésilla, puis s'éteint. Cela me bouleversa. Ma valeur électrique avait déjà été mise à l'épreuve, auparavant, et voilà qu'elle me faisait de nouveau défaut. Sans Ambroisie, pensai-je, je n'étais d'aucune luminosité. Ce hasard, qui avait éteint le lampadaire au moment précis de mon passage, ne pouvait en être un – ce n'était même pas une coïncidence, c'était carrément un signe. Je continuai ma marche nocturne, chancelant. Tout ne finit pas là, un deuxième événement eut lieu, parachevant mon trouble. Alors que je passais sous le Petit-Pont-Cardinal-Lustiger, une silhouette fondit sur moi. Qui était-ce ? Un voleur, un homme ivre ? Non, je distinguais une taille fine, des petites mains, c'était une femme. La connaissais-je ? Voilà qu'elle me parlait, comme si nous étions intimes. Trop préoccupé par Ambroisie et cette histoire de lampadaire, je n'arrivais même pas à distinguer ses paroles. Il fallut qu'elle m'entraîne hors de l'ombre du pont pour que je distingue Isabelle. Ça alors ! Isabelle ! En amour, il n'y a jamais de hasard. Si Isabelle se trouvait sur mon chemin ce soir-là, c'était de mauvais augure, me dis-je tout de suite. Je n'avais aucune envie de croiser Isabelle, mon Dieu. Nous ne nous étions ni vus ni écrit depuis des mois... Pourquoi ce soir ? Elle lut la déception sur mon visage, suite à quoi le sien se décomposa.

– Je suis pourtant heureuse de te voir, Maurice. Tu sais, je n'ai pas de rancœur. Notre histoire était déjà terminée.

– Je n'ai pas envie de parler de notre histoire, Isabelle ! criai-je, agacé.

À parler du passé, nous rendrions le présent impossible. Cette apparition d'Isabelle me parut totalement funeste. Le destin voulait-il m'éconduire loin d'Ambroisie, et me refourguer Isabelle dans les pattes ? Non, non, c'était hors de question.

– Très bien, Maurice, aucun problème. Tu vas bien, au moins ? Tu as l'air agité.

Je trouvais son commentaire déplacé. Comment pouvait-elle oser dire que j'avais l'air agité ? Comment le passé pouvait-il se permettre de commenter mon présent ? Au placard, pensai-je, du balai.

– Non, je vais bien, très bien, merci.

Elle sourit. Ses cheveux tombaient toujours, raides, des deux côtés de son visage en couteau. Elle n'avait pas changé, mais son expression était plus douce qu'à Gordes, elle me détestait moins. Elle n'avait, effectivement, aucune rancune. C'est une femme sereine qui me prit la main :

– Tant mieux alors, je suis heureuse pour toi.

Je retirai mon bras d'un coup sec : ce contact était obscène ! De toute évidence, et je ne le nie pas auprès de mon lecteur, mon attitude était impolie, voire rustre. Non seulement j'avais quitté Isabelle d'une manière terrible, à Gordes, en passant la soirée avec une autre femme, mais, en plus, voilà qu'en la recroisant dans la rue je lui criais dessus, affirmant que j'allais très bien. Son regard bienveillant me mit mal à l'aise et j'eus soudain peur qu'elle ne veuille renouer avec moi. De surcroît elle ajoutait :

– À bientôt, Maurice. Prends soin de toi. C'est vrai que tu as fière allure.

Elle faisait allusion à mes cheveux plaqués en arrière, à ma veste, à mes chaussures, à mon nouvel attirail. Peut-être par honte de me trouver aussi bien mis après l'avoir quittée si mal, ou bien pour ne pas être dérangé ni paraître désirable, je lui répondis :

– Eh bien, je vais mal, à vrai dire. Rien de nouveau. Je gribouille dans mon studio, comme d'habitude. Je fais des déplacements en librairie... Sans succès. Rien de palpitant.

Elle parut étonnée de ce revirement et fronça des sourcils interrogateurs. C'était idiot d'avoir menti, mais sans doute voulais-je la tenir à distance, en annihilant par avance l'intérêt qu'elle pourrait me porter.

– Ah bon.

Elle haussa les épaules. Le tableau repoussant que j'avais dressé fonctionnait. Elle n'avait plus envie de discuter :

– Je te laisse, alors. Salut, Maurice.

– Salut, Isabelle, bonne continuation à toi !

Quand son ombre rétrécit au bout des quais, j'eus honte. « Bonne continuation à toi »... Quelle phrase horrifiante ! Et puis, je ne lui avais demandé aucune nouvelle d'elle, je n'avais parlé que de moi. Vraiment, cette rencontre fortuite avait été catastrophique. Je n'avais plus qu'une envie : rentrer, retrouver la complaisance de Rodolphe et me cacher sous les draps.

Puisque le sommeil ne venait pas, ce soir-là, je décidai d'écrire. Après tout, les histoires ne s'inventent pas dans l'air. Elles surviennent en travaillant, au contact de la plume. Les phrases appellent les mots qui appellent les idées. Un livre s'écrit sans se prévoir, s'invente sans se savoir. Les romans prennent forme à force de frapper dessus, comme les statues se sculptent à coups de burin et les peintures à coups de pinceau. Rien n'est dans la tête, d'avance. Tout reste à créer. Enthousiaste, je me mis à l'ouvrage et ressortis, pour la première fois depuis des mois, le stylo que ma mère m'avait offert et que je tenais pour responsable de l'aboutissement, puis du succès, de mes romans. Ce stylo en main, je commençai à tracer quelques pleins et déliés à l'encre bleue. Je me délectais de cet exercice envoûtant quand le téléphone, qui se trouvait à l'autre bout de la pièce, vibra. Je me levai d'un bond, éjectai le stylo, me précipitai vers l'engin, manquant glisser sur un caleçon qui traînait. Le pouls battant, je me saisis du portable : le nom d'Ambroisie s'affichait. Comme mon cœur se mit à courir ! « Maurice, je suis arrivée à Paris. Prenons un verre ! » Je répondis immédiatement : « Génial ! Quand ? » Elle m'apprit qu'elle se trouvait dans un bar du 1er arrondissement, La Méprise, et me somma de l'y rejoindre le plus vite possible. Je fonçai sous la douche.

En vérité, depuis que je l'avais rencontrée, chaque fois que mon téléphone vibrait pour afficher son nom, je tremblais tout autant que lui. Son nom, rien que son nom, me semblait un miracle. Ambroisie, me répétais-je, Ambroisie et Maurice. Ces deux-là étaient faits pour être accolés. Ce n'était pas la première fois qu'elle me donnait rendez-vous à l'improviste et, immanquablement, j'annulais tout sur un mot d'elle. Si, au dernier moment, elle m'envoyait un message, « retrouvons-nous », je me levais d'un bond, quittais aussitôt mon pyjama, fonçais sous la douche, m'habillais, me parfumais, m'appliquais à être le plus beau. Puis je répondais, d'un ton détaché : « Super, j'arrive. » Alors, je me pointais, comme si j'étais effectivement ce mec toujours propre sur lui, qui traînait non en jogging mais habillé et coiffé. Je devenais l'homme parfait, en somme, jamais négligé, l'homme prêt à bondir. Ce fut sans doute l'époque de ma vie où mon cœur battit le plus fort, où je m'appartins le moins, où le monde frappait à la porte de ma poitrine pour me saisir et dire : tu es aimé, oh oui, et tu aimes si fort. L'existence me bouleversait et je ne vivais que pour une seule personne, de mon lever à mon coucher : elle, cette personne-là, cette personne autour de laquelle la Terre s'était resserrée. Comme je l'ai aimée alors, et comme l'amour me rendait heureux ! Peu importe qu'elle m'aimât autant ou non. Moi, je l'aimais, et cet amour-là suffisait à me réchauffer des siècles entiers. Même si j'étais en train d'écrire, je laissais tomber mon stylo afin de filer sous la douche. Ma priorité était d'être prêt, à n'importe quelle heure de n'importe quel jour, être prêt avant tout, pour Ambroisie. Il fallait bien le reconnaître : j'avais troqué l'odeur de l'encre pour celle du sésame.

10.

La Méprise ou l'âme éprise

Quand j'arrivai au bar, ce n'est pas Ambroisie que j'aperçus d'abord, mais Christian. Ce dernier était assis sur un tabouret haut et sirotait un cocktail fruité, à en croire les multiples lamelles d'orange, de citron et de fraise accrochées à son verre. Je fus frappé par sa beauté, sans doute était-ce dû à son teint estival, qui faisait ressortir la blondeur de ses boucles et le bleu de ses yeux. Auparavant, il m'avait bien paru charmant, mais ses cernes, sa peau blanche, son air perturbé ne m'avaient laissé entrevoir qu'un artiste bien mis. À présent, je distinguais le bel homme. Je me précipitai vers lui pour lui faire part de mes compliments.

– Quelle mine tu as, Christian !

– Mais toi aussi, mon cher Maurice !

– Oh non, j'ai beaucoup travaillé cette semaine. Déplacements, signatures, conférences… Paris m'a déjà repris à la gorge. Toi, par contre, tu es bronzé ! D'où reviens-tu comme ça ?

– De Lisbonne. Il y faisait un temps merveilleux.

– Sans blague ? J'y étais, moi aussi ! Juste avant toi, sans doute.

– Vraiment ? Ambroisie ne m'en a pas parlé !

– Mais si, j'étais avec elle, au palace Olissippo Lapa. Nous y avons passé une semaine merveilleuse.

– C'est drôle. Figure-toi qu'elle ne m'a rien dit.

Je ne comprenais pas où il voulait en venir :

– Pourquoi te l'aurait-elle dit ?

– Parce qu'elle était avec nous, à Lisbonne. Cette dernière semaine, nous étions chez mon ami Paul, tu sais, le jeune Sud-Africain qui était venu au palais de Chaillot. Tu t'en souviens sûrement... Paul !

Paul ? Il y avait le chauve, le roux, mais Paul ? Oui, c'était le jeune homme métis. Son visage me revint, son menton bien dessiné, ses yeux clairs en amande, ses taches de rousseur sur sa peau foncée, ses cheveux noirs, frisés... Quel beau garçon, Paul.

– Tu étais chez lui ? insistai-je, sans vouloir saisir.

– Oui, nous y étions tous, Ambroisie aussi. Paul a une très belle maison, au bord du Tage. Il a racheté d'anciens entrepôts qu'il a transformés en loft avec billard, piscine et chambres d'amis. Étonnant, n'est-ce pas ? Il n'a que vingt-huit ans mais il est brillant et a créé sa propre fortune. C'est un *golden boy.*

Je restai sous le choc de cette nouvelle, sans réussir à comprendre. Ainsi, Ambroisie, Christian et toute une clique s'étaient-ils retrouvés, après mon départ, chez ce Paul, ce riche et beau Paul, ce *golden boy* ? Qu'est-ce que cela signifiait, d'abord ? Horrifié, j'allais imaginer que cela désignait quelque chose de sexuel, que Paul était un escort, ou bien qu'il baignait dans la drogue, qu'il était à la tête d'un trafic, que sais-je… Je les voyais déjà se vautrer dans la luxure, dans ses entrepôts de Lisbonne. J'avais dû pâlir, car Christian me saisit le bras et approcha son visage du mien, rassurant :

– Un *golden boy* n'est rien d'autre qu'un trader. Un opérateur de marché. Paul travaille dans la finance.

– Ah bon. Et il a une maison à Lisbonne.

– Oui, il possède, pour le plaisir, des champs d'oliviers au Portugal et vend sa propre huile d'olive. Ce business l'amuse beaucoup. Il a des parts de marché sur plusieurs huiles. C'est pour ça qu'il aime passer ses vacances à Lisbonne, cela lui permet d'aller dans ses champs, ce qu'il n'a jamais le temps de faire pendant l'année, puisqu'il est enfermé dans un bureau, devant son ordinateur, jusqu'à pas d'heure. Les champs, c'est autre chose ! Nous y sommes allés avec lui, c'était magique. Et quelle huile ! Je t'en ramènerai une bouteille, tu goûteras. Divine !

– Superbe…

– Oh oui, c'était une semaine superbe. Quel dommage que tu n'aies pas pu rester. La prochaine fois, tu viendras avec nous. Tu verras, Paul est charmant. Figure-toi qu'il m'aide un peu, pour les toiles. La partie business, j'entends. Il connaît du monde. Des revendeurs, des acheteurs. Il a beaucoup de goût, artistiquement. Ce n'est pas qu'un banquier !

Ce Paul me paraissait bien trop intéressant. Afin d'éviter que Christian poursuive à son sujet, ce qu'il semblait tout à fait prêt à faire, je le coupai et revins au vrai problème :

– Mais pourquoi Ambroisie ne m'a pas écrit ? Pourquoi ne m'a-t-elle pas prévenu que vous y étiez tous ? Je croyais qu'elle restait seule pour travailler son texte…

– Oh, ça, mon cher, je ne sais pas. Ce sont vos affaires, pas les miennes, et je ne voudrais surtout pas mettre mon nez là où ça ne me regarde pas.

Je paraissais si perplexe qu'il m'indiqua de m'asseoir sur le tabouret près du sien.

– Commande-toi un verre. Je vais te parler, Maurice, parce que j'ai de l'estime pour toi. J'en avais déjà avant de te connaître : j'aime les livres de Maurice Mollgaard. Mais, depuis que je t'ai rencontré, j'aime aussi Maurice. Et c'est parce que j'admire les bouquins que j'aimerais prévenir l'homme. Parce que sans l'homme, pas de bouquins. Et moi, j'aime lire du Mollgaard.

Il avait sans doute trop bu. Il tanguait un peu. Je pris place à côté de lui et commandai un martini blanc.

– D'ailleurs, je suis venu rejoindre Ambroisie, glissai-je.

– Elle vient de partir.

Christian s'écroulait sur mon épaule mais cela ne l'empêcha pas de faire signe au serveur, afin qu'il lui resserve encore un verre de sa boisson fruitée. Quand nos commandes arrivèrent, il commença son récit :

– Vous savez… Enfin, on se tutoie maintenant. Pourquoi ce vouvoiement, soudain ? Je suis soûl. Tu sais, Ambroisie, je l'ai aimée. Je l'ai aimée follement, oui.

Il avait fait des études d'art à New York, à l'époque où elle était mannequin là-bas. Elle habitait dans un loft avec ses amies top-models et ils se croisaient souvent dans les soirées new-yorkaises, dans les boîtes et autres *rooftops*. Il avait passé une année, ou deux, à être son amant officiel. Puis, très vite, il avait compris qu'il ne pourrait jamais être le seul. Elle était tombée enceinte, elle avait eu Anita, puis elle avait déménagé aussi : Tokyo, Los Angeles, Hong Kong. Enfin, ils s'étaient perdus de vue. Il avait souffert beaucoup, il avait été trompé. Non pas communément trompé, mais trompé par son amour pour elle, trompé parce qu'il croyait qu'elle l'aimait comme lui, d'une manière exclusive, unique, passionnée, alors qu'en vérité elle ne l'avait aimé que pour se distraire. Cependant, il avait gardé un attachement et une admiration sans faille pour elle. Ils étaient restés amis et s'étaient retrouvés des années plus tard, à Paris. Il me parlait d'elle, d'Anita, de Takumi, de la Défense, de ces années à New York comme de quelque chose d'extraordinaire. Je vis dans ses yeux qu'il n'avait jamais cessé de l'aimer. Pourtant, je ne ressentis aucune jalousie. D'avoir entendu tant d'éloges à son propos, je la voyais encore plus radieuse. De me dire que Christian, qui était bel homme, avait été son amant, me rendait fier aussi : c'était moi l'élu, aujourd'hui.

Quand nous quittâmes le bar, je ressentis une vague inquiétude : après tout, Ambroisie m'avait planté, ce soir, et puis elle ne m'avait rien dit à propos de Paul, de Lisbonne et des oliviers. Cependant, les confessions de Christian me réchauffaient car, moi, je pouvais encore l'aimer et lui ne le pouvait plus. Lui n'était plus qu'un ami, tandis que moi je la serrais encore dans mes bras. Ambroisie était ma femme, elle allait jouer dans mon film, passait ses jours et ses nuits en ma compagnie, depuis plusieurs mois maintenant. J'étais bien chanceux, et j'avais hâte de la voir enfin, de l'embrasser, cette femme divine que les hommes s'enviaient. Cette femme, ma femme.

11.

Surprises

J'étais encore dans mon lit quand la sonnette retentit. Il devait être neuf heures. Rodolphe se précipita vers la porte, dans l'espoir que ce fût son ami Gérard. Ce dernier continuait à lui rendre visite régulièrement, muni de croquettes, de friandises, de souris en peluche et autres gâteries. « J'arrive, j'arrive ! » marmonnai-je, traînant les pieds, les cheveux en bataille, agacé. Pourquoi venait-il si tôt ? Qu'il soit devenu le nouvel ami de mon chat, je le comprenais, qu'il vienne le caresser, qu'il l'invite dans sa loge, passe encore, mais pourquoi si tôt ? Cette amitié prévalait-elle sur mon sommeil ? J'ouvris, bougon. Rodolphe miaulait. Cependant, derrière la porte, ce n'était pas Gérard mais Ambroisie. Elle rit aux éclats, à voir ma tête du matin et mon air étonné. Rodolphe renifla l'odeur surchargée de parfum et s'enfuit en courant.

– Qu'est-ce que tu fais là ?

– C'est comme ça que tu m'accueilles ! Merci bien.

– Tu m'as planté, hier.

– C'est vrai. Mais j'ai dit à Christian de rester avec toi. Je devais absolument partir. Une urgence.

– Et ce matin ? C'est une urgence aussi ?

– Oh, déride-toi, Maurice !

– Comment tu connais le code ? L'adresse ?

– Je me suis renseignée.

Elle dit cela l'air mutin, puis déposa son sac sur la table. Voilà qu'elle avançait dans l'appartement :

– Comme c'est mignon !

Je me dirigeai vers la machine à café, embêté d'être surpris dans mon plus mauvais attirail. De manière générale, je n'aimais pas les surprises. Mes amis le savaient, et la seule fois où ils m'avaient organisé un de ces anniversaires surprises dont c'est la mode ces temps-ci, j'avais détesté cela. Ambroisie faisait le tour du propriétaire, sans se gêner, tandis que je m'attablais devant ma tasse brûlante.

– Alors, c'est petit, n'est-ce pas ? Comparé à ta tour...

– Non, c'est mignon. Mais il manque des objets, des meubles, des fleurs, je ne sais pas. C'est un peu vide !

Je souris, songeant à son propre lieu de vie, dénué de toute décoration. Elle s'approcha de moi, m'enserra le cou de ses longs bras puis m'embrassa sur la tempe. Je lui proposai du café, ce qu'elle accepta volontiers, et nous nous mîmes à discuter. Quand je lui demandai pourquoi elle ne m'avait rien dit à propos de Paul et de ses entrepôts, elle me rétorqua qu'elle ne le savait pas elle-même, avant qu'il ne l'appelle et ne lui dise qu'ils se trouvaient tous à Lisbonne. Au départ, elle avait véritablement eu envie de s'isoler et de travailler son texte au palace Olissippo. Par hasard, elle avait appris, quelques jours plus tard, que Paul, Christian et toute une bande d'amis étaient arrivés à Lisbonne. Alors, elle avait quitté sa chambre, naturellement, et les avait rejoints.

– Je ne t'ai pas menti, Maurice, dit-elle. Je t'ai parlé d'eux. Tu te souviens ? J'avais mentionné des amis qui avaient une maison à Lisbonne.

Je reconnus que cela était vrai et m'excusai auprès d'elle pour ma paranoïa.

– Mon petit bouchon ! Tu as eu peur. Enfin, je ne t'aurais jamais menti !

Elle me caressa les cheveux et m'embrassa sur le front. C'est vrai, j'avais eu peur, un instant.

– Et ton texte, tu le connais bien maintenant, j'imagine ?

– Oh oui, par cœur, par cœur !

Je l'embrassai à mon tour, irrésistiblement attiré par elle, que je n'avais pas tenue contre moi depuis près de dix jours. J'enfouis ma tête dans ses cheveux, je caressai lentement ses épaules, adorai son visage, me perdis dans les cils recourbés de ses yeux. Elle s'assit sur mes genoux et je la tins entière dans mes bras. Nous nous enlaçâmes longuement, Ambroisie et moi. Pour la première fois de ma vie, j'appréciai une surprise, ce matin-là.

Quelle surprise ! Nous nous roulâmes dans les draps froissés, comme si nos deux corps ne pouvaient s'éviter, comme s'ils mouraient d'envie de se retrouver, de s'aimer. Elle était là, oui, allongée sur mon matelas, divine et voluptueuse, elle était là, dans ma chambre, rue des Écoles, en chair, en formes et en courbes, là, tout contre moi, et elle s'offrait à moi, cette splendide femme, à moi qui n'étais rien, pas même un artiste new-yorkais, pas même un *golden boy* sud-africain, rien qu'un écrivain dans son petit appartement français.

Une heure plus tard, alors que nous étions étendus, nus et haletants, sur le lit, Rodolphe fit son apparition. Il était resté caché dans un placard depuis l'arrivée d'Ambroisie. Enfin, il sortit son museau, avança timidement vers nous, sauta sur le matelas et vint sentir l'odeur de nos parfums, de nos sueurs, de nos amours. Il m'interrogea du regard : qui est cette dame-là ? Il frotta ses vibrisses contre moi, puis se glissa entre nos deux corps. Ambroisie poussa un cri et se leva, révulsée :

– Ah, je déteste les animaux ! C'est dégoûtant. Pleins de poils et de griffes.

Je ris de la voir secouer les draps. Rodolphe, quant à lui, vit cela d'un très mauvais œil : dressé sur ses quatre pattes, il arrondit son dos et feula méchamment.

– Sois gentil, Rodolphe. C'est Ambroisie, lui murmurai-je en le caressant.

Il montrait les crocs et hérissait ses poils quand, soudain, Ambroisie se saisit d'un coussin qu'elle lui balança dessus. Surpris, je ne sus que dire. Il partit en courant. J'avais envie de défendre mon chat mais elle ne m'en laissa pas le temps :

– Quelle vilaine bête !

Elle se redressa, arrangea ses cheveux et tourna autour du lit, à la recherche de ses vêtements. Elle enfila son soutien-gorge, sa culotte, son tee-shirt et son jean puis elle mit ses chaussures à talons, en faisant clinquer ses bracelets, dans un grand bruit métallique.

– Il faut que j'y aille. Je récupère ma fille pour trois jours. Elle est de passage à Paris.

Elle se dirigea vers la salle à manger, où elle avait laissé son sac. Je la suivis bêtement, encore nu, avec le drap enroulé autour de ma taille qui traînait derrière comme une vague d'écume mousseuse.

– Tu t'en vas déjà ? Tu ne veux pas un café ?

– Non, non, je suis en retard. Je dois aller la chercher à la gare.

Elle m'embrassa et partit. Avant de fermer la porte, elle jeta un coup d'œil à Rodolphe. Ce dernier la scrutait d'un regard noir. Elle pencha son visage vers lui et, imitant l'attitude du chat, feula elle aussi, avant de refermer la porte et de disparaître. Rodolphe faisait la gueule.

– De toute façon, tu n'as jamais aimé mes femmes ! lui dis-je, en allant me faire un deuxième café.

Dans l'après-midi, j'avais rendez-vous avec Elena. Elle m'attendait en tapotant du bout des doigts son bureau. Ce geste, signe d'une extrême impatience, n'était pas dirigé contre mon retard d'une quinzaine de minutes, dû à l'impossibilité de garer ma moto à proximité des éditions, mais contre le retard considérable que j'avais pris sur mon prochain manuscrit. Elle haussa le ton, comme elle savait bien le faire, avec son accent italien :

– Tu es distrait, Maurice ! Tu travailles mal.

– Mal ? J'ai passé la semaine en déplacement, à signer et parler dans les salons. Tu y vas fort !

– Ah ! C'est ça, selon toi, le métier d'un écrivain ? Signer et parler dans les salons ? Je croyais que c'était écrire.

Elle laissa planer un silence. Ses lunettes basses perchées sur son nez, elle faisait mine de feuilleter un dossier, afin de pouvoir m'ignorer et ainsi souligner le mépris qu'elle avait de moi. Je décidai de ne pas m'énerver mais, au contraire, de jouer la finesse et la douceur :

– Écoute, Elena, nous sommes au mois de septembre. J'ai sorti *Délétères* en janvier. Cela ne fait que neuf mois. Ce n'est pas un drame.

– En neuf mois, une femme a le temps de faire un bébé.

Je restai perplexe. Cette phrase n'avait absolument aucun rapport avec mon travail.

– Enfin, Elena, je ne fais pas un bébé là, j'écris un livre. Cela prend parfois le temps d'une vie ! Certains auteurs sont morts sur leur manuscrit.

– J'espère que ce n'est pas ton programme.

– Sans aller jusque-là, j'ai besoin de temps pour écrire un roman. Ça ne sert à rien de m'en vouloir. On ne presse pas une imagination. Il faut attendre qu'elle décante.

– Ton charabia…

Le tiroir grinça : elle remettait le dossier en place après l'avoir scrupuleusement étudié. Enfin, elle releva ses yeux mauves vers moi.

– Je te connais depuis vingt ans, Maurice, et depuis vingt ans, tu m'as pondu un livre par an. Au maximum, tous les deux ans. Dès qu'un ouvrage sortait, tu me parlais du prochain. Mais ce n'est pas le vrai problème. Tu as raison, on ne presse pas une imagination. En revanche, on se bouge les fesses, on se met au travail. Et pour ça, je suis en droit de te presser, mon coco, pour que tu te mettes devant ta table et que tu écrives. Que tu lises. Que tu penses.

– Je le fais, Elena, je le fais.

Bien sûr, je mentais. J'avais conscience de n'avoir rien fait depuis des mois. Mais enfin, je n'avais pas de contrat avec elle, je pouvais bien être libre de mon temps et vivre mon histoire d'amour tranquillement. Qui m'obligeait à pondre, comme elle disait ? Je n'étais pas une poule pondeuse, enfin, j'étais un homme ! Je n'avais pas arrêté de bosser depuis mes dix-neuf ans, comme elle le soulignait si justement, pourquoi ne pas prendre une année sabbatique, à ne rien faire, à vivre, à aimer ? Je me passai la main dans les cheveux.

– Tu vois, c'est cela qui me gêne.

Elle pointa mon geste du doigt. Elle pointa mes cheveux. D'un air dédaigneux, elle pointa également ma veste, puis ma chemise, mon pantalon et mes chaussures. Le menton haut levé, elle ajouta :

– C'est ton style qui me gêne. Tu sais pourquoi ? Parce que c'est ta veste Barzini qui t'empêche d'écrire. Toute cette gomina dans tes cheveux, elle bloque ton imagination. À qui ai-je l'honneur, enfin ? À George Brummell ? Peu de gens sont parvenus à écrire avec l'air aussi crétin, je te le dis.

Elena me dévisageait et je ne répondais rien, estomaqué. Elle ouvrit un porte-cigarettes, en retira une gitane sans filtre qu'elle alluma dans un grand nuage de fumée, toussa un peu, puis continua de tirer sur sa tige en me fixant droit dans les yeux, défiante. Je perdais de mon assurance. Elle avait démasqué quelque chose et, à l'intérieur de moi, un poltron se mit à fondre de honte. À l'extérieur, cependant, je restai digne afin de faire honneur à ma veste, à ma chemise et à ma gomina. Je tentai de garder bonne figure, de ne pas me dégonfler :

– Je croyais que ce style, comme tu dis, te plaisait. Mais très bien, j'ai compris. Je te laisse me rappeler quand tu auras des choses plus sympathiques à me dire.

Je me levai, fièrement, et quittai le bureau en bombant le torse. Je savais bien que cette comédie était ridicule, mais hors de question de me laisser insulter froidement. Quand je fermai la porte, je l'entendis crier :

– Je ne suis pas là pour être sympathique ! Je suis là pour éditer tes textes !

Je traversai les longs couloirs de la maison d'édition, ignorant les gens, je n'avais aucune envie de croiser un auteur ni de parler à une attachée de presse – à personne en réalité. Je me précipitai vers la sortie, avec l'impression que tout le monde riait de la veste que j'avais sur le dos. Je claquai la porte et marchai à grands pas vers la rue parallèle, dans laquelle j'avais garé ma moto. Je n'avais qu'une seule hâte : rentrer à la maison afin de me changer. Arrivé près de ma Yamaha, je lançai un coup d'œil au rétroviseur : mes cheveux n'étaient pas défaits. Ni trop secs, ni trop collants, je me demandai comment Elena avait distingué que j'y appliquais un produit. Ce n'était d'ailleurs pas vraiment de la gomina mais une poudre d'argile bien plus délicate, dont l'office était le même mais la matière plus légère. Je glissai ma tête dans la charlotte puis le tout, avec application, sous mon casque. Enfin, je démarrai et roulai vers la maison.

À vrai dire, je n'avais pas de quoi rougir. Mes nouveaux vêtements étaient très élégants ; ma mère, mes amis, mes collègues écrivains, Isabelle même m'avaient fait part de leur admiration.

Entre nous, j'étais fier d'avoir troqué l'individu brouillon que j'étais pour ce nouvel homme, classe et ordonné. Un coup d'œil autour de moi, dans cet appartement, confirma le fait que ce nouveau lieu de vie était également plus décent que l'ancien studio dégoûtant. J'étais heureux de mon évolution. Moi qui désespérais d'être jamais un homme, mes quarante ans venus, voilà que j'en étais un, et pas n'importe lequel, un « stylé », comme disait Elena. C'est ce que je pensais, tandis que je sirotais une tasse de café, nu dans ma cuisine. Ma veste pendait sur un cintre, dans l'armoire, et je l'observais avec amitié. Bien sûr, la déception était amère : Elena était mon amie, quasiment ma mère, depuis plus de vingt ans, et nous n'avions jamais eu un tel différend. Si elle n'hésitait pas à critiquer mes écrits, ce dont je la remerciais toujours, elle n'avait jamais osé critiquer ma personne. Sans doute avait-elle du mal à admettre que je changeais, que je grandissais et que je volais désormais de mes propres ailes. Peut-être était-elle jalouse d'Ambroisie, allez savoir ! Les gens qui vous critiquent ont, eux aussi, toujours des choses à se reprocher. Les critiques que l'on adresse ne sont que les miroirs des remords et des craintes que l'on a. Peut-être était-elle aigrie, pour une raison ou pour une autre. Je ne l'avais jamais connue mariée, elle avait épousé, dans sa jeunesse, un homme qu'elle avait quitté aussitôt. Depuis, bien qu'étant une femme au charisme certain, elle n'avait jamais eu de relation sérieuse. Elle plaisantait en affirmant que la littérature était sa seule passion, le roman son unique amant. Peut-être voulait-elle, secrètement, qu'il en fût de même pour moi, son chouchou. Elle devait détester me voir aimer.

J'en étais à ce point de mes réflexions quand le téléphone sonna. C'était Anton Geijer. Enfin une bonne nouvelle, pensai-je. Enfin, on va me parler d'Ambroisie, d'avenir, de projets, de cinéma... Lui ne me critiquera pas, pour sûr. Je décrochai, le cœur léger.

– Comment allez-vous, mon cher réalisateur ?

– Bonjour, monsieur Mollgaard. Très bien, et vous-même ? Vos vacances au Portugal se sont-elles bien déroulées ?

– Parfaitement ! D'ailleurs, nous avons travaillé sur votre texte tout le séjour. Impossible de ne pas penser à vous, puisque nous répétions...

Je me mordis la lèvre. Exalté comme je l'étais, j'en avais oublié le mensonge et notre secret. J'allais parler d'Ambroisie, de la manière dont elle avait bossé son personnage et le scénario, sans penser que Geijer n'était même pas au courant que nous nous connaissions.

– Allô ? Vous êtes encore là ? (*C'était sa voix, au bout du fil.*)

– Oui, pardon... J'ai été interrompu... par mon chat... Il a renversé... Enfin, peu importe. Excusez-moi. Où en étais-je ?

– Vous avez travaillé au Portugal ?

– Non, je voulais dire que j'avais beaucoup relu le scénario et pensé à vous.

– Vous avez répété ? Je ne comprends pas.

– Non, non, je n'ai pas répété. J'ai relu. Enfin, bref. Quelles sont les nouvelles que vous avez à m'annoncer ?

– D'accord. Bon, écoutez, je voulais vous parler de l'actrice. Du personnage de Myriam.

– Qu'y a-t-il ?

– J'en ai parlé à la production et nous avons décidé d'engager une autre actrice. Je sais que cette... Comment s'appelle-t-elle déjà ? Elle avait un nom impossible. Ah, voilà, Ambroisie Braun. Je sais que cette Ambroisie Braun vous plaisait, mais nous avons préféré engager Émilie Scott. Après réflexion, elle est bien meilleure et ressemble davantage au personnage. Il me sera beaucoup plus facile de travailler le rôle avec elle. Braun est trop éloignée de Myriam. Entre nous, elle a l'air plus difficile aussi. Elle n'a joué que dans une série B et un film allemand. La production la trouve un peu trop âgée. Émilie sort du conservatoire, elle tourne plus régulièrement. Et puis, elle ressemble davantage à l'acteur qui incarne William. Étant donné qu'ils sont censés jouer des frère et sœur, il est essentiel qu'un air de famille apparaisse. Il faut que le duo soit plausible. Avec Braun, la différence était trop nette. Le duo n'aurait jamais fonctionné.

J'écoutais ses arguments, bouche bée. Ce nom, Braun, prononcé par sa bouche à lui, paraissait affreux. Il n'aimait pas Braun, il la trouvait difficile, pas bonne, trop âgée. J'eus envie de hurler, de défendre Ambroisie, mais ma voix restait coincée au fond de ma gorge car je savais qu'au fond il avait raison. La petite Scott serait mieux pour le rôle. Ambroisie n'était, à mes yeux, ni difficile, ni mauvaise, ni vieille, mais j'admettais volontiers qu'elle ne ressemblait en rien au personnage. Je ne fis donc aucun scandale et lui dis qu'il avait vu juste, que c'était lui le chef sur ce film, qu'il en avait les rênes, et qu'il savait mieux que moi ce qui était bon ou non. Il me remercia pour ma confiance et nous raccrochâmes. Mon cœur battait fort dans ma poitrine. Quelque part, j'étais soulagé, pour mon livre et pour son film. Geijer venait de sauver *Délétères*. Par là, j'avais la preuve qu'il était un bon réalisateur, à l'instinct sûr. Il n'était dupe de rien. Il avait bon goût, bon flair. Aussi m'enlevait-il une épine du pied en mettant fin à la série de mensonges que je ne cessais de proférer depuis que cette maudite audition avait commencé. Toutefois, je redoutais le moment où je devrais annoncer la nouvelle à Ambroisie. Elle qui avait tant travaillé… Comment lui dire qu'elle n'avait plus le rôle ?

Je restai une demi-heure, hagard, près du téléphone. En mettant fin à ce projet, ne risquais-je pas de mettre fin à notre histoire ? Resterait-elle avec moi, si elle n'avait plus le rôle ? Je n'osais pas l'appeler. Cependant, je savais que Geijer allait le faire, et j'avais envie de le devancer, par crainte que, dans sa colère, Ambroisie ne lâche le morceau et ne dénonce notre magouille. Alors je n'aurais aucun moyen de me sauver la face auprès de Geijer. Si elle disait quelque chose, j'étais mort. Non, il fallait que je l'appelle, que je la prévienne, qu'on en parle ensemble avant que Geijer ne lui passe le coup de fil fatal. À moins qu'il ne l'eût déjà fait ? Ambroisie était-elle déjà au courant ? Je me mis à paniquer et composai immédiatement son numéro. Tandis que j'attendais, suspendu à la ligne, tripotant nerveusement une petite cuillère sur la table, j'aperçus, dans le miroir, mon reflet, pâle, angoissé et nu. La veste Barzini, suspendue à son cintre, semblait rire de moi.

– Allô ? (*C'était elle.*)

– Ambroisie... Je te dérange ?

– Oui, un peu, Maurice. Je suis avec ma fille, Anita. Je t'avais prévenu.

– Oui, je sais. Pardon, mais c'est urgent.

– Qu'y a-t-il ?

Sa voix était sèche, elle paraissait distraite. Ce n'était pas le moment idéal pour lui annoncer qu'elle était déchue de son rôle. Cependant, je n'avais pas le choix.

– Écoute, j'ai une mauvaise nouvelle. C'est à propos du film... *Délétères*, tu sais.

– Oui, je sais, merci. J'ai bossé dessus tout l'été. Eh bien, qu'y a-t-il ? Ne touche pas ça, chérie, c'est sale. Assieds-toi, enfin, cesse de gigoter. Takumi ! Vous voulez bien me nettoyer ça, s'il vous plaît ? C'est dégueulasse. Aidez-moi à ranger, ce cabot me déterre tout. Pardon, Maurice, ma fille a ramené son chien et tu sais combien je hais les bêtes. Elles m'horripilent. Celui-là me fout un bazar impossible dans mon appartement. Qu'y a-t-il, alors ? Abrège, je suis pressée.

– C'est à propos du rôle de Myriam. Il y a eu un changement.

– Un changement de texte ? Merde, alors. Vous auriez pu me le dire avant. J'ai tout appris par cœur. C'est un changement important ? Je dois tout réapprendre ? Assis, le chien ! Dresse ton animal, Anita. Il vient étaler sa bave sur mes coussins. L'horrible bestiole. C'est ton père qui t'a offert ça ? Eh bien, ça n'a jamais été un homme de goût ! Allô, Maurice, pardon. Alors, comment est ce changement de texte ?

Sa voix était haut perchée, agitée, agressive. Elle semblait mal à l'aise, coincée dans une position qui l'agaçait. Je l'avais déjà vue sanguine, mais je ne l'avais jamais entendue parler à sa fille, ni mentionner le père de sa fille. Ces éléments nouveaux me perturbaient. Au son de sa voix, j'entendais qu'ils la perturbaient elle aussi. Cela me rendait la tâche bien difficile. De plus, elle ne cessait d'interrompre notre conversation, ce qui n'arrangeait pas mon affaire. Je pris le parti de lui dire de but en blanc, de peur qu'elle ne continue à parler au chien, à sa fille et à Takumi, de peur aussi qu'elle ne hausse davantage le ton, qu'elle ne s'énerve complètement. Je pris mon courage à deux mains :

– Écoute, Ambroisie... Geijer a décidé de donner le rôle à quelqu'un d'autre.

– Quoi ? (*Elle poussa un hurlement.*) À qui ? Pourquoi ? Oh, vous êtes deux salopards. Tu sais combien j'ai travaillé ! Tu m'as vue, à Lisbonne, tu as vu comme j'ai bossé. Nuit et jour ! Comment peux-tu me faire ça, Maurice ? Qui pourra me remplacer ? Mais pourquoi, mon Dieu ?

Elle laissa échapper un sanglot. Je ne pouvais rien répondre, ma voix se trouvait coincée au fond de ma gorge. J'étais triste pour elle, je voulais la consoler, l'embrasser, lui dire que je n'y étais pour rien, que je lui trouverais un autre rôle, plus beau... Mais aucun son ne sortait de ma bouche. Elle étouffa un second sanglot puis, après un instant de silence, reprit sur un ton plus calme, et plus machiavélique :

– Oh, j'ai compris... Oui, j'ai bien compris ton petit manège. Tu te venges, n'est-ce pas ? Tu te venges pour Lisbonne, pour Paul, pour ce que t'a dit Christian. Va dans ta chambre, Anita, maman téléphone à un ami... à un méchant monsieur. Allez, emmène ton cabot avec toi.

– Tu es folle, Ambroisie. Jamais je ne me vengerais de toi. Et puis de quoi aurais-je à me venger ? Tu ne m'as fait aucun tort, si ?

– Bien sûr que non. Alors, pourquoi cette décision ? Pourquoi n'ai-je plus le rôle ?

– C'est Geijer qui en a décidé ainsi.

– Il a bon dos, Geijer ! Maurice, tu es exécrable, ingrat, tu es...

– Arrête, chérie. Ce n'est pas de ma faute, je n'ai rien pu faire. Il en a décidé ainsi, c'est tout. Je te jure, j'ai tout fait pour qu'il te prenne, au casting…

– Toi, tu as tout fait ? C'est une plaisanterie, j'espère ! C'est moi qui ai tout fait. J'ai tout donné, j'ai travaillé comme une bête pour ce rôle, et si Geijer m'a prise, c'est parce que j'ai été bonne.

– Bien sûr, mon amour. Ce que je veux dire, c'est que je t'ai toujours soutenue. Cette décision finale ne relève pas de moi. J'ai simplement tenu à te prévenir, avant qu'il ne t'appelle.

– C'est gentil, tiens, quelle amabilité, Maurice. Merci pour ton coup de fil, je m'en souviendrai.

Elle me raccrocha au nez. Dans ma pauvre cuisine, je demeurai, nu et haletant, des perles de sueur au front. Épuisé, j'allai me foutre au lit, appelant Rodolphe pour qu'il vienne près de moi, mais celui-ci n'avait qu'une envie : rejoindre Gérard afin d'écouter un peu de poésie. Il semblait fatigué de mes aventures et de mes vestes, lui aussi.

12.

Dîner entre amis

Les journées commençaient à raccourcir, le ciel à s'assombrir. Les habitants avaient repris le rythme du travail, à vélo, à moto, en bus, à pied ou en métro. Le trafic de la rentrée reprenait son cours, comme chaque année. Les jambes se recouvraient de pantalons, les bras de vestes, les pieds de chaussettes. Les fleurs mouraient peu à peu, laissant place aux feuilles rousses, dans les allées des jardins. Voilà, le mois d'octobre était venu. Paris cessait son dévergondage estival pour se resserrer sur elle-même. De ma fenêtre, je regardais les passants aller au bureau. Il était huit heures moins le quart. Je me levais tôt, dans l'espoir d'écrire, mais la feuille restait blanche. Quand, par miracle, elle se noircissait d'une unique phrase, cette dernière ne voulait rien dire. Je la relisais sans la comprendre, puis je chiffonnais la feuille. Le lendemain matin, je recommençais, sans plus de succès. Alors, je me tournais vers la lecture : une pile de bouquins m'attendait. Cependant, Joyce était un buisson épineux, Yourcenar une stèle indéchiffrable, Borges un labyrinthe sans issue, Faulkner un champ à traverser dans la nuit noire, Tolstoï une carriole à trois roues, Woolf une mer sans fond et Mirbeau un jardin des supplices pour mes yeux. Je ne voyais rien, ne décryptais rien. Je restais des heures, les yeux accrochés à une ligne, et il arrivait que cette ligne, je la recopie le lendemain sur ma feuille blanche. Mon imagination était si nulle que j'en arrivais à réécrire les mots d'autres écrivains, puis à les raturer et à errer dans le néant cérébral le plus absolu.

Quant à Ambroisie, je ne l'avais pas vue depuis qu'elle m'avait raccroché au nez, un mois plus tôt. Dans un premier temps, j'avais décidé de ne pas l'appeler. Puis, deux semaines s'étant écoulées, j'avais tenté de prendre de ses nouvelles, mais alors elle n'avait pas décroché. La solitude dans laquelle son absence me plongeait m'avait reconduit vers la littérature, mais à la tristesse de ne pas la voir s'ajoutait la peur de la perdre. Et si elle ne rappelait jamais ? Cette angoisse m'empêchait de travailler.

Ce jour-là, afin de casser ma routine improductive, je décidai de m'acheter quelques chemises chez Barzini. Après avoir garé ma Yamaha près de la Comédie-Française, je descendis vers le jardin du Palais-Royal à pied. Bizarrement, me rendre là-bas m'intimidait, c'est pourquoi j'avais revêtu un costume élégant et ma veste Barzini, en vue de paraître habitué de la boutique. Comprenez, l'air de dire : bonjour, je viens voir la nouvelle collection, je porte l'ancienne... Pourtant, n'importe quel touriste, n'importe quel passant pouvait aller chez Barzini. Alors pourquoi un tel malaise ? Entrer dans ce magasin luxueux, post-punk et néo-fin du monde, seul, sans Ambroisie, m'était une épreuve. Plus que jamais je me sentais roturier et maladroit. Je tenais, cependant, à y aller. Avais-je l'espoir secret de l'y croiser ? Peut-être. Je progressais donc sous les arcades, parmi la foule, avec la désagréable impression d'être déguisé, bien qu'en réalité je ne le fusse nullement. Mes vêtements étaient simplement chics, mais mon exigence et la lourde responsabilité que je leur attribuais ne rendaient pas la chose naturelle. Arrivé à la boutique, mes mains étaient moites. Je poussai la poignée et un vendeur m'accueillit aussitôt :

– Bonjour, bienvenue chez Barzini. Puis-je vous aider ?

– Bonjour, je... Non, merci, je regarde simplement.

Je lui adressai un sourire et plongeai vers les portants, afin de m'enfouir dans les fringues et les cintres. Hors de question que ce vendeur me parle plus longuement, ou il constaterait ma maladresse. L'angoisse m'empêcha de choisir convenablement mes chemises. Je ne cessais de penser qu'Ambroisie pourrait être là, dans une cabine d'essayage, passer le pas de la porte à n'importe quel instant, ou bien qu'elle était venue plus tôt, que le vendeur la connaissait, peut-être même savait-il qui j'étais, avait-elle parlé de moi, enfin il pouvait y avoir Barzini lui-même, dans sa boutique, ce serait naturel qu'il y soit, alors il me reconnaîtrait, lui aussi… Je finis par prendre deux chemises au hasard.

– Voulez-vous les essayer ?

– Non, merci. Je connais ma taille. J'ai plusieurs chemises Barzini chez moi, et je sais que celles-ci m'iront. Je prends les deux.

Il acquiesça et nous nous dirigeâmes vers la caisse. En face, le miroir reflétait la porte d'entrée. Je jetai un regard, afin de voir si Ambroisie n'entrait pas. Personne. À présent, le vendeur était passé de l'autre côté du comptoir. Sur le présentoir, mon œil s'attarda sur de très jolis boutons de manchette, ce qui n'échappa pas au jeune homme dont la vente était le métier :

– Ils sont beaux, n'est-ce pas ? Ce sont les toutes dernières créations. Ils viennent d'arriver et font déjà fureur.

– Ils sont superbes.

– Essayez-les, si vous voulez. Ils sont en argent. Lors de notre défilé, le modèle était présenté avec celui des chemises que vous venez d'acheter.

Il m'adressa un clin d'œil et, tandis qu'il scannait l'étiquette de mes chemises, je glissai les boutons de manchette à mon poignet. Je me dis, bêtement, qu'ils surprendraient Ambroisie, et je me tournai vers le vendeur :

– Je les prends.

– Excellent choix, monsieur. Ils sont à quatre cent cinquante euros. Avec les deux chemises, cela vous fait un total de mille cent quarante euros. En espèces ou par carte ?

– Par… par carte, bégayai-je, abasourdi par le prix qu'il m'avait asséné sur la tête.

Bien sûr, je n'étais pas obligé de faire ces achats inutiles, mais il me semblait qu'en acquérant ces chemises et ces boutons de manchette je me rapprochais d'Ambroisie. Cela tournerait peut-être le destin en ma faveur. Il était tout à fait possible qu'elle m'appelle, après cela. Les astres s'alignent parfois ainsi. Il faut bien titiller le hasard si l'on souhaite ardemment qu'il réagisse. J'insérai donc ma carte dans la machine et nous attendîmes un bon moment, durant lequel le vendeur sonda le fond de ma pupille, l'air de dire, passera-t-elle, cette carte, tandis que je sondais le fond de la sienne, l'air de dire, pour qui me prenez-vous, enfin, bien sûr qu'elle passera. Bip, bip. Un son aigu retentit. La carte était rejetée. Je crus mourir de honte :

– Attendez, ce n'est pas possible… Il doit y avoir une erreur. Laissez-moi appeler ma banque.

– Bien sûr, monsieur.

Il me sourit mièvrement, et bien qu'il voulût paraître aimable, je décelai une exécrable pitié dans son regard. J'eus envie de le baffer. Je n'en fis rien. Il y avait urgence : je me retirai sur le côté, afin de laisser passer les autres acheteurs, et composai, rouge de honte, le numéro de ma banquière.

– Bonjour, monsieur Mollgaard. Comment allez-vous ?

– Bonjour, madame Duchêne. Très mal ! Figurez-vous que je suis dans une boutique pour acheter un cadeau… à une amie… et ma carte ne passe pas.

– Je vais regarder tout de suite ce que je peux faire. De combien est le montant ?

– Mille cent quarante. Ne me dites pas que je n'ai pas mille deux cents euros sur mon compte ! m'exclamai-je, toujours en chuchotant.

Elle allait se renseigner. Je m'étais enfoncé dans les portants, avec l'envie de disparaître sous les vestes, les pantalons et les chemises. Plutôt mourir que repartir de chez Barzini en essuyant un tel affront ! Il m'était impensable de m'excuser auprès du vendeur, reposer les chemises et les boutons, sortir de la boutique les mains vides et laisser derrière moi l'effroyable réputation du type qui s'est ridiculisé. Réputation qui me suivrait et dont Ambroisie finirait par avoir connaissance. Je pressai ma banquière, qui revint vers moi, comme on dit dans le jargon :

– Écoutez, monsieur Mollgaard, vous avez dépensé beaucoup d'argent ces derniers mois. Je vois sur vos relevés, notamment, l'Olissippo Lapa, des dépenses à Lisbonne, puis au mois de septembre aussi… Nous avons un plafond. Et puis, vous n'avez pas eu de rentrées d'argent.

– C'est vraiment important. Ce cadeau est… essentiel. S'il vous plaît, faites quelque chose.

– Je comprends, monsieur. Nous pouvons exceptionnellement lever le plafond. Mais il faudra faire attention à vos dépenses.

– Merci infiniment, madame Duchêne, vous êtes un ange ! C'est bon, alors ? Je peux y aller ?

– Oui, mais attention, monsieur Mollgaard...

– Oh, merci, merci !

Je raccrochai brutalement et me précipitai vers le vendeur, lui faisant signe que tout était réglé.

– Tout est arrangé. Un problème de données. La banque, vous savez... Je me suis déplacé à l'étranger, en plus, donc ils bloquent parfois, le flux, voyez.

Il hocha la tête, incrédule. Ce qui comptait, c'était de repartir d'ici avec les chemises et les boutons de manchette. J'étais ravi. Je poussai la porte de chez Barzini, le cœur léger, et avançai fièrement sous les arcades, en sens inverse. Ma mission était accomplie.

Tournant place Colette, je sursautai : elle était là, au café Nemours, assise, avec ses cheveux bruns, son nez, ses canines pointues. Elle tourna la tête. Non, ce n'était pas elle. Je soufflai, soulagé mais déçu. Non, cette femme que j'avais confondue avec Ambroisie n'était pas elle. Pas du tout. J'avais cru, un instant, de profil, mais de face son visage s'étalait, son nez aussi, rien à voir. Une mauvaise copie. Je continuai mon chemin et décidai d'aller flâner au Louvre, dans les salons de ce palais où l'âme se réchauffe au contact des œuvres. Dans chaque salle, mon esprit transformait les silhouettes des touristes en celle d'Ambroisie. J'étais si désireux de la voir que je la voyais partout. Sorti du musée, vers dix-neuf heures trente, je constatai que mon téléphone avait sonné cinq fois. C'étaient Inès et Stéphane. Ils se languissaient de moi et me pressaient afin que l'on se voie. « Viens dîner à la maison ce soir », écrivait mon ami. Il avait organisé un dîner avec sa nouvelle copine, une fleuriste, qu'il voulait nous présenter. Je le rappelai immédiatement pour accepter son invitation. Il me demanda alors, délicatement, si cela ne me dérangeait pas qu'il convie également Isabelle, celle-ci étant proche de nous tous. Il était mal à l'aise de la laisser au pas de la porte. Je lui assurai que cela ne me posait aucun problème. La dernière fois que j'avais croisé Isabelle, elle n'avait montré aucun signe de rancœur, au contraire, elle avait été très aimable. Il me remercia et dit combien cela le rendait heureux de me voir. Comme j'étais près du Louvre, il me conseilla d'aller directement chez lui, sans repasser par la rue des Écoles. J'acquiesçai, raccrochai et marchai à grands pas vers la Yamaha.

Il ne fallait pas venir les mains vides : j'irais acheter une bouteille de vin rouge. Quant au grand sac Barzini, il ne rentrait pas dans le top-case. Il me fallait l'arrimer derrière mon dos, à l'aide de tendeurs. Inès, Stéphane et Isabelle me demanderaient inévitablement ce qu'il y avait dans ce sac et se moqueraient sans doute de me voir dépenser une telle fortune chez Barzini. Quand je m'arrêtai chez le caviste, je lui demandai donc un grand sac plastique, afin de cacher le sac Barzini à l'intérieur. Ainsi ne verraient-ils pas le nom écrit dessus, et cela passerait plus discrètement. Je me remis en route, roulant jusque chez Stéphane avec le vin et mes achats camouflés.

Je sonnai avec une légère appréhension. Je n'avais pas vu mes amis depuis plusieurs mois et fus pris d'une soudaine timidité. Il me semblait avoir quitté le train de l'amitié, celui qui avance à la grande vitesse des nouvelles, des rebondissements quotidiens, d'appels conséquents, de confidences et de conneries aussi. J'étais resté sur la plateforme de l'amour, à la gare immobile où Ambroisie m'avait laissé. Ils avaient avancé sans moi, et j'aurais sûrement bien du retard à rattraper.

Stéphane m'accueillit en chantant, s'exclama avec joie à la vue de la bouteille de rouge que je lui tendis. Il avait allumé des bougies dans son salon et dressé une belle table. Son appartement épuré me fit penser, un instant, à celui d'Ambroisie et j'en eus le cœur serré. Inès se leva pour me dire bonjour. Derrière elle, une jeune femme blonde aux yeux bleus et au visage doux, enveloppée dans une robe à fleurs rouges, s'avança vers moi. Stéphane fit les présentations : il s'agissait de son amoureuse, Juliet. Je la saluai puis il nous pria de nous asseoir, Isabelle aurait du retard. Il se retira dans la cuisine tandis que nous allions au salon, discuter. Je posai discrètement mon sac Barzini, enveloppé de son sac plastique, dans un coin de l'entrée.

Juliet était d'origine australienne, fille d'un ancien ambassadeur, elle avait souvent déménagé et avait observé, dans les différents pays où elle avait habité, des flores diverses, lesquelles lui avaient donné l'envie d'être fleuriste. Elle possédait à présent une enseigne et plusieurs points de vente dans le monde, chacun présentant les fleurs spécifiques au pays et à la saison. Elle me parlait des différentes variétés de fleurs, sur chaque continent, quand la sonnette retentit. Stéphane se pressa pour ouvrir à Isabelle. Nous nous saluâmes, comme si de rien n'était. Nous trinquâmes tous ensemble, nous bûmes. Chacun raconta sa journée, son humeur, ses problèmes, son bonheur, puis ils se mirent à débattre de politique, de la réforme des retraites, des élections municipales, des propos du président des États-Unis et, enfin, d'une amie commune qui s'était engagée parmi les Femen. Je restais sur la réserve, parlant peu.

Nous continuâmes nos discussions autour de la table et du gratin que Stéphane avait préparé. J'observais Isabelle, qui semblait dégagée de tout souci. Elle disait qu'elle était heureuse car, le samedi suivant, elle était invitée au mariage d'un de ses patients. Je trouvais cette nouvelle absurde et ne pus m'empêcher de lui demander :

– Tu ne trouves pas que ça dépasse l'exercice de tes fonctions ?

– Non, puisque c'est grâce à mes conseils qu'ils s'épousent.

– Mais tu ne tiens pas une agence matrimoniale, Isabelle ! Tu es psychologue.

– Tu n'as jamais rien compris à mon travail, Maurice. J'aide et j'accompagne les gens.

Quant à Inès, elle avait largué son croque-mort, ils ne s'entendaient plus. Les habitudes du quotidien, expliqua-t-elle vaguement. Elle avait rencontré un nouveau type, qui était assureur. Stéphane ne put s'empêcher de rire, signifiant qu'elle avait bien fait, car un directeur de pompes funèbres ne pouvait conduire une relation qu'à sa mort, tandis qu'un assureur était plus prometteur. Il plaisanta encore sur l'assurance vie d'Inès et nous la félicitâmes de ce changement judicieux. Je lui conseillai de parler à mon oncle, expert en histoires d'amour. Le dîner se termina sur une note joyeuse mais, bien que j'eusse passé un moment délicieux, Ambroisie me manquait. Je jalousais Stéphane de pouvoir nous présenter sa fiancée alors que la mienne avait disparu. J'aurais aimé l'inviter aussi et, quand ils me posèrent des questions sur ma vie de couple, je ne pus rien articuler. Mon visage défait fit office de réponse. Ils n'insistèrent pas. Inès suggéra simplement de regarder mon horoscope. Elle s'y fiait. Dans le désespoir où je me trouvais, je voulus bien m'y fier moi aussi. Quand reverrais-je Ambroisie ? Si quelqu'un, n'importe qui, pouvait me donner une réponse... Au moment de partir, Stéphane me prit à part, m'indiquant que l'horoscope, c'était de la merde, mais qu'il serait toujours là pour moi, en cas de besoin. Je le remerciai et me saisis de mon paquet Barzini. Nous nous embrassâmes.

13.

Le banc des souvenirs

À l'époque, nous habitions un petit appartement, rue Monge. Il y avait ma chambre d'enfant, une salle de bains, une minuscule cuisine et un salon qui faisait office de salle à manger et de chambre parentale à la fois, puisque le clic-clac se dépliait pour devenir un lit. Nous y étions à l'étroit, ma mère, mon père et moi. Par bonheur, l'école primaire se situait juste en face, ce qui nous permettait de partir à moins dix, tous les matins. Au fur et à mesure que l'on avançait dans l'année scolaire, je retardais un peu plus le réveil. À la fin, je me levais à l'heure de la sonnerie et, sautant tout juste hors du lit, j'arrivais en cours les cheveux ébouriffés, le ventre creux. Maman me pressait, courait derrière moi avec ses talons qui claquaient contre les trottoirs. Lorsqu'ils se levaient, mes parents devaient tout de suite refermer le canapé-lit, afin de pouvoir prendre le petit-déjeuner sur la table. Quand l'un dormait plus longtemps que l'autre, le premier secouait le second. À y repenser, nous étions tous un peu à la bourre, si bien que nos débuts de journée étaient des capharnaüms de précipitation, de trébuchements, d'injonctions, de café renversé, de glissades sur chaussettes, de serviettes mouillées et de cris couvrant le bruit du sèche-cheveux. Dans cet espace étroit, nous nous préparions avec la vitesse maladroite des retardataires. Mon père bondissait toujours en voyant l'heure sur sa montre. Il avait son cabinet de kinésithérapeute quelques numéros plus loin, dans la rue. Il partait aussi à la dernière minute. Ma mère, qui travaillait dans une agence de voyages à six stations de métro de chez nous, commençait plus tard mais devait partir en avance, d'autant plus qu'elle m'accompagnait à l'école. Ainsi se ruait-on tous dehors en même temps, comme des fous, les cheveux en pétard, la cravate de travers, les lacets défaits, la robe mal boutonnée, le cartable ouvert, la chemise à l'envers. Ces matins en famille étaient drôles et charmants. Nous étions mis n'importe comment mais nous avions l'élégance des gens heureux.

Dans ma hâte de vivre, j'avais toujours couru sur la route de l'avenir, sans jamais m'arrêter ni m'asseoir un instant sur le banc des souvenirs. Je n'avais jamais songé au passé. Maintenant, je me souviens de la rue Monge. C'est le seul lieu familial dont je me souvienne. Mes parents y avaient emménagé quand j'avais cinq ans. J'y étais resté jusqu'à mes dix-sept ans. Je me rappelle les matins mais aussi les soirs, devant la télévision carrée, épaisse et renflée. Nous nous asseyions tous les trois sur le clic-clac, serrés les uns contre les autres, et nous regardions des films italiens, allemands, français ou suédois, la plupart en noir et blanc. Je posais régulièrement des questions auxquelles mon père répondait : « Chut, tais-toi et regarde le film ! » Ma mère me souriait, complice, avec ses beaux yeux et ses cheveux frisés. Quand le film était terminé, il fallait déplier le canapé-lit, alors on se mettait à trois dessus, à le défaire, dans un grand grincement. Soudain, il cédait et nous riions. Mon père jetait un coup d'œil à sa montre et disait : « Il est temps d'aller se coucher », et je filais dans ma chambre.

Je me souvenais de tout ça, ce 15 octobre, car ma mère m'avait appelé, me priant de venir chez elle l'aider à jeter un tas de vieilleries, dont ce maudit clic-clac. Après la mort de mon père, il y avait vingt ans de cela, elle avait voulu changer de lieu de vie. « On finit par vivre avec les morts », disait-elle. Cependant, elle avait gardé beaucoup d'affaires dont elle voulait, aujourd'hui, se débarrasser. Quant à moi, je n'avais rien conservé, dans mon goût de l'avenir, si ce n'est cette montre que mon père regardait toujours avec effroi, tant elle lui rappelait son retard. Je l'avais laissée dans sa boîte et conservée précieusement au fond du tiroir de ma table de nuit. J'avais l'habitude de me dire que c'était la montre de papa, le seul souvenir que j'avais de lui, des matins à la bourre et des soirs devant la télévision. Songeant à cette montre, je songeais à mon père, et je la chérissais sans, pourtant, jamais la consulter. Ce jour-là, nous parlions donc de la montre et du clic-clac. Ma mère se tenait debout, frêle petite dame, au milieu d'un tas de cartons et de meubles enveloppés de bâches plastifiées. Elle paraissait un matelot échoué sur une planche, dans un océan de choses à virer.

– Tu ne veux pas ramener ça chez toi, Maurice ? demanda-t-elle en désignant un chien en porcelaine, ringard au possible.

– Non, maman, soufflai-je, exaspéré.

– Pourtant, il n'y a rien, chez toi. Ça décorerait un peu ton intérieur.

– Rodolphe ne l'aimerait pas, plaisantai-je. Allez, ne te fatigue pas, il faut tout balancer. Tu as bien raison de faire ce ménage. Depuis le temps que tu te trimballes ces vieilleries. Ce canapé-lit est tellement rouillé qu'il ne se déplie même plus. L'état des coussins, en plus !

– Oh, toi, tu n'as jamais aimé les souvenirs. Tu n'as rien gardé de ton enfance, ni de ton père.

– Si, une montre.

– Laquelle ?

– Sa Lip, en or, avec le bracelet en cuir. Je l'ai depuis vingt ans, dans une boîte.

– Malheureux, cette montre était à ton oncle.

Cette phrase me foudroya sur le coup. Comment la Lip pouvait-elle être à mon oncle ? Je la voyais au poignet de mon père, dans chacun de mes souvenirs. Son fantôme consultait cette montre, matin et soir. Non, non, assura ma mère, cette Lip en or, avec son bracelet de cuir, m'avait été offerte par mon oncle, après son second divorce, car c'était un cadeau de sa femme, dont il ne voulait plus. Il avait même voulu la récupérer, quand il s'était remarié, ce que ma mère avait refusé. Je restai bouche bée. C'était impossible. Cela faisait vingt ans que je choyais cet objet comme une relique, que j'en parlais à tout le monde comme le souvenir précieux qui me reliait à mon père, et quoi ? Ce n'était que le présent d'une tante, rejeté suite à un divorce, réclamé après un mariage, sujet de discorde et vulgaire monnaie d'échange sentimental ? J'eus envie de balancer la Lip avec toutes les vieilleries de ma mère.

– Ne te mets pas en colère, Maurice, dit-elle, hilare. Cette montre est très jolie, quoi qu'il en soit.

C'était faux. « Quoi qu'il en soit », elle était moche. Sa seule valeur avait été d'être chargée de mon amour, de mes souvenirs, de mon affection. Elle était devenue belle car je l'avais enrobée d'une mémoire tendre.

– Garde-la, reprit ma mère, puisque tu la chéris depuis vingt ans, puisque tu as glissé le souvenir de ton père dedans, pourquoi ne pas continuer ? Après tout, peu importe l'objet. Ce qui compte, c'est la mémoire.

Heureusement que je n'avais pas glissé le souvenir de mon père dans l'horrible chien en porcelaine, pensais-je. Mais après tout, elle avait raison. J'allais conserver la Lip car elle avait joué le jeu, elle s'était mise au poignet de mon père, dans mes souvenirs et, bien que n'ayant jamais connu mon père, elle était, par ma pensée, indubitablement liée à lui.

Après l'incident de la montre, nous continuâmes à vider l'appartement de ma mère. C'était un musée de choses inutilisables, poussiéreuses et démodées. Elle me remercia de l'aider à se décharger. Fifine avait fait de même, en Vendée, et c'était elle qui avait suggéré à ma mère un peu de ménage. Ainsi, à la fin de la journée, avions-nous tout jeté, excepté le clic-clac que je ne parvenais pas à descendre par l'escalier, et le chien en porcelaine, que ma mère voulut garder, au cas où. Le soir tombé, un dîner surgelé m'attendait chez moi. Avant de me coucher, j'ouvris le tiroir de ma table de nuit. Dans sa boîte, la Lip avait un autre sourire, qui signifiait peut-être : enfin, tu me reconnais.

14.

L'anniversaire

Stéphane avait raison, l'horoscope, c'était de la merde. Tandis qu'il prédisait aux Gémeaux, pour le mois d'octobre, un « regain de passion » en amour et une « évolution fructueuse » sur le plan professionnel, je restais seul, sans nouvelles d'Ambroisie, sans parvenir à écrire une seule ligne, et ce jusqu'au mois de novembre. Les semaines passaient, monotones, grises et vides. Je comptais les jours. Début novembre, alors que l'horoscope avait changé d'avis et me conseillait, d'après Mercure, de tenir tête à mon partenaire, je reçus une invitation sur papier cartonné. C'était l'anniversaire d'Ambroisie et elle m'y conviait. Quelle surprise ! Bien sûr, j'aurais pu suivre l'avis des astrologues et ne pas répondre, mais elle me manquait trop. Pourquoi cette invitation soudaine ? Lui manquais-je aussi ? Étonnamment, elle organisait la fête chez elle, dans la tour Link. Il me semblait pourtant qu'elle n'invitait personne là-bas et que sa maniaquerie ne lui permettait pas d'accueillir des gens qui postillonneraient, renverseraient, tacheraient... Elle avait peut-être changé. La date était le lendemain. J'avais une journée pour trouver un cadeau.

Christian, Paul, Barzini et les autres viendraient certainement avec de très beaux présents. Il était hors de question que je me ridiculise en offrant une broutille. Contre l'avis de ma banquière, j'allais donc acquérir un sac d'une valeur telle qu'elle assurerait l'unanimité esthétique. En naviguant dans la ville, je me rendis compte qu'elle pullulait de magasins pour se vêtir, s'orner, maquiller son visage, décorer son corps ou sa maison, de salons esthétiques, bars à sourcils, parfumeries, et de restaurants aussi, de librairies, de cinémas, de musées et de banques. Si j'en croyais les rues, il me fallait être habillé, soigné, coiffé, beau, me nourrir, me cultiver et, surtout, afin de pourvoir à tout cela, être riche. Soudain, j'eus l'impression d'être cet homme citadin, composé par son environnement, cet individu que la cité vous oblige à être, ce mec fabriqué par la ville. Y avait-il une liberté d'être autre chose ? Ma moto traversait les boulevards, les quais, les rues, et tout lui criait qu'il fallait être parfait, ici, parfaitement citadin. Sans la fortune, rien, sans les cheveux plaqués en arrière, sans la bonne chemise, la bonne veste, rien, sans le sac Kelly pour ma femme, sans la banquière au téléphone, sans la reconnaissance sociale, rien, sans le profit, la réussite, le travail, la consommation, rien. Étions-nous devenus atrocement humains ? Regagnant la maison, le cadeau d'Ambroisie sous le bras, je rêvais de savane dorée, d'arbres libres, de saisons, du fracas de la mer, des oiseaux, du regard des bêtes et du vent sur la peau. Il devait bien y avoir une autre vie, quelque part.

Quand j'en parlai à Stéphane, il me dit que j'étais un imbécile d'avoir dépensé tant d'argent pour un sac. Il me rétorqua que Juliet, elle, s'intéressait aux fleurs. Elle lui apprenait à reconnaître les différentes espèces de roses, les lilas, les pois de senteur, les hortensias... Je rétorquai qu'Ambroisie savait tout cela, car elle avait une connaissance étendue et précise des choses. Toutefois, je reconnus que le sac et son train de vie allaient conduire à ma ruine, mais j'objectai qu'il fallait bien que je récupère la femme que j'aimais, d'une manière ou d'une autre. Il me souhaita bonne chance. Je décelai une réticence dans sa voix, qui m'agaça. Il n'avait jamais rencontré Ambroisie, comment pouvait-il savoir ? En réalité, je la trouvais mille fois plus passionnante que sa fleuriste, laquelle était fort gentille mais un peu monotone. Ce que j'aimais, chez Ambroisie, c'était justement le bruit de la mer qui se fracasse contre les rochers, le vent qui agite ses cheveux comme des arbres libres, la savane dorée de ses yeux. C'était cela qui m'avait plu à Gordes, la falaise de son visage, le drame qui s'y déroulait, en trois actes. Jamais, je n'avais vu une telle fureur de vivre sur le visage d'une femme.

J'approchai de la tour Link le cœur battant. Revenir à la Défense, glisser sur ces routes de bitume, entre les miroirs des gratte-ciel, me faisait trembler d'impatience et de peur. À vingt et une heures, les lumières multicolores étaient déjà allumées tandis que la ville plongeait dans le noir. J'engouffrai ma moto dans le parking souterrain, lequel se trouvait, comme à son habitude, vide. Les autres invités étaient-ils tous venus en taxi ? Je me garai, enlevai mon casque, pris mon paquet cadeau et gagnai l'ascenseur, qui fila jusqu'au dernier étage. Là, je sonnai à la porte blindée. Aucun bruit, aucune musique. J'avais pourtant une heure de retard, puisqu'il était inscrit vingt heures sur l'invitation. Un instant, et la porte s'ouvrit sur Takumi, un plateau à la main :

– Bonjour, monsieur Mollgaard.

– Bonjour, Takumi. Comment allez-vous ? Quel plaisir de vous revoir.

– Un plaisir partagé. Je vous en prie, entrez.

Il m'accueillit dans le hall, où je posai mon manteau, mon casque et ôtai mes chaussures. Aucun son ne se faisait entendre, le silence était abyssal.

– Je suis le premier arrivé ? demandai-je.

– Vous êtes le seul invité, monsieur.

Takumi sourit. Je le regardai, interloqué. Il me fit signe d'aller au salon, tandis qu'il disparaissait dans le couloir aux portes automatiques. Je remarquai que les meubles avaient été changés : un nouveau canapé et un nouveau fauteuil figuraient là. Quelqu'un avait-il taché l'ancien mobilier ? Sans oser m'asseoir, je restai debout, face à la vitre. Les murs de verre laissaient voir la ville à mes pieds. J'observais les motos, les voitures, les bus, les piétons, tout ce monde-là circuler en miniature.

– Bonjour, Maurice !

Une voix féminine me tira de mes pensées. Je me retournai. Debout, au centre de la pièce, spectaculaire dans sa robe dorée, elle n'avait pas changé. Ses cheveux bruns lui tombaient aux épaules, elle les avait coupés mais son visage était le même, éclatant de beauté, avec ses pommettes hautes, ses lèvres charnues, ses canines pointues, ses yeux verts en amande... C'était bien Ambroisie, devant moi.

– Je suis heureux... commençai-je.

– Moi aussi, je suis heureuse, me coupa-t-elle. Cela fait combien de temps ? Un mois ?

– Deux.

– Deux mois que nous ne nous sommes pas vus ! Tu imagines un peu, Maurice...

Elle me regarda avec affection. Takumi entra à ce moment-là, avec deux cocktails ainsi qu'un plateau d'amuse-bouches. Nous le remerciâmes et il s'éclipsa. Ambroisie croqua un morceau de concombre. Nous trinquâmes et je lui dis combien je m'en voulais, au sujet de ce qui s'était produit avec Geijer. Je lui fis part du regret que j'avais qu'elle ne fasse pas partie du film, mais elle me coupa la parole, arguant que cela n'avait aucune importance, elle n'avait, de toute manière, plus le désir de tourner et était en train de faire un retour fracassant dans le mannequinat.

– Je suis très proche de la maison Louise Botta, me glissa-t-elle, d'un air complice.

Je ne savais pas qui était Louise Botta. Elle me dit qu'il s'agissait d'une marque de lingerie très connue, populaire et réputée. Elle avait fait plusieurs publicités magnifiques pour eux. À son âge, commenta-t-elle, c'était rare d'être une égérie : le losange de la vie, dont les côtés s'ouvraient d'abord sur mille possibilités, se refermait maintenant, pour achever sa pointe. Je la trouvais encore jeune, mais elle n'était pas de cet avis.

– Tu ne peux pas comprendre. Mais ne parlons pas de ça, implora-t-elle. C'est mon anniversaire, passons une belle soirée !

– Ah, au fait…

Je lui présentai timidement mon cadeau. La somme astronomique que j'avais déboursée était censée se fondre parmi celle des autres présents. Étant seul ce soir, le geste parut grotesque. Elle déballa le paquet et poussa un cri.

– Maurice ! Tu es fou ! Tu n'aurais jamais dû. Ce sac vaut une fortune !

Je lui assurai que cela me faisait plaisir. Elle le serra contre sa poitrine, comme elle l'avait fait pour mon roman, *Délétères*, le jour où elle l'avait acheté au Salon du Livre. Je la trouvai merveilleuse.

Takumi apporta la suite des plats et nous dînâmes amoureusement. J'étais ravi d'être son seul invité, quant à elle, elle me confia qu'elle ne désirait être avec personne d'autre que moi le jour de ses trente-sept ans. Elle avait écrit le carton exprès, afin de me faire croire qu'il y aurait une fête.

– Je voulais te surprendre, dit-elle.

Nous continuâmes de boire, de rire, de nous murmurer des mots doux. Takumi finit par se retirer et elle m'entraîna dans sa chambre, où nous passâmes une nuit d'amour, sous l'œil attentif du requin figé dans son méthanal. Le lendemain, elle me proposa de rester. Le surlendemain, j'étais toujours chez elle, et toute la semaine, jusqu'au dimanche suivant. Cet amour-là allait durer deux mois entiers, durant lesquels nous ne nous quittions plus, allant, comme avant, au restaurant, au musée, au marché, aux jardins, partout, partout ensemble. Elle, accrochée à moi, sur la moto ; moi, accroché à elle, dans la rue. Nous étions de nouveau amoureux.

15.

Noël

Paris se cachait à présent sous une couche de neige, dans laquelle les enfants sautaient pour la faire craquer. Les vitrines des magasins se transformaient en théâtres de peluches animées, les rues se couvraient d'un toit de guirlandes lumineuses : nous approchions de Noël à grands pas. Lorsque j'étais petit, il y avait toujours un père Noël qui se tenait sur le marché de la place Monge, en face de la maison. Je voulais l'approcher car il m'offrait du caramel mou et du chocolat. La première année, ma mère m'y emmenait, me tenant par la main. La suivante, elle me dit : « Vas-y seul, mais fais bien attention en traversant la rue. Regarde à droite, puis à gauche et une nouvelle fois à droite. » Je faisais le mouvement de la tête, trois fois, puis courais rejoindre le vieux monsieur déguisé. Il ne manquait jamais de me reconnaître et de me promettre que le petit Maurice aurait une tonne de cadeaux le 25 décembre, ce qui me transportait de joie. Quand je revenais à la maison, je le répétais à mes parents et mon père grommelait : « Une tonne… Il promet bien des choses ce père Noël là. Qu'il se contente d'offrir du chocolat ! Pour le reste, on verra… »

J'insistais afin que l'on monte un vrai sapin chez nous. Chaque année, c'était le même combat. Ma mère disait qu'il n'y avait pas la place, que ça allait nous foutre des épines partout entre les lattes du parquet. Mon père proposait de le mettre dans la cuisine, ce à quoi elle rétorquait : « On voit bien que tu n'y vas pas souvent, toi ! Où ça, dans la cuisine ? Il n'y a même pas la place pour un four ! » Alors ils se disputaient, car il n'y avait pas la place dans le salon non plus. Je proposais qu'on le pose dans ma chambre, serré contre mon lit. « Ça va te piquer, la nuit », disait mon père, mais, faute d'un autre endroit, c'était bien là qu'on finissait par le mettre. J'adorais l'avoir avec moi car l'odeur boisée embaumait la pièce et les guirlandes brillaient dans mon sommeil. Je me levais régulièrement afin de l'admirer, ce sapin, décoré par nos soins, sous lequel, bientôt, la tonne de cadeaux me serait déposée. Comme nous n'avions pas de cheminée, je demandais à mes parents de ne pas fermer la porte d'entrée à clé, le soir du 24, afin que le père Noël puisse venir. Je soufflais au bonhomme de la place Monge les indications pour entrer dans l'immeuble, ce qui indigna mon père quand il l'apprit.

Nous n'invitions personne, ne mangions pas de dinde ni de foie gras, mais ma mère achetait une bûche pour le dessert. Nous dînions simplement, assis sur le clic-clac, à nous raconter des blagues et des histoires, tous les trois. Le lendemain, je découvrais un cadeau, un seul, et non une tonne. C'était, par exemple, un train électrique ou bien un jeu de société. Un Noël, j'avais ouvert une enveloppe et trouvé un papier sur lequel était inscrit : « Vacances au Brésil ». J'avais hurlé de joie. L'année qui suivit, je rêvais de forêt amazonienne, de plages et de soleil… Cependant, les mois passaient et aucun projet de voyage ne se profilait. Dans son agence, ma mère avait reçu, avant les fêtes, trois billets d'avion pour Rio de Janeiro, ainsi qu'une proposition de chambre dans un hôtel. Puis, finalement, ils avaient retiré l'offre. Cette année-là, je songeai que le père Noël était vraiment un goujat. D'ailleurs, en allant sur la place Monge, au Noël suivant, je remarquai qu'il portait, sous sa longue cape rouge et blanche, une paire de baskets dernier cri. Je revins à la maison, dépité, et confiai à mes parents que le père Noël de la place Monge n'était pas le vrai père Noël.

Je me rappelais tout cela, tandis qu'Ambroisie achetait un sapin. Elle en avait choisi un immense, de trois mètres.

– Je n'en prends pas tous les ans, mais Anita est avec moi, cette année. Je veux lui préparer un beau Noël ! m'expliquait-elle.

Elle avait demandé à quelqu'un de venir le décorer. J'ignorais qu'il existât des entreprises de décoration de sapins de Noël, que l'on pouvait solliciter afin qu'un employé vienne à domicile s'occuper de notre conifère, mais elle m'assura que c'était le cas.

– Cette boîte est spécialisée dans les couronnes de fleurs et la décoration des arbres, notamment des sapins. Ils décorent ceux des hôtels, comme le Royal Monceau, par exemple. Tu n'as jamais vu les sapins là-bas ? Ils sont ornés de *gingerbread man*, d'étoiles, de voitures, de traîneaux, de crèches sublimes... Des animaux en pain d'épice sont accrochés aux branches et des petites maisons aussi, avec de la vraie lumière aux fenêtres. C'est dingue, Maurice, il faut absolument que tu voies leur sapin. Allons y dîner ce soir.

Je trouvais dommage de ne pas faire la décoration soi-même. L'habillage du sapin avait été un véritable plaisir d'enfant et un souvenir mémorable d'instants en famille, pour moi. Ambroisie rétorqua qu'il fallait que ce soit joli :

– On ne va pas fabriquer des étoiles en carton ! Si je laisse faire Anita, ce sapin ne ressemblera à rien. Il va trôner au milieu du salon pendant une semaine, hors de question d'avoir un cône dégoulinant de pacotilles.

Elle était convaincue de son idée. D'ailleurs, elle avait déjà appelé l'entreprise. Elle paya l'arbre immense auprès du vendeur qui confirma la livraison, puis nous sortîmes. Elle portait un manteau en cuir et un bonnet noir ; aux pieds, des bottes à talons et, au bras, le sac que je lui avais offert. Elle s'était teint les cheveux en roux, ce qui allait bien avec ses yeux verts. Nous étions sur le boulevard, près des Grands Magasins et avions le temps d'y passer avant le dîner, dit-elle, il fallait qu'elle trouve quelques cadeaux pour sa fille. En réalité, ce n'étaient pas quelques cadeaux mais, selon les mots du père Noël de la place Monge, une tonne de cadeaux. Ambroisie avait pris un chariot qu'elle remplissait sans compter, au fur et à mesure qu'elle avançait dans les rayons. Anita était âgée de onze ans, mais sa mère s'en fichait : elle prenait des ours en peluche, des poupées Barbie aussi bien que des jeux de stratégie, des plateaux d'échecs, des casques audio… À en croire son chariot, elle était mère de cinq enfants, qui avaient entre trois et dix-sept ans, garçons et filles. C'était un drôle de fourre-tout, ce que je lui fis remarquer. Elle éclata de rire, arguant que ce n'était pas Noël tous les jours et qu'il fallait bien faire plaisir à sa fille. À vrai dire, il me sembla qu'elle faisait cela parce qu'elle ne connaissait pas les goûts d'Anita. Avec cette méthode, elle finirait bien par tomber sur quelque chose qui lui plairait. Nous passâmes à la caisse puis sortîmes du magasin avec d'énormes sacs. Je suggérai de repasser à la maison poser ces paquets encombrants, avant d'aller dîner, mais Ambroisie dit que nous pourrions les confier au portier de l'hôtel. Elle avait trop faim et préférait se rendre directement au Monceau. En taxi, nous roulâmes donc vers l'hôtel.

Je trouvais étonnant qu'elle n'évoque jamais le père d'Anita, son ancien mari, et tentai d'en apprendre plus à son sujet, tandis que nous étions attablés dans le restaurant japonais du Royal Monceau.

– Où récupères-tu ta fille, demain ?

– À la gare.

– Mais d'où vient-elle ?

– Elle vient de Suisse, figure-toi.

– Je l'ignorais. Son père vit en Suisse ?

– Tu es bien curieux, ce soir ! À Genève, oui. C'est bon, n'est-ce pas ? Les poissons sont succulents, ici.

– Très bon. Mais que fait-il ?

– Enfin, Maurice, tu deviens lourd. Pourquoi veux-tu parler de cet homme, ce soir ? Profitons d'être tous les deux et ne pensons pas à lui, nom de Dieu !

– Pardon, je voulais savoir, simplement. C'est une partie de ta vie... Tu n'en parles jamais.

Elle plongea dans les sushis et mâcha lentement. Je me mis à manger aussi, puis elle releva la tête et sourit. Je compris qu'elle changeait de sujet :

– Je vais partir, à Noël.

– Comment ça ? Tu viens d'acheter un sapin.

– Oui, pour le 25, mais dès le 26 nous partirons au soleil, Anita et moi. Aux Bahamas.

– Ah bon. Très bien.

J'étais agacé par ses changements de programme soudains. Je finis mon plat et demandai l'addition, d'un ton sec. Elle se radoucit :

– Tu pourras venir avec nous, Maurice.

– Ah bon ?

– Oui, tu pourras peut-être nous rejoindre, la deuxième semaine.

– Et demain ? Tu vas me présenter à Anita ?

– Bien sûr.

Heureux de cette conclusion, je lui souris à mon tour. Nous rentrâmes à la tour Link, nos paquets dans le coffre du taxi qui roulait sur la neige, traçant dans sa blancheur de longues traînées de pneu noires. Sous la glace, la Défense paraissait encore plus froide et menaçante. Les immeubles s'élevaient comme des lames, grises, bleutées, parmi les flocons. On se serait cru à Varsovie, l'hiver. Je soufflai sur la vitre de la voiture pour former un halo de buée chaude et me préparai à rencontrer Anita.

16.

Anita

La gare ressemblait à une fourmilière, où les voyageurs, paquets sur le dos, grouillaient comme autant d'insectes intrépides. Ils entraient, montaient les escalators, redescendaient, sortaient, tout ça emmaillotés dans des écharpes et bonnets d'hiver. Ils s'attendaient sur les quais, s'embrassaient à la sortie du train, et les enfants, fous de joie, sautillaient en lorgnant leurs cadeaux. Nous nous trouvions parmi eux, fourmis impatientes, au bout du quai. Nous attendions Anita. Enfin, une petite fille planquée sous son manteau rose pâle nous fit un signe de la main. Elle ne cria pas, ni ne courut. Elle agita seulement la main, comme ça, une fois, l'air de dire je suis là, c'est moi. C'était un signe, rien d'autre. Pas une exclamation ni un sourire mais un simple signe. Elle portait une chapka brodée de fleurs mauves, des bottes à fourrure, et tenait une laisse au bout de laquelle jappait un bichon maltais. Son visage éclatant, comme le sont ceux des enfants l'hiver, avec deux joues rebondies et roses, apparaissait sous les mèches de cheveux châtains coincées dans sa chapka. Elle nous regarda avec acuité. Ses yeux étaient comme ceux d'Ambroisie : verts, en amande et perçants. La jolie petite fille fronçait son nez, l'air mécontent. Arrivée près de nous, elle salua sa mère d'une voix plate :

– Bonjour, maman.

– Bonjour, ma chérie ! Tu as fait bon voyage ? Oh, tu es revenue avec ton vilain cabot.

– Nouille.

À ses pieds, le chien, mignonne boule de poils blancs, aboya. Je me penchai pour le caresser. Il me lécha les doigts, gentiment. Alors, je me tournai vers Anita :

– Comment s'appelle ton chien ?

– Nouille.

Je ne savais pas si elle nous traitait de nouilles ou bien si c'était là le prénom de son animal. Je souris :

– Il s'appelle Nouille ?

– Oui, Nounouille. Maman ne l'aime pas. Pourtant, il n'y a pas plus gentil. Et vous, qui êtes-vous ?

Je voulus répondre mais Ambroisie me passa devant, saisissant la valise de sa fille :

– C'est un ami de maman. Il va rester un peu avec nous. Il voulait te rencontrer.

Elle me sonda, de son petit visage interrogateur. Pourquoi veut-il me rencontrer, ce grand dadais, semblait-elle penser. Elle fronça le nez une nouvelle fois.

– Je m'appelle Maurice, dis-je en lui tendant la main.

Elle ne la serra pas mais me regarda fixement. Afin d'en finir avec ces présentations, Ambroisie s'exclama qu'il fallait y aller.

Dans la voiture, conduite par un chauffeur, Anita s'assit entre nous deux, Nouille sur les genoux. Elle posait sa main potelée sur le dos frisé du chien, comme pour sentir sa chaleur et sa douceur, comme pour se rassurer. Avec sa paume, elle suivait la respiration lente de l'animal et semblait y adapter la sienne. Il faut dire que nous approchions du quartier des grandes tours et qu'entre la rigidité soudaine d'Ambroisie et mon silence gêné, l'ambiance était plutôt glaçante. Anita passait ses doigts dans les frisettes de Nouille, elle les glissait dedans, dessous. Je lui demandai si elle était contente que ce soit Noël, si elle avait fait une liste de cadeaux, et autres genres de questions bêtes que les adultes posent aux enfants quand ils ne savent pas quoi leur dire. Elle répondit placidement : bof, non. La voiture entra dans le ventre de la tour Link, au parking. Le chauffeur se gara, descendit le bagage d'Anita, puis repartit. Alors, nous restâmes seuls, tous les trois, dans cet immeuble géant. Je ressentis soudain l'absurdité de ma situation. Pourquoi me trouvais-je dans un gratte-ciel à la Défense, seul avec cette femme et une enfant que je ne connaissais ni d'Ève ni d'Adam ? À lui parler, en plus, comme si c'était une nièce, une fille, que sais-je, une proche. Il était tout à fait normal qu'elle ne me réponde pas. Qui étais-je pour elle ? Qui étais-je tout court ? Qu'est-ce que je foutais là, à Noël ? Tandis que l'ascenseur montait, je fus pris d'un vertige difficile à dissimuler. Ambroisie me saisit le poignet :

– Tout va bien, Maurice ? Tu es pâle comme un linge.

Je hochai la tête, lui signifiant que cela irait. Les portes s'ouvrirent au dernier étage et nous nous dirigeâmes vers l'entrée blindée. À peine avions-nous touché la poignée que Takumi ouvrit.

– Comment nous a-t-il entendus arriver ? demandai-je.

– Il y a une caméra, souffla Ambroisie en m'adressant un clin d'œil.

Cette confidence me plongea dans l'inquiétude. Y avait-il des caméras dans toutes les pièces, y compris dans sa chambre ?

Anita, suivie de Nouille, s'avança dans le long couloir, jusqu'au bout, où se trouvait sa chambre, traînant sa valise derrière elle. Ambroisie me proposa de passer au salon, où trônait déjà le sapin géant. Ils l'avaient installé et décoré le matin même, pendant que nous étions à la gare. Le spécimen s'élevait de deux mètres au-dessus de nos têtes et occupait, au sol, un rayon de trois mètres, tant les lutins, traîneaux, cadeaux, étoiles, guirlandes et autres fantaisies le surchargeaient. Ambroisie était ravie. Elle demanda à Takumi de nous servir le déjeuner, puis appela Anita.

– Laisse ton cabot dans la chambre.

– Non, Nouille doit manger à table, avec nous.

Quand le déjeuner fut terminé, Ambroisie demanda à Takumi de lui apporter ses cigarettes-bonbon. Il arriva avec une boîte en argent, au couvercle ouvert, dans laquelle étaient alignés plusieurs joints, étiquetés de différentes variétés d'herbe. Takumi expliqua qu'elles correspondaient à différents états : il y avait des pétards pour s'endormir, d'autres pour rire, certains pour être détendu, d'autres pour danser… Ambroisie en choisit un assez fort, afin de faire la sieste, expliqua-t-elle. Elle m'en proposa aussi mais je déclinai. Takumi lui tendit un briquet Dupont en or, qui se trouvait dans la boîte, et lui alluma son bonbon, avant de se retirer. Assise sur son nouveau fauteuil de cuir, les jambes croisées, elle fumait lentement, délicieusement. Anita tournait autour du sapin. J'observais les deux. Quand elle eut terminé de fumer, Ambroisie partit faire sa sieste. Je m'emparai de quelques journaux dans le présentoir que Takumi remplissait quotidiennement : des magazines de beaux-arts, de photographie, de philosophie et quelques journaux d'information, allemand, anglais et français… J'en pris trois, au hasard : *Égoïste*, le *Spiegel* et le *New York Times*. Anita, assise au pied du sapin, examinait les nombreux cadeaux. Nouille bouffait un lutin en feutre rouge et vert, lui croquait le bonnet, mâchouillait sa tête maintenant baveuse et défigurée. Je prévins la petite fille :

– Attention à Nouille. Ta maman ne va pas être contente s'il défait tout le sapin.

– Maman n'a rien à dire, puisqu'on est chez papa, ici.

J'accusai le coup, sans répondre. Je reposai les journaux, soudain mal à l'aise de tenir quoi que ce soit entre mes mains, dans cet endroit, d'être assis sur ce siège même, de regarder cette vue panoramique. Je bégayai :

– Comment ça ? Ton papa habite à Genève. Tu es chez ta maman, à Paris.

– C'est l'immeuble de papa. Vous voyez bien qu'on est dans des bureaux. Ben, c'est les bureaux de papa.

Elle disait ça d'un ton agacé, comme si elle parlait à un imbécile. Je voulus l'adoucir :

– Pardon, Anita, je ne savais pas. Je pensais que cet appartement était à ta mère.

– Aussi grand, avec les Damien Hirst et tout ? C'est pas d'être mannequin qui rapporte tout ce pognon, monsieur. Elle est belle, maman, je dis pas le contraire. Mais c'est pas Cindy Crawford, quand même. Non, non, on est chez papa, ici.

Je ris de la voir employer des mots d'adulte.

– Je ne savais pas. Ta maman ne m'a rien dit.

– Normal, elle n'a pas le droit d'être là. Mais tout le monde le sait. Papa dirige la compagnie du pétrole. C'était temporaire, qu'il lui prêtait cet endroit. Mais maman a déposé ses affaires et elle refuse de partir. Maintenant, elle dit qu'elle dénoncera papa s'il la force à partir.

Je n'avais qu'une envie : déguerpir loin de cette maudite tour. Nouille avait lâché le lutin et s'en prenait maintenant à une étoile pendue à une branche. Il sautait pour l'attraper, secouant les épines et griffant, de ses pattes arrière, les paquets cadeaux sur lesquels il était perché. Anita le caressa et se leva, face à moi, souriante pour la première fois :

– C'est pourquoi Nouille a le droit de faire ce qu'il veut.

Je ne sus quoi répondre. Je lui souris maladroitement et me levai déjà pour partir.

– Vous vous en allez, monsieur Maurice ?

– Oui, je vais rentrer chez moi.

– C'était pas pour vous mettre dehors que je racontais cette histoire, vous savez.

– Bien sûr, Anita, je n'ai pas de problème. Simplement... J'ai des choses à faire chez moi.

– Ah bon ? Comme quoi ?

– Eh bien... Comme nourrir mon chat. Tu vois, j'ai un animal, moi aussi. Je dois m'en occuper.

Elle me sourit, nullement dupe mais charmée que j'aime les animaux. Nouille dans les bras, elle marcha avec moi jusqu'à la porte.

– Alors, je dirai à maman que vous êtes parti.

– Oui. Au revoir, Anita. Et ravi d'avoir fait ta connaissance.

– Moi aussi, monsieur Maurice. La prochaine fois, vous me présenterez votre chat.

J'acquiesçai, agitai la main en guise d'au revoir et appelai l'ascenseur comme on appelle au secours.

17.

Le curé amoureux

Ambroisie et Anita étaient à Harbour Island. Nous étions le 30 décembre et je me préparais à fêter le jour de l'an en solitaire. Inès, Stéphane et sa copine Juliet avaient filé à Val-d'Isère, dans un chalet loué pour la semaine. Ils m'avaient proposé de venir skier avec eux mais j'attendais des nouvelles d'Ambroisie, prêt à la rejoindre aux Bahamas. Évidemment, je n'avais plus les moyens de rien. Mon compte en banque avait été vidé par les dépenses des derniers mois en compagnie de Mme Braun. Son train de vie était bien au-dessus de mes capacités mais je ne voulais pas perdre la face et tenais souvent à l'inviter. Pour ce séjour, je l'avais prévenue que je ne pourrais sûrement pas suivre, financièrement. Elle avait éclaté de rire, me disant que cela n'avait aucune importance et qu'elle se ferait un plaisir d'entretenir son écrivain de chevet. Cette remarque, pourtant bienveillante, me glaça le sang. J'eus horreur de cette image et profitai donc des jours d'attente et d'isolement pour me remettre au travail. Si une idée venait, si un roman naissait, j'aurais la face sauve.

Elena, que je n'avais pas revue depuis notre dernier entretien, me passa un coup de fil afin de me parler d'Anton Geijer. Le tournage venait de se terminer et il lui avait montré quelques rushs du film.

– C'est une réussite, Maurice. Ce garçon a fait un travail extraordinaire. Et les acteurs que vous avez choisis sont bons.

D'habitude, Elena ne s'intéressait pas aux adaptations, mais elle s'était prise d'une petite passion pour ce cinéaste, Geijer, si bien qu'elle était souvent en contact avec lui. Une pointe de jalousie me titilla. Serait-il son nouveau chouchou ? Je me rassurai en songeant qu'il n'écrivait pas de livres, lui, mais elle me coupa l'herbe sous le pied :

– D'ailleurs, tu sais que ce garçon a une vie passionnante. Je lui ai suggéré d'écrire une autobiographie.

– Il n'est pas écrivain, Elena, mais réalisateur.

– Il sait écrire. Ce serait un ouvrage intéressant. Cinéaste réputé... Parti de rien, Hambourg, Berlin, des rêves d'enfant... Et la suite, les rencontres...

– Aujourd'hui, tout le monde écrit. Bien sûr. S'il suffit de savoir écrire. Même un enfant, alors...

– Oh, ne fais pas ton pisse-froid, Maurice. Puisque tu veux jouer au ponte, raconte-moi plutôt sur quoi tu travailles, en ce moment.

– Tu sais bien que j'ai une panne d'inspiration. Ce n'est pas drôle. D'ailleurs, je suis à court, financièrement.

– Évidemment, tu ne fais rien. Comme dit Ionesco, chez tout écrivain, sans doute y a-t-il un grand homme qui sommeille. Mais chez toi, Maurice, il sommeille tellement qu'il a deux trous rouges au côté droit : il est mort !

– Tu exagères, Elena. Il est là, il est bien là. Je travaille, tu sais, mais ça ne vient pas.

– Non, tu ne travailles pas. Tu as déserté. Tu es ailleurs. Ionesco disait : un écrivain, c'est comme un lieutenant voulant devenir maréchal de France ou un curé voulant devenir cardinal. Il y a chez lui de la vanité et du désir de gloire. Chez toi, il n'y a rien du tout, Maurice ! Tu es un lieutenant déserteur, un curé amoureux, voilà ce que tu es.

– Tu es vache. Ce n'est pas ça… C'est que… Je suis comme Fitzgerald, à la fin de sa vie. Panne sèche.

– Je peux attendre neuf ans, alors ! Tout ça parce que tu t'es entiché d'une femme qui parle aux plantes… Comment s'appelle-t-elle déjà, ta Zelda ?

– Ambroisie.

– Ah oui, voilà. Quel gâchis !

Elle m'embrassa et me souhaita une bonne année, pleine d'inspiration, dit-elle.

Le soir du 31, seul devant la télévision, un plat surgelé et mon chat sur les genoux, je me demandai si je n'étais pas, effectivement, un curé amoureux. À minuit, j'embrassai Rodolphe et allai me coucher. Je devais avoir des nouvelles d'Ambroisie le lendemain. Cependant, le 1er au matin, elle m'écrivit que ce n'était pas la peine de venir car, l'hôtel n'étant pas comme elle le désirait, Anita et elle s'en allaient en croisière. Le bateau partait dans l'après-midi, ce qui m'empêchait tout à fait de les rejoindre. Il était impossible de monter en marche, puisqu'elles seraient en pleine mer, et même si je prenais un vol dans la minute, je n'arriverais jamais au port à temps. Elle m'indiqua qu'elles seraient revenues à Paris le 6 janvier et que l'on pourrait se revoir tous les trois, à ce moment-là. Son message était désolé, mais j'en éprouvai une véritable colère. J'aurais pu partir au ski avec Stéphane, me dis-je, ou bien en Vendée avec ma mère. Voilà que je me retrouvais à Paris, seul, comme un con.

La semaine passa lentement. Aucune idée n'émergeait et les phrases nulles sur la feuille furent immédiatement raturées. Elena avait raison : le grand homme en moi était probablement mort et, dans la peau de Fitzgerald, il s'en fallut de peu que je ne sombre totalement dans l'alcoolisme.

18.

Les lectures d'Anita

Quand le 6 janvier arriva, ma colère s'était dissipée avec les jours qui passent et la vacuité des pages blanches. Je ne rechignai donc pas à me rendre à l'aéroport, accueillir Ambroisie et Anita pour leur retour de vacances. À la sortie, où je les attendais, le portique s'ouvrait pour laisser passer les arrivants, puis se refermait derrière eux. À chaque battement, je sursautais, croyant les voir. Ce n'était jamais elles. L'avion avait du retard et je patientai une demi-heure, avant de me tourner vers la boulangerie du hall B pour prendre un café. Je revins à mon poste d'observation et attendis encore un quart d'heure. Enfin, une grande femme rousse, avec un canotier blanc, poussa un cri et se jeta dans mes bras. Son canotier valsa en arrière, elle rit et m'embrassa, les deux mains autour du cou.

– Maurice, Maurice ! Quelle joie de te voir !

Derrière elle, une petite fille, planquée sous une casquette bleue, avançait calmement. Anita me tendit la main la première cette fois-ci. Je la lui serrai et nous nous sourîmes. Poussant leur chariot de valises, nous avançâmes tous les quatre, avec Nouille dans sa caisse de transport, vers la file de taxis. Ambroisie, enthousiaste, me prenait le bras de sa main gauche, et de l'autre tenait son chapeau sur sa tête :

– Oh, Maurice, comme c'était beau ! Merveilleux ! Le yacht nous a emmenées six jours sur l'océan. Il faut absolument que je te montre les photos.

– Nouille a eu le mal de mer, fit remarquer Anita.

Le taxi nous conduisit jusqu'à la tour Link, où Ambroisie se retira dans sa chambre car le voyage l'avait assommée. Je me retrouvai de nouveau seul avec Anita et Nouille, dans le salon. La petite fille me prévint qu'elle s'en allait le lendemain, en Suisse, reprendre l'école.

– Vous m'accompagnerez à la gare, avec maman ?

– Oui, si tu le souhaites.

– Vous avez beaucoup de temps libre, monsieur Maurice. C'est quoi que vous faites comme métier ?

– Je suis écrivain, Anita. J'écris des romans.

– Faut du temps pour inventer tout ça, alors.

Elle était debout, face à la vitre, tandis que je me trouvais assis, sur un fauteuil. Elle contemplait le panorama, sa casquette vissée sur la tête.

– C'est difficile à lire, vos trucs ?

– Mes romans ?

Elle opina. Le soleil des Bahamas avait fait ressortir quelques taches de rousseur sur ses joues rondes. Je haussai les épaules :

– Non, je ne crois pas. En tout cas, mes lecteurs les comprennent parfaitement.

– Je pourrai en lire un, alors.

– Peut-être plus tard. Ce sont des livres pour adultes, tu sais.

– Vous voulez dire des livres sur le sexe ?

Je ris, gêné d'entendre ce mot dans la bouche d'une enfant.

– Non, non ! Pas du tout ! Je veux dire, ce ne sont pas des livres pour enfants. Ce sont des livres… Plus difficiles, oui, voilà.

– J'en lirai un, alors. On verra bien. Si vos lecteurs comprennent, je vois pas pourquoi je comprendrais pas. Le truc le plus difficile que j'ai lu, c'était Céline. D'abord, je croyais que c'était une femme. En fait, papa m'a dit que c'est un homme. Là-dedans, c'est plein de mots. Mais dans les vôtres, ça doit aller. Ça se voit, au fond, qu'ils sont plutôt faciles vos livres.

– Ah bon ? Pourquoi tu dis ça ?

– Parce que j'ai vu une photo de Céline, après que papa m'a dit que c'était un homme je voulais voir sa tronche. Je pensais qu'il ressemblerait à une femme, mais pas du tout. Eh ben, elle est déformée comme un gros rocher, sa tête. (*Elle l'imita en grimaçant un air obscur.*) Rien qu'à voir son visage, on comprend pas où il veut en venir ce type-là.

Je ris et elle s'esclaffa avec moi, quittant la vitre pour se rapprocher de mon fauteuil. Elle enleva sa casquette et reprit :

– Vous, vous êtes lisse. Vos cheveux, ils sont bien peignés. Votre veste, elle est toute propre. C'est Barzini, le copain de maman, qui fait des belles chemises comme ça ! Ça sent bon le parfum. Y a rien qui dépasse. Dans le visage aussi, c'est poli, c'est lisse. Eh ben, voyez, je suis sûre que vos livres ils sont propres comme ça. Avec les mots bien rangés et tout. Sûre que je les comprendrai.

– Même s'ils sont bien mis à l'extérieur, les artistes ne sont jamais tout lisses à l'intérieur, lui dis-je, didactique.

– Normalement, ils ont au moins des cernes, rétorqua-t-elle. Alors, c'est que vous travaillez pas beaucoup en ce moment. Parce que même Christian, l'ami de maman, qui est artiste, même lui, il a des cernes. Encore que ses tableaux, ils sont tout lisses, je trouve. Eh ben, même lui, il a des cernes.

Coupant court à cette conversation, je lui dis que je rentrais chez moi, mais que je serais là le lendemain, pour la raccompagner.

Le lendemain, à la gare, je remarquai qu'Anita avait un exemplaire de *Délétères* dans son sac à dos.

– Maman me l'a donné, dit-elle.

– Oh, écoute, elle avait une curiosité ! s'exclama Ambroisie, les yeux au ciel.

Je remerciai Anita et nous la déposâmes dans son wagon. Le train partit.

19.

La publicité

En mars, nous fêtions nos un an de relation. J'avais réservé dans un grand restaurant pour l'occasion. Tout allait bien entre nous, cependant j'insistais pour qu'Ambroisie vienne davantage chez moi, rue des Écoles, car les confidences d'Anita m'avaient mis mal à l'aise vis-à-vis de la tour Link et je refusais d'y passer trop souvent. Ce soir-là, nous nous retrouvions donc en tête à tête : chandelles, champagne, vin, poisson, viande… J'avais sorti le grand jeu : aux poignets, mes boutons de manchette brillaient. Ambroisie me fit des compliments. Toutefois, elle avait une petite moue. Quand je lui demandai ce qui la minait, elle me répondit qu'elle avait un souci professionnel, avec sa marque de lingerie. Elle était embêtée. La maison Louise Botta préparait une série de publicités qui mettait en avant les couples. Les directeurs artistiques avaient tenu à faire des images de couples portant les sous-vêtements de l'enseigne. Ambroisie, devenue l'un de leurs mannequins favoris, tenait absolument à réaliser cette publicité-là. Cependant, elle n'avait aucun partenaire à leur proposer. Il était hors de question, selon elle, de faire les séances photo avec un inconnu.

– Ce qui compte, dans cette réalisation, ce n'est pas la beauté des modèles mais la complicité qu'il y a entre eux. C'est pourquoi ils tiennent absolument à photographier de vrais couples. Je trouve cela génial mais je ne vois pas avec qui je pourrais faire cette photo. Il faudrait que ce soit au moins un ami. J'ai demandé à Christian mais il n'est pas à Paris en ce moment. Il présente un vernissage à Singapour. Je me retrouve dos au mur et cette publicité va me passer sous le nez…

Elle but une gorgée de vin rouge puis planta sa fourchette dans la chair blanche du poisson. Elle mâcha, l'air dépité. Soudain, un éclair passa dans ses yeux. Elle leva la tête vers moi :

– À moins que… À moins que cela ne t'intéresse, Maurice ?

Je faillis m'étouffer avec mon turbot.

– Pardon ?

– Ça pourrait être super ! Pour nos un an !

– En sous-vêtements ? Enfin, je ne suis pas mannequin, chérie. Je n'ai même pas d'abdos.

Elle rit et redoubla de compliments sur ma beauté, ce qui me flatta.

– Ça nous ferait un souvenir, dit-elle. Et puis, je te l'ai déjà dit, ce ne sont pas des mannequins qu'ils recherchent, ce sont des couples. Tu verras, c'est facile, tu n'auras qu'à me laisser faire.

– Il faut faire ça quand ?

– La semaine prochaine ! Oh, ce serait fabuleux, Maurice. Comme j'aimerais faire ces photos avec toi !

J'acceptai, décontenancé, et elle fut aux anges. Nous passâmes le dîner à parler de cette séance photo, des étoiles dans les yeux. Elle m'expliqua que la marque Louise Botta était très populaire et qu'elle trouvait cela formidable pour nos un an de relation, ce serait un superbe cadeau. Nous trinquâmes à notre histoire d'amour et à la publicité Louise Botta.

La semaine suivante, j'arrivai en retard au studio. Ils étaient déjà en place autour d'un panneau blanc, devant lequel était posée une seule chaise. Il y avait là les directeurs artistiques, le photographe, une maquilleuse et deux ou trois personnes aidant sur le plateau.

– Avance ! Encore... Oui. Voilà. Parfait ! Souris, sois naturelle. Attends, recule un peu...

Ambroisie était quasiment nue, face à tout le monde. Me voyant entrer, mon casque à la main, emmitouflé dans mon manteau, elle s'écria :

– Maurice ! Voilà Maurice, dont je vous ai parlé !

Ils se précipitèrent vers moi pour me conduire à la loge où je devais me changer. Il fallait me dépêcher, disaient-ils, nous avions pris du retard. Tout cela fut si brutal que je me demandais si j'étais réellement capable d'enlever mon manteau, mon pantalon et de me foutre à poil devant ces inconnus.

En vérité, je n'en étais pas capable. Dans la cabine, je regardai les trois slips qui m'attendaient, à l'intérieur de leurs pochettes signées Louise Botta. Le premier était cyan avec des rayures indigo, le second mandarine avec des arabesques fuchsia, le troisième vert bouteille avec des ancres marines lilas. Ils étaient charmants ; pourtant, ils ne m'inspirèrent rien qui vaille. Je commençai par ôter doucement mon manteau et défaire la pochette du premier slip. Je le pris dans mes mains : la matière était très douce, du coton de qualité... Ça ne devait pas être désagréable à porter. Cependant, l'exercice qui m'attendait était d'un autre acabit. Dans quoi m'étais-je engouffré ? pensai-je, tandis qu'une dame frappait à la porte :

– Vous êtes prêt ?

– Euh, non... Pardon... Un instant.

Il fallait se grouiller. J'enlevai ma chemise, bouton après bouton. Dans le miroir de la cabine, je me vis torse nu. J'essayai de contracter mes abdominaux. Pour retarder le moment où je devrais enlever le pantalon, je me mis à sortir le deuxième slip de sa pochette. J'en caressai la texture, puis le posai à côté du premier. Il y avait encore le troisième, avec ses ancres. Très joli. Je le posai là, aussi. Toc, toc, toc ! La dame frappait de nouveau :

– Alors, ça y est ?

– Une seconde, j'arrive.

Je ne pouvais plus retarder le moment fatidique. Je défis le bouton de mon pantalon et en retirai mes jambes. Dans le reflet, un homme en caleçon et chaussettes se tenait debout devant moi. C'était tout à fait grotesque, et je n'étais qu'au début de mes peines. La dame se permit carrément d'entrouvrir la porte :

– On est bon ?

– Pardon. Je me demandais... Lequel dois-je mettre en premier ?

– Le bleu !

Elle referma et je glissai mon corps dans le slip en question. Il faudrait ensuite marcher dans les couloirs, torse nu, jambes à l'air, jusqu'au plateau, où tout le monde nous regarderait, nus comme ça, comme des vers, devant les objectifs. J'en eus la boule au ventre. Je sortis de la cabine, tremblant. La dame était pressée :

– Allez, hop, on y va ! Attendez, faut m'enlever ces chaussettes !

Je retournai déposer mes chaussettes, puis la suivis de nouveau. Quand nous arrivâmes au plateau, Ambroisie éclata de rire :

– Magnifique, Maurice !

Je serrais les fesses dans mon slip Louise Botta, tant j'étais gêné de me retrouver ainsi exposé devant ces gens.

– Allez, mettez-vous là. Dépêchons, nous sommes en retard ! s'exclama le photographe.

Ambroisie me tira par la main jusqu'à elle. Nous étions maintenant sous les projecteurs, au centre de l'attention, devant cette chaise, sur ce fond blanc, elle en soutien-gorge et culotte pervenche, moi en slip à rayures indigo. Il fallait mouvoir nos corps, se tordre, se toucher, s'asseoir sur la chaise ou sur les genoux, devant, derrière, faire semblant de rire, être complices, bomber le torse… Je traversai une demi-heure de calvaire, songeant qu'une chaise électrique m'aurait moins fait souffrir, tout cela sous le regard attentif de six ou sept spectateurs. Je suais tellement que la maquilleuse devait intervenir à chaque instant pour me remettre de la poudre sur le front et les ailes du nez.

– Il brille trop ! hurlaient-ils.

Ce supplice dura encore une heure et demie, durant laquelle je dus retourner en cabine deux fois pour changer de slip, me demandant chaque fois s'il n'était pas possible de creuser un trou derrière le miroir afin de percer un tunnel et m'enfuir loin de cet endroit horrible. La dame frappait, cependant, et, tel le bourreau d'une prison, me sortait de ma cellule pour m'emmener jusqu'au lieu de torture. Les photos reprenaient de plus belle, avec flashs, indications autoritaires du photographe, pinceau de la maquilleuse, et j'en passe. Ambroisie, elle, semblait très à l'aise, et même éprouver un réel plaisir à cet exercice atroce. Quand nous quittâmes le studio, elle voulut encore aller déjeuner et ne comprenait pas que je n'eusse qu'une envie : rentrer me planquer dans mon lit.

Une semaine après cette séance traumatisante, je n'osais toujours pas sortir dans la rue. Ambroisie riait au téléphone, m'assurant que j'avais été formidable et qu'elle attendait avec impatience le placardage des affiches.

– Quand tu te verras dans la rue, disait-elle, ça te redonnera confiance en toi. Il ne peut pas en être autrement. Tu es magnifique sur ces photos.

C'était gentil de sa part, cependant je me sentais honteux. Elle ne comprenait pas pourquoi, mais quelque chose en moi me disait que je n'allais pas me tirer indemne de ce shooting photo. Je n'avais pas tort puisqu'à la suite de cette histoire il y eut une déferlante d'injures et de critiques à mon égard. De l'écrivain doué, j'étais devenu un vulgaire poseur, un ringard en slip, une pute à pub, à en croire les commentaires qui pleuvaient comme des seaux de merde sur Internet, ce défouloir des âmes seules et aigries. Je me dis que l'homme avait fait une belle connerie en inventant la toile numérique, laquelle offrait un haut-parleur aux ivrognes des bars, afin qu'ils crient bien fort les insultes que l'on déversait auparavant tout bas, au comptoir du commerce. Avait-on besoin d'entendre leur raffut ? Ce qui était sûr c'était que moi, j'avais fait une belle connerie en posant pour cette publicité Louise Botta. Croyant rendre service à Ambroisie, je m'étais tiré une grosse balle dans le pied.

Quelques semaines plus tard, l'affiche était partout. Pour cela, elle n'avait pas menti : Louise Botta était bien une marque populaire et renommée. Pas de doute ! La publicité était collée sur les abribus, sur la façade des boutiques et des centres commerciaux, au dos des autobus et dans les différentes stations de métro. Impossible de la louper. Il suffisait de faire un pas dans la rue pour nous voir, Ambroisie et moi, enlacés, elle en culotte et soutien-gorge à dentelles, moi en slip coloré. Je n'avais jamais eu une telle campagne, pas même pour mes best-sellers. Le problème, c'est que, malgré mon désaccord, ils avaient inscrit nos deux noms au bas de l'affiche : Ambroisie Braun, mannequin, et Maurice Mollgaard, écrivain. À chaque fois que je voyais ce détail, le rouge me montait au visage. S'ils ne me reconnaissaient pas au premier coup d'œil, les gens ne manqueraient pas de voir cette inscription sans équivoque. Ma carrière était fichue. Je le pressentais déjà et ne devais pas être le seul, puisque je ne tardai pas à recevoir un message enflammé d'Elena m'ordonnant de la retrouver au plus vite dans son bureau.

Arrivé à la maison d'édition, je ne pus m'empêcher de penser que tout le monde riait en me croisant, car ils m'avaient aperçu, sur un panneau, dans la rue, à poil. Je baissai le regard. Elena m'attendait, assise, un magazine entre les mains. Dès qu'elle me vit, elle brandit le dos de la revue dans ma direction : je discernai la publicité Louise Botta et nos deux silhouettes dénudées.

– Peux-tu m'expliquer cette horreur ?

– Je sais, Elena, je sais…

– Tu ne sais rien du tout, oui. Quand tu me disais, la dernière fois, que tu étais à court financièrement, je ne pensais pas que tu en arriverais à cette extrémité-là ! Tu dois donc mourir de faim, mon pauvre Maurice, pour être obligé de faire des publicités de slip !

Elle enrageait en roulant les *r*, à l'italienne. Elle lança le magazine à l'autre bout de la pièce. Il s'écrasa comme un papillon aux ailes fracassées, sur le sol. Je tentai de la calmer :

– Pardon, Elena. Je sais, c'est monstrueux. Moi-même, j'ai honte. Mais je n'avais pas mesuré... Je pensais que personne n'allait voir cette publicité. Je l'ai fait pour rendre service à Ambroisie.

– Rendre service ! Ah, ça, pour rendre service elle te rend bien service, ta femme.

Elle était hors d'elle. Sa main tremblait en extirpant une gitane de son paquet. Elle alluma la cigarette puis tira dessus longuement, pour se soulager. Je pâlis et glissai d'une voix d'enfant, chevrotante et fragile :

– Tu crois que ma carrière est foutue ?

Elle ricana méchamment et ne répondit pas tout de suite. Elle continua de fumer en observant un à un tous les livres de sa grande bibliothèque. Elle fit un large geste de la main pour désigner les ouvrages :

– J'ai accompagné tous ces auteurs... Je les ai poussés à écrire, à transfigurer, à créer. Je les ai admirés et aimés. Toi aussi. Regarde, tu es là ! (*Elle désignait mes livres, dans le rayon.*) Je fais ce métier depuis longtemps, et aucun des auteurs qui sont là n'a foutu sa carrière en l'air. Pas sous mon œil vigilant, non. Aucun. Mais disons que, de toute ma carrière, je n'ai jamais été confrontée à un problème d'écrivain en slibard. *Capisci ?*

– Alors, tu penses que c'est grave ?

– Écoute, imagines-tu Flaubert, Diderot, Aragon ou Dostoïevski vendre des sous-vêtements, à poil sur une affiche, avec leur femme ? Entre nous, tu as perdu la tête !

J'étais livide. Toutefois, je tentai de me raccrocher aux branches :

– Balzac est bien en robe de chambre, sur le boulevard Raspail...

– *Basta cosi !* Tu me fais honte.

Un silence s'installa, durant lequel j'aurais préféré fondre et mourir. Je ne pouvais absolument pas partir comme la dernière fois. Aujourd'hui, c'était moi qui avais tort, et j'en étais conscient. Il ne me restait plus qu'à prier pour que la publicité soit rapidement remplacée. Elena me posa une dernière question avant de prendre congé de moi :

– Et c'est quoi, ton prochain roman, l'histoire d'un type qui vend des slips ?

Sorti des bureaux, j'eus envie de pleurer. Seul Stéphane pouvait me consoler. Je lui signifiai que j'avais besoin de le voir immédiatement. Bien qu'il travaillât, il put faire une pause. Nous nous donnâmes rendez-vous à son agence. En costume de travail, cravate et chaussures cirées, il vint à ma rencontre et me prit dans ses bras.

– Qu'est-ce qui t'arrive, mon vieux ?

Je suggérai que nous allions au café d'à côté. Je n'avais aucune envie de déballer mes mésaventures en plein milieu de l'agence immobilière, au risque d'être entendu des autres. Il attrapa une écharpe et nous marchâmes jusqu'au bistrot d'en face.

Une fois assis, Stéphane commanda un expresso et moi un remontant, un vermouth sec. Ma boisson bue d'un trait, je lui narrai Ambroisie, le mannequinat, la proposition de la publicité, Louise Botta, les slips bleu, vert, orange, le supplice du shooting, les affiches, les commentaires désastreux et l'entrevue avec Elena. Il éclata de rire, ce à quoi je rétorquai qu'il n'y avait là rien de drôle, puisque cet épisode allait marquer la fin de ma carrière littéraire. Je n'aurais plus de lecteurs, tous désapprouvant cette publicité. Il se pencha vers moi :

– Ce n'est pas grave, Maurice. De toute manière, les artistes ne sont jamais populaires de leur vivant. Trop incompris… Ils sont aimés après leur mort. Regarde, Van Gogh, clochard, fou, devenu génie posthume. Verlaine, pareil, une mite, encensé poète de la nation. Modigliani, misérable, devenu la crème de la crème, après coup. Et même la petite Winehouse, ivrogne, héroïnomane, jusqu'à ce qu'elle passe l'arme à gauche… Alors, attention, là on s'écrie : la plus grande chanteuse de blues. Tu vois comment sont les contemporains : aveugles et assassins. Ils n'aiment que les morts.

– Je ne vois pas, non. Faudrait que je crève, alors, pour effacer le tort que me cause cette pub en slip ?

Il s'esclaffa une seconde fois.

– Bien sûr que non. Simplement, qu'est-ce que t'en as à foutre de l'avis de tes contemporains ? Ils ont toujours eu tort.

Peut-être qu'ils avaient tort et que leur avis importait peu, il n'empêche qu'à la dédicace suivante, la table de mon voisin était prise d'assaut par une vingtaine de lecteurs tandis que je patientais, solitaire, à la mienne. Était-ce un hasard ? Ou bien véritablement dû à la publicité Louise Botta ? *Délétères* était paru il y avait plus d'un an. Je tentais de me rassurer en songeant que l'effet de nouveauté était passé. Mon voisin venait de publier son livre cette année, c'était certainement là la cause de cet engouement à son égard et de la totale désertion de ma table. Heureusement, cette dédicace avait lieu dans une librairie parisienne, je pus donc rentrer très rapidement me terrer chez moi. Je n'avais plus envie d'exister, tant que les panneaux publicitaires n'auraient pas remplacé cette affiche par une autre. Je m'en voulais. Comment avais-je pu négliger ainsi mon travail, au point de causer tant de tort à mon œuvre ? Écrire avait toujours été le centre de mon existence, ma priorité. Écrire, inventer, penser, raturer puis publier, être lu, partager… Alors, comment en étais-je arrivé là, à finir en slip ? Je n'arrivais pas à me le figurer. J'avais échappé à moi-même, je m'étais échappé.

20.

Écrire

Tout avait commencé par les histoires du soir, et tout avait été la faute de mon père et de ma mère, bien sûr. Au moment de m'endormir, je quémandais, comme beaucoup d'enfants, une histoire. Je ne sais d'où vient ce rituel, ce désir d'écouter un récit avant de fermer les écoutilles pour la nuit. Est-ce à voir avec le rêve ? Pourquoi tient-on à laisser son imaginaire divaguer, quand la lune monte ? Les enfants ont sûrement beaucoup à gagner de ce voyage de l'esprit. Égal à tout autre, je réclamais donc mon histoire. Cependant, mes parents n'étaient d'aucune inventivité et ne possédaient nullement le don de conter. Mon père essaya deux ou trois fois de me lire des bouquins pour enfants, mais le ton dont il usait était plat, professoral. Très vite je m'ennuyais et ne parvenais pas à distinguer les différents personnages qu'il faisait tous parler d'une même voix monocorde. Je rouspétais contre lui, suite à quoi il décida qu'il ne serait plus de corvée pour la lecture du soir. Ma mère prit le relais. Puisqu'elle n'aimait pas lire ces livres infantilisants, disait-elle, elle préféra inventer des historiettes qu'elle brodait, au fur et à mesure de son imagination. Cependant, ses récits n'étaient ni instructifs ni drôles, et je décrochai vite. À mes critiques, elle répondait que c'était là l'effet escompté : ces narrations étaient justement faites pour endormir les petits. Je pensais tout le contraire. Il me semblait qu'elles étaient faites pour les transporter, les exalter. Je décidai donc de les raconter moi-même. Toutefois, j'avais besoin d'un public et c'est ainsi que les histoires du soir devinrent obligatoires pour mes parents. Mon imagination était telle que je n'en finissais jamais de créer des rebondissements, de faire intervenir de nouveaux personnages, qui s'échouaient de péripétie en péripétie, si bien que mon père, épuisé, me proposa un arrangement à l'amiable : ils écouteraient mes inventions, mais seulement le week-end. Je concédai à cela et passai toute la semaine à réfléchir au roman que je leur raconterais, le vendredi venu. Dès le lundi, je songeais à une nouvelle histoire, et la gonflais de mon imagination, jusqu'au week-end, où elle éclatait face à mes parents, ébahis.

C'est ainsi qu'a commencé ma carrière d'écrivain, assis sur le clic-clac, entre mes parents, à leur narrer mes inventions et à attendre, impatient, leurs réactions. Ensuite, très vite, je me suis mis à coucher mes récits sur du papier. Au collège, je rencontrai la littérature à travers mes professeurs de français. Ils nous parlaient de Zola, de Sand, de Camus, de Racine, de La Fayette… Je plongeais dans un monde parallèle, me perdais dans les siècles, me noyais dans le flot incessant de romans que je lisais, à en boire la tasse. Tout en passant mon bac, à dix-sept ans, j'étais sûr déjà de vouloir être écrivain. Écrire, rien d'autre qu'écrire. Alors, au lieu de basculer d'une histoire à l'autre, je me mis à réécrire le même roman, toujours le même, jusqu'à ce qu'il dise enfin ce qu'il avait à dire. Pourquoi veux-tu exister, toi ? C'est la question que je posais à mon manuscrit, et il se raturait, se refaisait, se démenait pour émerger et me répondre. Je passai une année entière, après mon bac, à ne rien faire d'autre qu'écrire. Mes parents étaient inquiets, bien sûr, de me voir arrêter les études. J'avais quitté leur appartement et loué une studette, dans le 20e arrondissement. Je travaillais dans un restaurant en bas, tous les soirs, pour me faire des sous. Le reste du temps, j'écrivais. Mon père, en réalité, était fou de rage. Il eût aimé me voir faire médecine et réussir mieux que lui. « Tu aurais pu être, au moins, ostéopathe ! » enrageait-il. Il avait toujours vu miroiter en son fils la possibilité d'une revanche sociale. Il s'était laissé croire que je ferais médecine, que je vengerais la mémoire de mon père, petit kinésithérapeute de quartier, mal fortuné, que je brillerais, enfin, dans le monde médical. On dirait alors : « C'est le fils de Mollgaard. » Mais rien de tout cela n'arriverait. Quand il l'apprit, il fut dévasté. Ma mère était moins vindicative. Elle n'avait pas de velléités particulières pour l'avenir de son fils. Sans doute eût-elle simplement aimé que je vive heureux. Or, les nuits d'écriture, les journées planqué dans le noir de mon minuscule studio, me donnaient des cernes. Le café que je buvais par litres rendait mon teint verdâtre. Je restais des semaines entières le cheveu gras. Voir son fils unique dans un si triste état la désolait. « Faut-il que tous les poètes soient crasseux ! » désespérait-elle. Peut-être est-ce pour cette raison-là qu'elle apprécia, vingt ans plus tard, mon nouveau style Barzini, peau crémée, cheveu soigné. Quoi qu'il en soit, à l'époque de mes dix-huit ans, mes parents étaient peu fiers. Le roman que j'écrivais n'intéressait aucun éditeur, puisque le sujet central n'était pas abordé avec franchise. Je faisais des phrases mais je ne disais rien. L'année suivante, mon père eut le malheur de mourir d'un cancer qu'il traînait secrètement. Cette première épreuve me dévasta. Ma seule chance fut qu'une éditrice, qui avait reçu mon manuscrit, m'envoyât une lettre dans laquelle elle me disait qu'il fallait encore travailler mais que nous pourrions faire ce travail-là ensemble. J'allai donc la rencontrer, malgré l'état lamentable dans lequel me laissa le départ de papa. Cette femme fut tout de suite touchée par le jeune homme que j'étais. Elle savait déjà que je serais « son chouchou ». Je tombai aussi sous le charme de cette belle Italienne, libre et sulfureuse. Elle avait quarante ans et sa voix rauque de fumeuse faisait des ravages dans mon cœur de jeune homme rêveur mais ambitieux. À l'époque, oui, sans doute rêvais-je d'être cardinal ou maréchal de France, et cela me semblait possible, à travers les yeux mauves d'Elena. Elle devint mon éditrice et m'introduisit avec brio dans le monde littéraire. Comment vivre cette joie, la réalisation de ce rêve d'enfant, comment être tellement heureux alors que papa était mort ? Cette époque fut pleine de contradictions.

Ce qui restait, c'était la littérature. Écrire, rien qu'écrire, mais écrire bien. Maintenant que j'y pense, je n'ai fait que ça, depuis toujours. Jusqu'à Ambroisie, j'annulais tout pour écrire. Je refusais les sorties, les dîners, les cocktails, rien ne m'intéressait plus que d'écrire. Pourtant, quelque chose m'avait extrait de mon univers, la passion dira-t-on. Je ne l'avais jamais connue, jusque-là. Pourquoi Ambroisie ? Parce que son visage m'était devenu essentiel. Parce qu'elle était follement extravagante, qu'elle propageait autour d'elle une aura qui me happait, moi. Parce qu'elle m'était devenue aussi indispensable que la littérature.

21.

Présentations

– Ah non ! Je déteste les gens tristes, c'est horripilant, quelqu'un de triste ! Je vais te dire, il me semble que la tristesse est le pire des vices. C'est un gâchis de soi qui coule jusque sur les autres pour les gâcher aussi.

Ambroisie était assise sur le canapé, dans une robe alizarine sur laquelle étaient dessinés des boutons-d'or. Elle fumait une de ses cigarettes-bonbon, choisie, cette fois, pour sortir et non pour dormir. L'étiquette apposée à l'herbe sélectionnée était intitulée « *Energy and fun* ». Nous étions convenus de dîner avec mes amis : j'avais rencontré les siens et il me semblait naturel qu'elle fasse l'effort de se rendre chez Stéphane, afin de faire connaissance avec Inès et lui. Bien entendu, j'avais demandé qu'Isabelle ne soit pas là. Cependant, Ambroisie était si réticente qu'elle fumait pour se forcer à venir.

Tandis que je me préparais, en arrangeant mes cheveux, elle m'adressait quelques critiques. D'abord, elle me trouvait complètement ridicule de flipper pour une publicité. Se reclure plusieurs semaines parce que l'on figure avec son amoureuse sur une affiche était incompréhensible pour elle, d'autant plus que ce n'était pas une publicité ringarde mais une campagne pour la marque Louise Botta. Après tout, continuait-elle, elle s'en fichait. C'est pourquoi elle n'avait pas insisté pour me voir durant toutes ces semaines. Elle avait, de toute manière, mille personnes à voir et autre chose à faire que d'attendre un complexé qui se décidait seulement à la recontacter une fois les affiches remplacées. Elle aurait aimé que nous nous pavanions ensemble dans les rues, sous les panneaux publicitaires. Ce qui était le comble de la honte pour moi était un fanion de fierté pour elle. Il est vrai qu'à cause de cette publicité et de ses dommages collatéraux, nous ne nous étions pas vus pendant de nombreuses semaines, si bien que, les jours passant, nous arrivions déjà à la fin du mois d'avril. Je me préparais à organiser mon anniversaire, en mai, et je pensais qu'il était temps qu'Ambroisie rencontre mes amis. Nous en étions donc là, rue des Écoles, moi à tirer la tête, parce que, depuis ces publicités, j'avais le moral dans les chaussettes, elle exaspérée par ma gueule de trois mètres de long. Elle s'était habillée pour le dîner mais je pressentais que tout ce luxe, cet accoutrement d'or, de bijoux, de rouge et de jaune allait impressionner mes amis, d'une manière ou d'une autre, et cela m'effrayait.

– Allons-y, vite, dit-elle. Je ne resterai pas tard, j'ai des choses à faire après.

Je ne voyais pas quelle chose, mais je reposai mon argile pour les cheveux et lui fis signe que nous pouvions y aller. Nous nous dirigeâmes vers la moto, sans parler, et roulâmes jusque chez Stéphane. Je remarquai qu'elle ne me tenait plus par la taille mais se contentait de s'agripper à la barre arrière de la Yamaha. Dans le top-case, elle avait mis un magnum d'Angélus qu'elle offrit à Stéphane quand nous arrivâmes. Ce devait être un très grand cru, car il écarquilla les yeux et balbutia. Ambroisie n'était nullement timide. Elle parlait d'une voix suave. Elle fit l'éloge du salon de Stéphane, qu'elle trouvait charmant. Cela me paraissait irréel. Comment ces deux mondes pouvaient-ils se rencontrer ? Ils se rencontraient pourtant. Ambroisie et moi étions sans doute trop habillés, trop parfumés. Stéphane portait un tee-shirt blanc, simple, et Inès, qui venait à notre rencontre, un jean et une chemise à carreaux. Quand Inès s'avança vers Ambroisie, j'eus peur de leurs réactions respectives. Heureusement, Ambroisie se pencha et salua mon amie gentiment. Elle devait bien faire trente centimètres de plus qu'elle, voire quarante puisqu'elle avait des talons aux pieds. Inès rougit, mal à l'aise. Ambroisie s'assit gracieusement sur le canapé et commença la discussion, de manière envoûtante. Soudain, elle me fit penser à la femme de Gordes, celle-là même qui m'avait tant charmé. Elle parlait et tout le monde se taisait. Stéphane, qui avait servi l'Angélus, buvait des lampées du breuvage magnifique tout autant que les paroles de ma femme bien-aimée. Nous n'étions que tous les quatre, Isabelle ayant été congédiée et Juliet étant repartie en Océanie pour deux semaines. À quatre, comme ça, dans le salon, la réunion était intense. Stéphane écoutait Ambroisie, fasciné, Inès tentait de me lancer des regards, mais je restais concentré sur Ambroisie aussi, car je voulais accrocher la discussion et parce qu'elle se situait à ma gauche et me tenait la main ou me touchait la cuisse. Elle parlait de l'immobilier, puisque Stéphane avait une agence, disait qu'elle connaissait bien ce secteur, dans les différents pays où elle avait voyagé pour le mannequinat, oui, l'immobilier à Hong Kong, à New York, à Los Angeles, mais Paris, Paris… Je songeai à la Défense et me dis que, bien sûr, en matière d'immobilier, elle avait de quoi s'exprimer. Personne n'interrompit son flot de paroles. Le vin participa à notre envoûtement. Quand nous passâmes à table, nous étions tous ivres et happés. En vérité, Ambroisie monopolisait la discussion : elle lançait les sujets, parlait et, si quelqu'un répondait, elle l'écrasait à plate couture, car elle en savait plus vite, plus long et plus large que nous autres. Elle avait ça pour elle, son terrain, et elle y brillait en reine, mais, comme je l'avais déjà remarqué auparavant, personne ne savait jusqu'où s'étendait son royaume : la mode, certainement, on ne s'aventurait pas à en débattre avec Ambroisie, mais aussi l'actualité, l'art, les musées, la politique, le cinéma. Elle démarrait la conversation d'un coup sec, comme on démarre une automobile à toute vitesse, et on sentait alors qu'il ne fallait pas marcher sur ses plates-bandes. Elle frappait pour défendre son terrain, à coups de détails, de centimètres, de nuances. Elle maîtrisait son sujet : non il n'est pas pourpre ce rouge à lèvres, il est prune hivernale, non la sauce du poisson n'est pas salée, dans tel restaurant, mais poivrée, et il n'est pas à l'Espelette mais à l'échalote. Elle savait les détails, c'est cela que ça voulait dire. C'était son domaine. On finissait par discuter du bout de la langue, de peur qu'Ambroisie n'interrompe, ne contredise, ou plutôt préparés déjà à ce qu'elle le fît. Stéphane et moi ne disions rien. Inès tentait d'intervenir, présentait les mots sur le bout de la langue comme des sacrifiés sur la pointe d'une falaise. Certains s'en sortaient intacts, d'autres allaient tomber, bafoués par la reine Ambroisie : « N'importe quoi ! » C'était attendu. Inès ne pouvait plus parler. Quand elle réitérait, sortant ses soldats un par un, eux-mêmes refusaient de sauter, tant ils étaient intimidés. Mais il fallait bien parler, sans quoi c'était absurde, ce monologue d'Ambroisie. Alors Inès les poussait dans le dos, vas-y, et ils y allaient, la conversation avançait doucement, humide du palais, et les soldats un par un s'élançaient. Si certains, par miracle, échappaient au couperet sans se faire contredire, d'autres se faisaient tout de suite, et comme prévu, décapiter.

– Moi, je l'ai trouvée superbe cette exposition d'Akami au Centre… commençait Inès.

– Une arnaque ! coupait Ambroisie, et elle envoyait son armée de détails, ses secrets d'alcôve, impossibles à contredire car tout droit sortis des coulisses : Superbe, c'est ce que dit la presse pour pousser les bleus à aller la voir. C'est un arrangement, tout ça. On sait bien que, derrière, Doinard a poussé les publicitaires. Trois grains de riz en photo, et quoi encore ? Je te le fais, moi, si tu veux. Non, ce n'était pas au niveau, mais ils ont réussi à attirer le public grâce à leur stratégie commerciale. Tout ça, c'est une négociation avec le Centre culturel français du Japon.

Alors, Inès ne pouvait plus rien dire. Ambroisie avait dégainé Doinard et les négociations secrètes. Ses dires provenaient des coulisses, or il n'y a rien à dire contre les coulisses, ce sont les couloirs de la vérité, les entrailles du mensonge, le tube où tout se complote, se décide et se glisse. Les conversations peinaient à avancer. Il était déjà vingt-deux heures. Ambroisie coupait tout, lançait tout, décidait de tout. Inès était fatiguée, Stéphane bourré, et moi inquiet. Ambroisie s'en fichait, elle continuait, très à l'aise. Cela se voyait même dans sa façon de se mouvoir, qu'elle appartenait au monde des coulisses, au monde de ceux qui savent tout en avance, parce qu'elle était sophistiquée, de cette sophistication qui veut dire : tu pourras pas me rattraper. Personne ne put la rattraper, en effet. À vingt-trois heures, nous étions rincés. Ambroisie s'écria qu'elle devait absolument y aller, on l'attendait. Alors, Stéphane nous remercia d'être venus, il dit combien il était ravi d'avoir enfin rencontré la femme de son ami. Inès nous salua froidement. Je partis avec Ambroisie, qui prit un taxi, disant qu'elle n'avait pas besoin que je la raccompagne. Chez moi, je me couchai, nerveusement épuisé.

22.

Tout un cinéma

– Je ne comprends pas ce que tu fais avec une fille comme elle, Maurice. Je veux dire, elle est sublime, ce n'est pas le problème, mais elle a l'air chiante, terriblement…

Inès mâchait ses frites, penchée sur une pinte de bière qui avait souligné ses lèvres d'une moustache de mousse.

– Je sais bien que tu es un grand amoureux, tu as toujours eu envie de trouver l'âme sœur et autres conneries. Mais celle-là… Ce n'est quand même pas…

Elle laissa sa phrase en suspens. Peut-être n'osait-elle pas dire le fond de sa pensée. Elle sortit une cigarette et l'alluma.

– Ambroisie… En plus, je la voyais faire de l'œil à Stéphane…

Elle reprit une gorgée de bière puis aspira sa fumée.

– Elle drague tout le monde, ne pense qu'à son image… D'ailleurs, elle doit passer davantage de temps sur ses réseaux sociaux qu'avec ses amis… Ses vrais amis, je dis ça en supposant qu'elle en ait.

Je lui piquai une frite, puis fis diversion :

– Tiens, tu es allée voir le dernier film de Denver, sorti mercredi dernier ? C'est une enquête sur fond de réseaux sociaux, ça m'y fait penser. Il paraît que c'est très bien !

Je pris une deuxième frite. En face, Inès fit une moue signifiant qu'elle n'était pas dupe de ce revirement de conversation. Elle encadra sa barquette des deux mains et la tira vers elle.

– Non, je ne l'ai pas vu.

Elle drague tout le monde ? Qu'est-ce que cela voulait dire ? Était-ce un avertissement de la part d'Inès ou bien une simple jalousie ? Cette phrase me resta en tête tout l'après-midi. Si elle draguait vraiment tout le monde, alors j'étais en droit de me demander ce qu'elle avait fait durant les semaines où nous ne nous étions pas vus, après le scandale Louise Botta. Je pouvais aussi m'interroger sur le lieu où elle s'était rendue, hier soir, en quittant l'appartement de Stéphane. Et puis, en tirant cette ficelle jalouse de la pelote de l'amour, il était parfaitement normal que je l'interroge sur son séjour passé dans les entrepôts de Lisbonne. Et si la réponse à toutes mes interrogations était Paul ? Épouvanté, je décidai d'avoir une discussion avec Ambroisie le soir même.

Je prétextai une invitation au cinéma pour lui donner rendez-vous, mais elle ne voulait pas s'enfermer un vendredi soir et préférait un bar, dans lequel elle pourrait se montrer avec sa nouvelle robe Barzini. Je lui fis remarquer que le dernier

Denver était incontournable et que ce serait ridicule si, par hasard, quelqu'un entamait une discussion à ce sujet, de ne pouvoir en parler. Elle finit par accepter mais enfila tout de même sa robe, au cas où l'on croiserait quelqu'un sur le chemin de la maison au cinéma. Nous cheminâmes, bras dessus, bras dessous. Ma perle, accrochée à moi, suivait de ses talons claquants le rythme de mes pas. Les hommes la regardaient, et j'en éprouvai une irritation semblable à celle que les moustiques vous laissent sur la peau. J'aurais voulu leur gratter la face, à ces voyeurs qui observaient le corps d'Ambroisie moulé dans sa robe. D'abord, pourquoi avait-elle mis une robe aussi moulante, simplement pour aller voir un film ? Si ce n'était pas de la drague, ça... Je pressai le pas afin d'arriver le plus vite possible à la salle et de nous planquer dans le noir. Au guichet, Ambroisie souriait au caissier, charmeuse, jouant les femmes cultivées. Elle avait un air de défi dans les yeux qui semblait dire : « Oui, moi je vais voir le dernier Denver. C'est important. » Je me dépêchai de prendre les places et de descendre dans la salle, afin qu'elle arrête avec ce fichu vendeur.

Dans la pénombre, je m'affalai confortablement sur mon fauteuil en velours rouge. Ambroisie se tenait droite et distinguée, les jambes croisées. Elle attendait que le film débute, aussi digne que si elle eût été au Festival de Cannes. Les lumières cessèrent peu à peu, pour plonger les spectateurs dans l'obscurité. Sur le grand écran, devenu phosphorescent, le film commençait, unique source de couleurs, de formes, de son, de clarté dans la pièce, seul rectangle de luminosité sur lequel tous les yeux se tenaient rivés. Cette concentration, cette fascination me prenaient depuis quelques minutes, le générique de début avait déjà défilé et l'action s'engageait, quand un second rectangle lumineux, beaucoup plus petit, se mit à briller dans la salle, concurrençant la clarté du grand écran. Je jetai un regard vers l'origine de cet éclat, minime mais troublant : c'était le téléphone d'Ambroisie, qu'elle tenait sur ses genoux et qui scintillait dans le noir. Il était allumé et elle tapotait dessus, souriant en coin, parlant à quelqu'un. Je me crispai, plantai mes ongles dans l'accoudoir, songeant qu'elle bavardait peut-être avec Paul. Elle ne cessa avec son engin qu'au moment où je lui secouai le poignet et lui demandai de l'éteindre. Elle soupira alors et le remit dans son sac. Le grand écran devint de nouveau souverain.

La séance terminée, Ambroisie insista pour que nous nous rendions au bar où se trouvaient ses amis, mais nous arrivâmes trop tard et ils étaient déjà partis. La présence de ce fameux Paul avait peut-être été la cause de notre précipitation, et son absence la raison de la déception d'Ambroisie. Je lui proposai de prendre un verre tout de même. Nous prîmes place l'un en face de l'autre et je demandai au serveur deux cocktails du jour. J'eus à peine le temps de refermer la carte et de relever les yeux vers Ambroisie qu'elle avait déjà plongé les siens sur l'écran de son portable.

– À qui parles-tu ?

Elle me répondit qu'elle demandait à ses amis où ils étaient. Je lui fis remarquer, avec humour, que ma présence devrait lui suffire. Ambroisie ne releva pas la plaisanterie, trop concentrée à taper sur sa machine. Enfin, elle redressa la tête vers moi, mais seulement pour me regarder à travers son écran : elle prenait une photo. Le serveur revint avec les deux boissons, et sa présence humaine me soulagea grandement. J'avais envie, presque, de lui tenir la main, qu'il reste à mes côtés, bavarde un peu avec moi. Il s'en retourna à ses devoirs. Je me tournai vers Ambroisie qui postait sur je ne sais quels réseaux sociaux la photo qu'elle venait de prendre. Elle écrivait encore des choses, des commentaires. Je me lassai :

– Les gens qui te parlent là-dessus, tu les connais ? Tu les aimes ?

Elle tapotait, les yeux baissés, sans écouter.

– Hein ?

– Et toi, ils te connaissent ? Ils t'aiment ?

Son crâne seul me regardait, sa raie de cheveux me considérait, mais Ambroisie restait en bas, le visage rivé à son téléphone, comme happée par ses ondes. Quand elle leva enfin les yeux vers moi, ils semblaient bleutés d'électricité, virtuels eux aussi : une sorte de filtre iodé couvrait leurs pupilles et les empêchait de me voir tout à fait.

– Qu'est-ce que tu dis ?

Je lui fis signe d'oublier et sirotai mon verre.

Le désagrément que m'avait causé cette soirée, à l'issue de laquelle Ambroisie ne rentra pas avec moi, mit longtemps à s'effacer. Les paroles d'Inès résonnaient encore et je me consumais de jalousie. Seul dans mon appartement, comme une vieille suspicieuse dans son fauteuil, je caressais nerveusement Rodolphe, endormi sur mes genoux et, regardant par la fenêtre, j'imaginais le pire. Et si Paul était son amant, depuis Lisbonne ? Après tout, elle aurait eu le temps. Nous n'habitions pas ensemble, les nuits sont longues, tout est possible. Au Portugal, elle aurait eu le temps, mais après l'annonce de Geijer aussi, je ne l'avais pas vue pendant plus de deux mois. Et puis, suite à la publicité Louise Botta, plus d'un mois aussi. Qui sait ? À Paris, le temps passe, mine de rien, et, parallèlement, chacun sa vie… Moi, mon chat… Et Ambroisie, je n'ose même pas y penser… Quant à Paul, n'en parlons pas. Où habite-t-il, que fait-il, en ce moment précis ? Paris, c'est petit, on peut voir deux hommes en une heure. Tout est possible. Qui sait ?

23.

Filature

Je décidai de prendre les choses en main. Il n'y avait qu'une seule manière d'en avoir le cœur net : l'espionnage. Je prétextai donc vouloir partager un café avec Ambroisie pour lui donner un point de rendez-vous à partir duquel je pourrais suivre sa trace. Ce lundi-là, elle se pointa au Café Ruc et nous prîmes notre petit-déjeuner ensemble. Ensuite, comme je m'y attendais, elle me dit qu'elle devait filer. J'acquiesçai, réglai l'addition et, tandis qu'elle me saluait d'un geste bref, je fis mine de m'en aller moi aussi : je montai sur ma moto, mais seulement pour effectuer un tour du pâté de maisons. Très vite, je la retrouvai au coin de la rue. Planqué à l'angle, derrière un camion de déménagement, je l'épiai. Qu'allait-elle faire ? Elle hélait un taxi. Voilà qu'elle montait dedans. Je la pris en filature. Le véhicule avançait vers le Louvre, remontait les quais de Seine, jusqu'à l'hôtel de ville. Je suivais, en prenant bien soin de laisser quelques voitures entre nous. Où allait-elle ? Nous bifurquâmes vers Sully-Morland. Par malheur, un engin de nettoyage de rue, qui avançait lentement en balançant son jet sur les trottoirs, bloqua mon chemin et je me pris un feu rouge dans le nez. Ambroisie filait de l'autre côté de la route. Par peur de perdre sa trace, je dépassai le nettoyeur et grillai le feu, accélérant comme un malade. Toutes les voitures qui arrivaient sur le carrefour klaxonnèrent, ce qui manqua me démasquer. « Pauvre con ! » Un automobiliste m'insulta. Il n'avait pas tort, j'avais fait le con. J'aurais pu tuer quelqu'un, ou me tuer. Voilà que j'étais passé de l'autre côté. Je me faufilai devant, vers le taxi d'Ambroisie, planquant ma Yamaha dans le flot des autres motos. Je n'avais pas été discret, ce coup-ci. C'était une faute. Mais elle ne remarqua rien, le taxi continua de rouler vers Bastille. Il fallait naviguer habilement autour de la colonne de Juillet : les ronds-points de cette taille-là rendent la planque difficile. Il suffisait d'un regard dans le rétroviseur pour être vu. Son véhicule se dirigeait vers l'Arsenal. Il stationna sur le côté, elle descendit. Je me dépêchai de trouver un emplacement pour garer ma moto. Le casque dans le top-case, je filai Ambroisie à pied. Elle descendait déjà les escaliers qui menaient aux quais, en bas. Qu'allait-elle faire sur ce port ? Laissant bien quelques mètres de distance, je descendis à mon tour. Elle montait sur un bateau blanc. Je m'accroupis derrière un buisson et observai. Mon cœur ne fit qu'un tour : c'était bien Paul. Ambroisie se jetait dans ses bras, leurs visages étaient très proches l'un de l'autre. S'embrassaient-ils ? Ambroisie et

Paul. Comment était-ce possible ? Elle qui me parlait ce matin, qui me regardait dans le fond des yeux. Ce regard-là pouvait-il tant mentir ? Ambroisie et Paul… Son corps qui m'était si familier, sa peau si douce, ses hanches, ses seins, ses courbes qui m'appartenaient, appartenaient-elles aussi à un autre ? Je suffoquais derrière mon buisson, le ventre serré, endolori. J'avais envie de gerber. Sur le bateau, il y avait deux autres hommes, à peine la trentaine. Ambroisie semblait les connaître. Ils riaient tous ensemble. Je pris appui sur une branche et vomis tout mon dégoût dans l'herbe. Ce dégoût était liquide, granuleux, rosâtre. C'était la couleur de l'amour. L'amour, c'était ça : une plaque colorée, immonde, sortie du bide et qui gisait par terre. Je ne pouvais pas en voir plus. Vacillant, je remontai les escaliers pour rejoindre la route, en haut, où m'attendait la fidèle Yamaha.

Je refis le chemin dans l'autre sens, dépité. Ma filature avait été efficace. Comme quoi, nul besoin de chercher bien loin, j'étais cocu juste là, sous mon nez. Je roulai, ahuri, autour du rond-point de la Bastille puis gagnai Sully-Morland. Le même feu rouge, en sens inverse, m'arrêta. Écœuré d'être à cet endroit où, plus tôt, j'ignorais encore tout, je ressentis le besoin de fuir loin d'Ambroisie et de Paul, le plus vite possible. J'accélérai donc pour griller une nouvelle fois ce feu. Les yeux embués de larmes, je fonçai droit devant. Par malheur, une voiture rouge avait démarré sur la droite. J'eus à peine le temps de la distinguer qu'elle me percuta dans un grand bruit de moteur, de freins, de klaxons, de choc et de pare-chocs à la fois. Il y eut, aussi, le crissement aigu des roues de la moto sur le bitume rayé de noir. Au carrefour, comme ça, elle avait embouti la Yamaha, qui avait dérapé et se trouvait maintenant sur le sol, défoncée. En tombant, mon casque avait cogné fort contre le béton. Je me souviens du bruit, sourd et plein. Ma jambe aussi, ma jambe... Mais le reste, je ne m'en souviens pas. L'ambulance était venue me secourir.

24.

Hôpital

Le jour de mon anniversaire, je me levai à l'hôpital, avec un hématome au crâne, une fracture du scaphoïde du poignet droit, une fracture des quatrième et cinquième métacarpiens de la main gauche, et une double fracture du tibia-péroné gauche. Le chirurgien m'avait prescrit trois mois jambe et mains dans le plâtre, précisant, plein de componction, qu'il me faudrait acheter un fauteuil roulant à moteur car, mes mains étant immobilisées, il m'était impossible de me soutenir avec des béquilles ou de faire rouler un fauteuil manuel. Ce fauteuil électrique coûtait une blinde, ce qui, ajouté à la douleur de ma chute et à la perspective des trois mois à venir, finit de m'achever. J'avais déjà passé quelques jours à l'hôpital et m'apprêtais à rentrer, assommé de fractures et de factures. J'avais payé bien cher ma curiosité.

Allongé sur le lit blanc de la chambre numéro quatre cent soixante-six, face à la télévision incessante et criarde, la jambe haut levée dans son plâtre, les deux bras lourdement posés sur les côtés, impossibles à mouvoir, je m'abreuvais bêtement des nouvelles énoncées par le présentateur de la chaîne d'information. À vrai dire, je ne supportais plus sa voix nasillarde, son flot continu d'horreurs, ni son visage affecté. Cela faisait bien une heure qu'il me hurlait dessus, à coups de fonte des glaces, d'incendies de forêt, d'extinction de l'espèce, d'explosions terroristes, d'attaques nucléaires, de chômage partiel ou complet, de manifestations fascistes et autres désastres, me regardant droit dans les yeux, comme si le tout était de ma faute. Si seulement il était possible d'éteindre cette fichue télévision ou, au moins, d'en baisser le volume. Je regardais désespérément la télécommande posée sur la table de chevet, à un mètre de moi. Mes mains plâtrées ne pouvaient l'atteindre. Je me trouvais dans l'impossibilité absolue de bouger et de faire taire cet homme. Mon sort était de rester immobile, face à lui qui me balançait son déluge d'atrocités à la gueule, comme si cela ne suffisait pas d'avoir les os brisés, ma Yamaha adorée à la casse et la bosse du cocu sur le front. Non, il fallait, en plus, être responsable du désastre climatique, politique et humain. J'en prenais pour mon grade.

Vers quatorze heures, on frappa à la porte de ma chambre. Heureusement, j'avais encore la parole pour moi, et je pus dire :

– Entrez !

La porte grinça et une vieille dame parut. Elle était menue, les membres si faibles qu'elle dut faire un effort considérable pour pousser le battant, lequel sembla soudain très lourd. Elle portait un tailleur gris souris et des petites chaussures blanches, plates, certainement orthopédiques. Du bout de ses doigts ankylosés, elle tenait un sac à main en cuir sépia. Quand elle me vit, son visage fatigué s'éclaira d'une manière à la fois heureuse et triste. Ses traits étaient déformés par des rides douloureuses, mais elle était belle. C'était ma mère. Elle s'avança avec difficulté et voulut me prendre la main, avant de se rendre compte que ce geste banal était désormais impossible.

– Maurice… Mon fils… Je t'avais bien dit que cette moto finirait par te tuer.

– Ce n'est pas la moto, maman. C'est la voiture qui est arrivée en sens inverse.

Je lui conseillai de s'asseoir sur le siège à côté de mon lit. Elle plia doucement ses hanches et se posa dessus. Il fallut que je lui explique le coup du feu rouge, bien sûr je n'aurais pas dû le griller, c'était de ma faute, et puis les fractures du scaphoïde, des métacarpiens et du tibia-péroné.

– Mais pour combien de temps en as-tu, engoncé dans tout ce plâtre ?

– Trois mois.

Elle était désolée mais remerciait Dieu de m'avoir maintenu en vie. Je la priai de me rendre un grand service : éteindre la télévision. Elle se saisit de la télécommande et rabattit enfin le caquet du présentateur. Nous discutâmes encore deux heures, puis elle me présenta mon cadeau d'anniversaire. C'était une boîte à bijoux. Elle l'avait retrouvée en débarrassant son appartement. Comme je ne pouvais l'ouvrir, elle enleva le couvercle elle-même. Je découvris une montre. Elle me sourit et dit :

– Celle-là était à ton père.

L'objet brillait, d'un éclat digne de celui du souvenir. Je mis mon nez dans la boîte pour en humer l'intérieur, comme si l'odeur de mon père, celle de la rue Monge, l'odeur de l'enfance et toute celle du passé pouvaient se situer là. Les larmes me montèrent aux yeux. C'était donc elle, la montre de mon père. Je m'étais trompé si longtemps. Voilà qu'elle scintillait devant moi, et, c'est vrai, je la reconnaissais à présent. C'était cette montre-là et aucune autre. La vérité était enfin rétablie. Je me mis à pleurer à chaudes larmes, parce que la Lip était une imposture, parce que j'avais mal à la jambe, aux bras, à la tête, mal partout, parce que les souvenirs sont trompeurs et que ma mère avait les yeux mouillés aussi, parce que j'étais dans l'impossibilité de toucher cet objet, de le saisir, de l'accrocher à mon poignet, parce qu'à travers cette montre mon père était là le jour de mon anniversaire, avec moi, dans cet hôpital… Maman posa la boîte sur ma table, entre les fleurs et la télécommande. Elle me dit d'en prendre soin puis m'embrassa sur le front. Sa frêle silhouette disparut derrière la porte.

Le lendemain, alors que j'avais péniblement retrouvé le sommeil après le passage de l'infirmier, un cri strident me réveilla :

– Bonjour, monsieur Maurice !

Une main d'enfant s'agitait dans l'entrebâillement de la porte. C'était Anita, vêtue d'une salopette en jean, Nouille dans les bras.

– Dites donc, vous êtes dans un sale état !

Je fus surpris mais heureux de la voir, et je lui expliquai qu'en effet, j'étais tombé à moto. Comment savait-elle que je me trouvais dans cet hôpital ? Était-elle venue avec sa mère ? Par qui avaient-elles appris que j'avais eu un accident ? Anita me dit que sa mère avait été prévenue par un copain et qu'elles étaient tout de suite accourues. Ambroisie était donc là, au bout du couloir ! J'en tremblai, doublement humilié. Non seulement elle fréquentait le jeune et beau Paul, mais, en plus, elle allait me découvrir, moi, le vieux Mollgaard, plâtré et bossu. Le sang me monta au visage. Je n'avais pas du tout envie de la voir. Anita décela mon malaise et précisa :

– Maman n'arrivera pas tout de suite. Elle parle au chirurgien.

Elle prit place sur le siège où ma mère s'était assise la veille, Nouille sur les genoux, mais ses pieds ne touchaient pas le sol et je voyais ses baskets aux lacets pailletés battre dans le vide.

– Ça doit faire drôlement mal, tout ça.

Elle pointait ma jambe et mes deux bras du doigt.

– Comment vous allez faire pour vous doucher ? Ça va pas être facile. Même pour faire pipi, vous pourrez pas vous débrouiller tout seul.

Je lui expliquai qu'un infirmier m'aidait et lui confirmai que c'était très gênant.

– En tout cas, cette bosse sur le front, ça vous défigure un peu. Ça fait plus artiste, déjà ! Vu qu'avant c'était tout lisse.

Je ris avec elle quand la porte s'ouvrit avec fracas, dans un grand poudroiement de parfum, tintement de bracelets et claquement de talons. C'était Ambroisie, bien sûr. Elle avait changé de coupe de cheveux. Désormais, son front était couvert d'une frange, elle était redevenue blonde. J'enrageai en l'imaginant, la tête dans le lavabo du salon de coiffure, se détendre sous la pression des doigts du coiffeur massant son crâne, tandis que j'agonisais sur le billard, sous le scalpel du chirurgien. Pour la première fois, je ne fus pas subjugué en la voyant. La fatigue de mon état, la douleur dans mon corps jouaient aussi. Je n'avais plus l'énergie de m'enthousiasmer.

– Mon pauvre amour, mon pauvre amour ! répétait-elle, larmoyante.

Elle m'embrassait déjà sur le front et posait son bouquet de fleurs sur ma table de chevet. Elle remarqua la boîte à bijoux :

– Qu'est-ce que c'est ?

– Ne touche pas à ça. C'est un cadeau de ma mère.

Elle fit un geste vague, l'air de dire que bien sûr elle n'y toucherait pas. Elle voulut tout savoir de l'accident, mais je n'eus pas le courage de lui dire la vérité : dans la position alitée où j'étais, c'eût été trop humiliant de raconter ma filature, surtout devant Anita. Je dis que la voiture rouge m'avait foncé dessus, simplement. Comment avait-elle su que je me trouvais ici ?

– Stéphane m'a prévenue ! s'exclama-t-elle.

– Mais comment ? Il a ton numéro ?

– Non, c'est moi qui l'ai appelé. J'ai trouvé le numéro de son agence sur Internet et je l'ai joint directement. Je cherche un appartement... Enfin, bref, là n'est pas le propos. Ce qui compte, c'est qu'il n'a pas pu me cacher ton accident. J'ai senti à sa voix qu'il n'allait pas bien. Il m'a avoué que tu étais à l'hôpital. J'ai immédiatement accouru, tu penses.

Elle s'apitoya sur mon sort, dit combien elle était bouleversée, surenchérit encore sur sa douleur, mes blessures, sa peine, mes fractures... Puis elle me demanda quand je pourrais enfin sortir de cet hôpital.

– Demain. Mais ça va être compliqué. Je ne peux pas marcher, je n'ai même pas l'usage de mes mains. Je ne peux rien faire. Je vais avoir besoin de trois mois de convalescence et d'une aide à la maison...

– On va t'aider, nous, Maurice ! Enfin, nous sommes là, Anita et moi.

La petite se leva de son siège et s'écria, à son tour :

– Oui, on va vous aider, monsieur Maurice ! En plus, maman va habiter près de chez vous.

– Tais-toi, Anita. Ce n'est pas le moment de parler de ça. Comme tu peux être mal élevée, parfois. Tu vois bien que Maurice souffre. Pourquoi lui parles-tu de nos histoires ? Il a d'autres choses à penser !

Anita, vexée, se rassit sur sa chaise. Je me tournai vers Ambroisie.

– Qu'est-ce que c'est que cette histoire ?

– Je t'en parlerai plus tard. C'est simplement une idée que j'ai eue.

– Tu veux emménager près de chez moi ?

Elle m'expliqua que c'était afin de m'aider. Quand Stéphane lui avait appris la nouvelle, elle n'avait pas hésité une seconde : impossible de me laisser seul dans l'état où j'étais. Elle préférait prendre un appartement près du mien, pour venir me donner un coup de main. L'expression tombait fort à propos. Toutefois, je ne saisissais pas bien pourquoi elle quittait la tour Link. Elle rétorqua :

– La Défense me pèse !

Je n'en revenais pas. En était-ce vraiment fini de la tour, des miroirs, du verre, de Takumi, des portes automatiques et du panorama ?

– Tu déménages, sérieusement ? Ou bien tu achètes un pied-à-terre près de chez moi pour m'aider ? En ce cas, je t'assure que ce n'est pas la peine...

– Non, je fais mes cartons. J'ai envie de changer de quartier.

J'étais abasourdi. Je n'avais jamais imaginé qu'Ambroisie pût quitter cet endroit. Elle m'embrassa et dit qu'elle devait partir mais qu'elle reviendrait le lendemain, pour m'aider à regagner mon appartement. Tandis que, déjà sortie de la chambre, elle avançait dans le couloir, Anita se leva de sa chaise et se pencha à mon oreille, chuchotant :

– Ça y est, papa a viré maman de son immeuble. Maintenant, faut qu'elle trouve un nouvel endroit, et fissa, comme dit mon père.

Elle sourit, amusée, puis me salua.

– À demain, monsieur Maurice ! On va vous ramener chez vous. Je rencontrerai votre chat, comme ça. Vous inquiétez pas, je laisserai Nouille à Takumi, pour pas lui faire peur.

Je lui dis au revoir et elle sortit de la chambre, avec ses baskets à paillettes, Nouille trottant derrière elle. Dans le couloir, je l'entendis encore apostropher son chien, lequel traînait visiblement :

– Allez, viens, Nouille ! Et fissa !

25.

Fenêtre sur cour

C'est sur un fauteuil roulant électrique, acheté et poussé par Ambroisie, que je regagnai la maison, comme un roi sur son trône, suivi d'Anita qui portait le bouquet de fleurs et précédé de Gérard qui ouvrait bien grand les battants de la porte afin de me laisser passer. La procession se termina dans mon salon, avec le miaulement festif de Rodolphe.

– Enfin rentré ! Anita s'écria au joli matou, et elle l'appela : Mignon, mignon, viens me voir.

Mais Rodolphe restait distant et la petite se lassa :

– Je l'imaginais plus poilu, finit-elle par constater, déçue.

Gérard rétorqua qu'il était timide et ne se laissait pas si facilement approcher. Alors Anita sourit :

– Faudra revenir.

Quant à Ambroisie, elle était pleine de bonnes intentions à mon égard, me choyait, m'aidait, me demandait si je n'avais besoin de rien. Je remerciai tout le monde et dis que j'avais besoin de repos. Ambroisie s'exclama que c'était évident, je devais être épuisé. Allons, elle avait elle-même mille choses à faire, à commencer par une visite à l'agence de Stéphane. Ils sortirent tous en même temps.

Seul, assis dans mon fauteuil face à la fenêtre, les mains blessées et la jambe dans le plâtre, façon James Stewart dans le film de Hitchcock, je songeais à la gentillesse attentionnée de ma Grace Kelly. Tout avait donc périclité. La voilà qui dégageait de l'immeuble. Pourtant, elle avait le sourire et m'était dévouée. Pourquoi une telle dévotion ? Et si j'avais mal vu, l'autre jour ? Si elle n'avait pas embrassé Paul mais qu'elle l'avait simplement salué ? Si ce n'était qu'un ami ? C'est vrai, pourquoi aurait-elle fait cette publicité Louise Botta avec moi, si Paul était son amant ? Pourquoi ne pas poser avec lui ? Et surtout, n'aurait-il pas été lui-même vexé de voir nos affiches partout dans la ville ? Peut-être que je n'étais pas cocu, après tout. Sinon, pourquoi vouloir s'installer près de chez moi et non près de chez lui ? J'eus mal au poignet, tout à coup. Ça me tirait. J'avais encore un pouce de libre, ce qui me permettait d'appuyer sur un bouton du fauteuil pour avancer, mais je ne pouvais même pas tenir un stylo. Ce constat me désola et je me dis que nous n'étions préparés à rien dans la vie, bien que nous supportions tout. Je ne pourrais plus écrire, trois mois durant. Cette pensée me glaça, si bien que je décidai de demander un dictaphone à Ambroisie. Avec mon pouce, je pourrais au moins appuyer sur le bouton « enregistrer », si, par bonheur, quelques phrases me venaient à l'esprit.

Les journées se déroulèrent avec une inépuisable lenteur. Un infirmier venait m'aider. Ambroisie, à qui Stéphane avait dégoté un appartement de l'autre côté de la Seine, passait souvent, alternant entre cartons, déménagement et visites médicalement amoureuses. Elle dormait avec moi, la nuit, de temps en temps. Gérard s'était proposé pour me faire toutes sortes de courses. Inès et Stéphane m'aidaient eux aussi, ainsi que ma mère, si bien que j'avais une armée autour de moi, prête à réagir au moindre de mes besoins. Elena s'enquérait également de ma santé.

Ce jour-là, Ambroisie prenait un bain, chez moi, et je la regardais, assis dans mon fauteuil. Heureuse, elle se savonnait, disparaissait sous l'eau, créait des bulles avec sa bouche, puis remontait à la surface, à l'aise dans son élément, Hyade merveilleuse. Depuis qu'elle avait quitté la Défense, elle était devenue extrêmement douce, attentionnée. Je croyais qu'un changement s'était effectué, que tout était possible, désormais. C'est pourquoi je lui demandai :

– Et si on se fiançait ?

Elle éclata de rire, de la mousse plein les cheveux.

– Quelle idée, Maurice ! Mais non, pourquoi ?

– Parce qu'on s'aime.

– Non, on est bien comme ça.

Elle rit et se savonna de nouveau. Déçu, j'insistai :

– Non ?

– Non, ce serait compliqué.

Son visage était ferme à présent. Je ne comprenais pas :

– Pourquoi compliqué ? Il faudrait quoi ?

– Je ne sais pas, comme partout, quand on s'engage, il y a des choses à faire, remplir un CV, un formulaire, envoyer des papiers, signer, attendre... Tu vois comme c'est compliqué.

– Tu es bête. Fiançons-nous, Ambroisie.

– Non, c'est impossible.

Elle plongea sa tête sous l'eau puis la ressortit, les cheveux mouillés plaqués contre son crâne, la frange gouttant sur son visage. Un silence se fit, durant lequel je n'entendis plus que les clapotis du bain. Elle continuait de se laver tandis que je l'observais. Enfin, elle se leva, l'eau ruisselant sur son grand corps élevé, cascade plantureuse avec ses ruisseaux au bout des seins, du ventre, du pubis, du menton, des doigts, des cheveux et de toutes ses extrémités liquides. Debout, trempée, elle me surplombait comme une averse, véritable fille de l'Océan. Elle se pencha vers moi et m'embrassa, mouillant mon visage :

– Je t'aime.

Encore nue, elle se saisit d'un peignoir rose qu'elle avait apporté et s'enveloppa dedans. Je me lançai :

– Tu ne veux pas te fiancer parce que tu vois d'autres hommes ?

– Qu'est-ce que tu racontes ?

– Tu vois quelqu'un d'autre ?

– Enfin, Maurice, cela ne te regarde pas.

– Ah bon ? Nous sommes ensemble depuis un an et demi mais cela ne me concerne pas ?

– Ensemble... En quels termes ? Voilà que tu me reparles de contrat, de signature, de Code civil du couple. Qu'est-ce que tu as, en ce moment ? Tu fais de l'administration amoureuse ?

– Donc, tu vois quelqu'un d'autre ?

– Chéri, je vois qui je veux. Je n'ai pas de contrat d'exclusivité avec toi. Mais je t'aime, oui.

Elle jeta un coup d'œil à son téléphone :

– Dix-sept heures ! C'est insensé. À force de parler de ces conneries, je vais finir par être en retard. Allez, j'y vais, moi, il faut que j'y aille.

Elle reposa le peignoir précipitamment et courut, nue, vers la chambre où ses vêtements l'attendaient. Avec mon seul pouce valide, j'appuyai sur le bouton du fauteuil et me dirigeai laborieusement vers elle, dans un bruit grésillant de moteur. Le temps que j'atteigne l'endroit où elle se trouvait, Ambroisie était déjà habillée et prête à partir. Avant que la porte ne claque, elle s'exclama :

– À demain, Maurice. Mon amour.

Cette conversation me laissa aussi livide qu'une page blanche.

La plupart de mes journées, le fauteuil posté devant la fenêtre, je restais à regarder les gens dans la rue. Le concierge m'aidait à descendre jusqu'à la boulangerie et me donnait à manger, au pied de la statue de Mihai Eminescu. Nous allions également chez le disquaire, puis il avait la gentillesse de bien vouloir mettre le disque sur ma platine, afin que je l'écoute. Le visiteur suivant, ou l'infirmier, le retirait et me secondait dans les tâches quotidiennes, désormais impossibles à réaliser pour moi. En outre, Gérard se faisait un plaisir de me faire la lecture, dans la journée. Quand il avait terminé son travail dans l'immeuble, il sonnait chez moi et entrait, avec la clé qu'il possédait. Ensuite, il s'installait confortablement et me lisait un livre de son choix durant des heures entières. Grâce à lui, ces trois mois ne furent pas totalement tragiques. Aussi me rendis-je compte que Gérard avait toujours des réflexions brillantes sur la philosophie, la littérature et l'histoire. Tout compte fait, il était devenu plus cultivé que moi, qui n'avais pas lu depuis un an et demi. Auprès de lui, je pus de nouveau me concentrer sur les textes qu'il me contait à haute voix. En réalité, j'étais devenu identique à Rodolphe : dépendant de Gérard pour la nourriture et la lecture. Je me postais à ses pieds, comme mon chat, et l'écoutais tourner les pages, j'attendais qu'il me donne mes croquettes. S'il m'avait caressé les cheveux, je n'aurais même pas tiqué. Il eut la décence de ne pas le faire. Oui, véritablement, j'étais devenu Rodolphe, et il m'arriva même, comme lui, de pisser partout, parce que je ne parvenais pas à me lever de mon siège et que personne ne venait à temps pour m'aider à rejoindre le pot. Durant trois mois, jusqu'en août, je fus ce chat, dépendant et fébrile.

26.

Rouages d'une motricité libre

Au mois de septembre, j'avais retrouvé ma motricité et je pouvais désormais marcher aussi bien que saisir des objets, ouvrir des portes, mouvoir mon corps engourdi. Cet accident de moto avait ouvert un champ de possibilités jamais envisagées. Il avait ébranlé la vision linéaire d'une existence immarcescible, pour laisser place à l'angoissante contingence. Tout pouvait basculer. Je n'étais pas cet écrivain sur deux pattes, en bonne santé, dont les seules préoccupations terrestres étaient de savoir ce qu'il allait prochainement écrire, mais bien cet être malléable que les événements pouvaient tordre et casser à tout moment. De la même manière, Ambroisie n'était plus cette femme toute-puissante, en haut de sa tour de verre, elle était devenue autre, en étant délogée et jetée dans la ville. Je songeais qu'il ne s'agissait pas tant de trouver un nouveau sujet d'écriture que de découvrir une autre facette de la vie, cachée là, juste derrière l'angle où je ne la voyais pas. Il fallait contourner le cube, détruire cette vision unique. Il fallait avoir un accident de la route, dans ma pensée.

Me promener sur les trottoirs était miraculeux. Je me déplaçais avec prudence et allégresse. Sentir le soleil chauffer ma peau, toucher mon visage de mes doigts libérés, me nourrir et me laver seul, tout cela était une renaissance. J'expliquais à Elena, dans le bureau de laquelle je me trouvais ce jour-là, que cette vision nouvelle serait le sujet de mon prochain roman. Je lui parlais de cette autre facette, tandis qu'elle hochait la tête en citant Pascal et le roseau pensant. Elle m'écoutait avec intérêt.

– Alors, tu ne penses plus que ma carrière est ruinée ? lui demandai-je.

– Pour l'instant, *mi amor*, c'est ta santé qui est ruinée.

– Je vais mieux. Je marche, je retrouve la motricité fine de mes mains, de mes doigts… Je suis en bonne santé.

– Alors tu vas retrouver le chemin de l'écriture. C'est inexorable. Tu ne peux pas faire autrement.

– Merci, Elena…

– Souviens-toi de la phrase d'Oscar Wilde : « N'aimez jamais quelqu'un qui vous traite comme une personne ordinaire. » Tu peux me faire confiance, car je sais que tu es un écrivain et un homme extraordinaire, Maurice. Mais toi, tu n'as pas le bon reflet, en face de toi. Impossible d'écrire, sans l'extraordinaire magie. Impossible d'écrire si l'on n'est qu'une personne ordinaire, qu'une petite personne...

Elle voulait me faire passer un message que je ne saisissais pas. À vrai dire, je ne pensais pas que qui que ce soit pût être extraordinaire, et surtout pas moi. L'existence, oui, sans aucun doute, mais pas les gens, en tout cas, pas plus que la vie. Tout cela ne voulait rien dire. Elena remarqua mon expression décomposée et ajouta, pour éclaircir son propos :

– Oscar Wilde écrivait : « – *How long could you love a woman who didn't love you, Cecil ? – A woman who didn't love me ? Oh, all my life !* »

Elle hocha la tête et alluma une gitane avant de conclure :

– Il est plus facile d'aimer une illusion. Quand personne ne répond en face, le rêve se déploie.

Regagnant mon appartement à pied, je passais cette conversation et les citations du dandy en boucle dans ma tête. Si Ambroisie m'avait soutenu le premier mois après mon accident, elle avait disparu tout l'été, arguant qu'il lui était impossible de rester à Paris aux mois de juillet et août. Elle avait rejoint Paul et ses jeunes amis à Lisbonne. Depuis son retour, elle ne venait chez moi que sporadiquement. Le reste du temps, elle traînait avec Paul. Je finis par saisir que nous n'étions plus dans une relation exclusive, ainsi qu'elle me l'avait dit et ainsi qu'elle acheva de me le faire comprendre. Ce constat m'énervait d'autant plus que la rupture n'était pas nette ni consommée, mais qu'elle pendouillait ainsi, à bout de bras, sans conclusion définitive. Je continuais de dormir avec Ambroisie, à l'occasion, et finissais par m'accommoder du fait qu'elle puisse découcher et me tromper. D'ailleurs, ce terme même n'était plus d'actualité. Il n'y avait plus de tromperie puisque sa duplicité était assumée au grand jour. Je me rappelais les phrases de Christian à propos de la vie légère que menait Ambroisie. Comme lui, je compris très vite que je ne pourrais jamais être le seul. Il avait souffert beaucoup, il avait été trompé. Non pas communément trompé, mais trompé par son amour pour elle, trompé parce qu'il croyait qu'elle l'aimait comme lui, d'une manière exclusive, unique, passionnée, alors qu'en vérité elle ne l'avait aimé que pour se distraire. Oui, j'avais noté cela, au sujet de Christian, et voilà que je pouvais le noter à mon sujet aussi. Cependant, je ne parvenais pas à me défaire d'elle, et cela m'agaçait. Nos rapports devenaient tendus de jour en jour. Elle supportait de moins en moins mon visage, mon corps, et le moindre de ses agissements m'irritait, chacune de ses critiques m'exaspérait. Parfois, elle sortait avec ses amis le soir et me rejoignait pour dormir. Un matin, au petit-déjeuner, je la découvris, assise à ma table, en train de se faire des tartines, rigolant bêtement, comme on rigole d'un souvenir. Je la fustigeai :

– Mais pourquoi tu rigoles comme ça, dès le matin ?

Elle me fusilla alors du regard :

– Je me marre, je repense à ma soirée d'hier, et ça me fait rire. Quoi ? Il y a des heures pour rire, maintenant ?

Elle se versa du café, attrapa une des tartines qu'elle avait grillées et déposées sur une assiette au milieu de la table.

– C'est trop tôt pour toi peut-être, neuf heures du matin, pour se marrer ? Je me sens jeune avec eux, tu vois.

Elle prit alors le beurrier, le couteau, racla le beurre qui s'était amolli toute la nuit, du bout de la lame, plusieurs fois, afin d'en amasser suffisamment.

– Tu vois, Maurice, je rigole dès le matin, et ça, je suis navrée de devoir te le dire mais c'est quelque chose que je n'avais pas fait depuis longtemps, que j'avais presque oublié avec toi.

– Oublié avec moi ? Arrête, Ambroisie.

– Il s'agit d'être sincère. Je te parle en toute franchise pour essayer de régler nos problèmes.

Elle étala le beurre sur la tartine croustillante.

– Nos problèmes ?

– Eh bien, notre austérité.

– Notre austérité ?

– Oui, arrête de t'offusquer à chaque mot que je prononce. (*Elle se léchait le doigt où un peu de beurre avait coulé.*) C'est vrai, Maurice, tu es superbe, intelligent, tu es beau, mais tu es austère. Avec tes grandes phrases, tes sourcils, je t'adore, tu vois, mais qu'est-ce que tu m'emmerdes parfois, et je te le dis gentiment, parce qu'on se connaît et qu'on s'aime, mais on s'ennuie souvent, et depuis quelque temps surtout, dispute sur dispute, c'est… c'est embêtant.

Elle croqua dans sa tartine. Je ne dis plus rien, assis en face, raide comme un piquet, les mains posées sur les genoux, ma robe de chambre mal ajustée. Finalement, d'une voix ironique, je lâchai :

– Excuse-moi de ne pas être aussi déjanté que tes jeunes amis.

Cette réplique accentua mon ridicule, et je finis par inventer n'importe quoi pour la rendre jalouse à son tour. Elle me traita d'imbécile et je ne sais plus ce que je répondis, mais ça avait dû être une connerie, puisqu'elle me regarda méchamment, me brûla du regard et me dit, l'index pointé vers mon nez, menaçant :

– Pas de ça avec moi, Maurice.

Oui, ça y est, ça me revient, je lui avais répondu :

– Bien sûr que je te raconte des histoires, c'est mon métier.

Voilà, ça ne lui avait pas plu, pas de ça avec elle.

Quant à son nouvel appartement, il se situait de l'autre côté de la Seine, sur l'île Saint-Louis. C'était un endroit immense où elle avait pu ranger son dressing, ses vestes, ses robes, ses milliers de chaussures, puis ses meubles aussi et ses œuvres de Damien Hirst. Takumi s'était retiré. Il désirait ouvrir un restaurant japonais dans un nouveau complexe à la mode. Cette résolution avait attristé Ambroisie, mais elle trouva, peu de temps après, quelqu'un pour le remplacer. À vrai dire, je n'allais pas souvent dans ce nouvel endroit. Il m'arrivait bien d'y dormir de temps en temps, mais les pièces semblaient aussi habitées par d'autres et je ne pus y investir aucune émotion particulière. Au contraire, je ressentais une sorte de malaise à y être.

Je n'étais, tout compte fait, que le rouage d'une motricité libre, laquelle était celle d'Ambroisie. Je me laissais trimballer là-dedans, sans pouvoir la quitter, sans même véritablement le vouloir. De son côté, Ambroisie n'avait pas plus de résolution que moi. Cette mécanique allait durer des mois et me broyer tout à fait.

27.

Le choix d'Isabelle

En novembre, je reçus un message d'Isabelle, qui tenait à me voir. Cela faisait près d'un an que je ne l'avais pas croisée et son invitation inopinée me fit plaisir. L'accident avait ralenti non seulement le rythme de mes mouvements mais aussi celui de mes pensées. J'étais moins pressé de vivre. Je me levais au ralenti, m'habillais deux heures plus tard, sortais faire ma rééducation à la piscine. Sans la Yamaha, je ne pouvais plus rouler vite. Je me déplaçais à pied, bercé mollement, comme un sachet de thé dans l'eau tiède d'une tasse. Il faut aussi mettre cette léthargie sur le dos d'Ambroisie et de la relation sporadique que nous entretenions. Je restais souvent sans nouvelles. Nous nous voyions une fois par semaine, parfois plus, parfois moins. Cela me faisait perdre espoir et passion. Mon cœur battait lentement. Mon rythme cardiaque ralentissait.

Quand Isabelle me donna rendez-vous un midi, au jardin du Luxembourg, je fus donc ravi de la voir et de diversifier mon programme. Elle y arriva avant moi et s'assit sur un banc, entre les arbres.

Stratégiquement, elle se mit à l'endroit où le soleil, à travers un trou du feuillage, tombait sur elle. Assise, les yeux fermés, dans le soleil, elle attendait comme un moineau emmailloté dans son écharpe. À la voir ainsi, je fus pris d'une tendresse ancienne pour elle. C'était bien Isabelle, avec son visage en couteau, ses cheveux lisses, son nez pointu. Elle n'avait pas changé mais elle m'attendait, elle m'avait attendu. Elle sursauta :

– Maurice ! Tu es là !

Nous nous sourîmes. Elle sortit un paquet de son sac :

– Je t'ai apporté des cookies que j'ai faits. Tu adorais ça.

J'acceptai son cadeau avec plaisir et songeai qu'elle m'avait toujours donné trop. C'est marrant les gens qui donnent trop, parce qu'on ne sait jamais si c'est gratuit. On se dit qu'un jour ils nous le reprocheront, nous tendront l'addition. Mais en vérité, ils ne le font pas et continuent de donner, encore et encore. Quand nous étions ensemble, Isabelle en faisait des tonnes : projets d'avenir, prénoms de bébé, cadeaux, croissants le matin, bijoux pour ma mère… À l'inverse, je ne faisais pas grand-chose. Je bégayais oui, oui, pour l'appartement, puis n'en avais plus envie. Alors, elle me disait : tu as menti ! En fait, je n'avais jamais menti, et si elle avait cru parfois que je rebroussais chemin, que je brouillais les pistes, c'est parce qu'elle en avait tracé à ma place. Non, je n'avais jamais menti ni rien tracé de précis. Isabelle ne comprenait pas cela parce qu'elle aimait trop les pistes et les chantiers ; elle était toujours à construire, prenait chaque mot que je lançais comme une pierre à assembler. Elle bâtissait, comme ça, des milliers de châteaux en Espagne. À regarder son visage ce jour-là, je me souvenais de l'impossibilité d'être avec Isabelle.

Mais ce qui me frappa, surtout, c'est qu'Isabelle avait un ventre rond. Ce ventre-là me frappa, comme une fissure du temps, une faille irréparable dans le tissu des jours. Son ventre était rond et il était irrémédiable. Isabelle attendait un enfant qui ne serait pas de moi. Bien sûr, je n'en avais pas voulu, nous n'avions pas réussi, et puis j'aimais Ambroisie, à présent. Cependant, ce ventre me bouleversait car il signifiait que la vie avait avancé, sans nous. Notre passé, soudain, nos rêves, nos discussions... Tout cela me revenait à l'esprit. Je songeais à Gordes, à la petite phrase qu'elle m'avait dite, assise sur le lit : « Si on avait eu un enfant... » J'avais tout oublié si vite, obnubilé par mon histoire avec Ambroisie, j'avais eu le nez dans le guidon de l'amour, et Isabelle, pendant ce temps, avait continué de vivre.

– Félicitations ! dis-je. C'est merveilleux ! Tu en rêvais si fort...

Elle acquiesça sans mot dire, baignée dans une sorte de béatitude lumineuse. Assise sur son banc, comme ça, les mains sur son bidon, forte et sereine, elle était radieuse.

– C'est une fille ou un garçon ?

– Un garçon, répondit-elle, toujours aussi calme.

– Fantastique ! Et comment vas-tu l'appeler ?

– Maurice.

Je restai interloqué. Était-ce flatteur ou totalement idiot ? Elle riposta :

– Je plaisante ! Je n'ai pas encore décidé du prénom.

Je soufflai. Quel plaisir, de rire avec Isabelle ! Cela faisait si longtemps que nous n'avions pas été légers, ensemble. Je retrouvais mon amie et j'osai lui demander :

– Pardon de te poser la question, mais... Qui est le père ?

– Je ne sais pas.

Elle regardait dans le vide, les mains sur son ventre, le soleil sur son visage, tout en remuant les pieds.

– Comment ça, tu ne sais pas ?

– J'ai eu recours à un don de sperme. Tu sais, la fécondation *in vitro*. Je l'ai fait en Espagne.

Ahuri, je posai une main sur son ventre. Ainsi, elle portait un petit Espagnol ? Elle m'expliqua qu'elle ne voulait pas attendre de rencontrer quelqu'un. Les années passaient, elle était pressée. Ce qu'elle désirait, par-dessus tout, c'était avoir son bébé et, pour ce faire, elle avait pensé que c'était là la meilleure des méthodes. Je lui assurai qu'elle avait bien fait, et nous nous étreignîmes.

Quand je la quittai, ce jour-là, la laissant sur son banc, les mains plaquées sur son ventre, je songeai au terrible hasard des choses. La vie est ainsi faite, nous grandissons avec les rêves, les schémas, les projections qu'elle nous promet. Nous sommes certains d'avoir l'épouse, la maison, l'amour, les amis, les enfants dont elle nous a parlé. Nous avançons donc avec confiance, mais les années passent et la vie se dérobe, sans tenir ses promesses. Elle se dégonfle, pensai-je. Rien ne nous arrive, ni dans l'ordre, ni parfaitement. Tout fout le camp. Elle a menti et ne se porte plus garante de rien. Alors, nous voilà dans le vent, pantins de l'existence, incapables d'échapper au sort d'être. Isabelle n'aurait jamais cru vivre seule, avec cet enfant d'un liquide inconnu dans le ventre. Elle avait imaginé une famille, un foyer traditionnel et chaleureux. La voilà plongée dans la modernité d'une conception *in vitro*, incognito. Elle n'avait décidé de rien : les jours qui passent avaient voté à sa place. De la même manière, Inès, Stéphane, Ambroisie et moi n'avions pas prévu d'être là, à ce carrefour. Nous avancions aveuglément.

Seul, rue des Écoles, je songeais au choix d'Isabelle. Les agissements des uns résonnant sur les envies secrètes des autres, sa décision me chamboulait. Et si les rêves que j'avais échafaudés n'étaient que des chimères ? Si rien n'arrivait, si la vie me laissait sur le bas-côté, dans le caniveau des cœurs abandonnés ? J'avais quarante ans, à présent, et pas de famille, pas d'enfant. Isabelle sur son banc, d'accord, mais moi ? Je me mis à réfléchir à Ambroisie, au désir absurde de lui faire un bébé. Bien sûr, il ne fallait pas s'emballer, c'était bête mais c'est toujours pareil : quand quelqu'un bouge un pion, on reconsidère son échiquier, car aucun acte ne parvient à se fondre dans la transparence du monde. Un pli survient, une froissure se produit, et voilà que les corps remuent : on se jalouse, on se toise, on se modifie, on se perfectionne, on s'atrophie. C'est ainsi que les États se comparent, que les guerres se déclenchent. L'exécrable comparaison humaine, je l'avais toujours déplorée, et voilà que je lorgnais sur la vie des autres, les vestes de Barzini, l'attitude décomplexée de Paul, le ventre d'Isabelle, le sérieux de Stéphane, le talent de Christian... À jouer à ce jeu-là, on n'a pas terminé. Je n'étais pas dans mon assiette. Au fond, je savais qu'il fallait en finir. Maurice Mollgaard m'attendait au vestiaire où je l'avais laissé, nu. Mais cela ne pouvait se faire sans l'adieu. Et heureusement, l'adieu, que j'étais incapable de formuler, vint par lui-même.

28.

L'adieu

Je me souviens encore de l'adieu. C'était il y a deux ans. Ça n'a duré qu'un soir, une fraction de vie, rien ; et pourtant, il ne s'est pas écoulé une journée depuis sans que j'y pense. Il est là comme une petite pierre dure, l'adieu, coincé dans le cours de ma vie, qui en bloque la fluidité, en détourne le courant. C'est bien lui, malgré ces deux années, qui commande encore mes gestes, mes choix, lui qui m'aiguillonne parce que j'essaie encore de le fuir, de l'effacer. J'ai oublié le reste, le flux, les années passées à meubler ma vie pour enfouir en dessous cette petite pierre d'adieu : j'ai oublié les femmes, les livres lus, écrits, les films vus, les soirs à traîner, les trottoirs, les verres bus… Tout ça passe comme un long flot informe et il reste toujours coincé au milieu de la rivière, lui, ce caillou logé dans le limon, avec son crâne qui dépasse, auquel je me heurte encore.

C'était en décembre, la pluie ruisselait sur les carreaux de tes fenêtres. Tu avais éteint la lumière, comme d'habitude, parce que tu préférais celle sombre et bleue de la nuit qui tombait sur nous et se mêlait à la blancheur des draps. Tu souriais, la tête renversée, le blond cendré de tes cheveux éparpillé sur le coussin. Tu me laissais faire, haletais de bonheur, ta peau douce contre la mienne, et tes bras autour de mon cou, tes jambes perdues dans les miennes. Tu fermais les yeux, serrais les dents, la pluie tombait et la nuit bleutait tout : les draps, ta peau, la chambre. Tu tirais mes cheveux de tes doigts et m'aimais, je crois. Tu ne parlais pas mais il y avait ces bruits échappés, de plaisir, et tu te crispais d'un coup, vibrante ; tu avais atrocement mal, d'amour mal, et je te faisais tellement de bien ; tu as crié, je me souviens, et nous avons soupiré ensemble, de bonheur, avant de tomber tous les deux, étourdis, et alors, tes mains dans mes cheveux, tu as soufflé :

– Ah... Je ne t'aime plus.

Tes doigts me caressaient encore, je n'ai pas compris, j'ai demandé d'une voix tendre :

– Quoi ?

Tu m'as enlacé :

– Je ne t'aime plus. Je ne peux pas, tes doigts, ça me dégoûte, tes pieds, ta bouche... Ça me dégoûte, je ne peux plus.

J'avais la tête sur ton épaule ; tu y as appliqué ta main, sur ma joue, et nous sommes restés ainsi plusieurs minutes. Puis tu as repris doucement :

– Je suis fatiguée de te voir, lassée en fait, je suis même un peu... dégoûtée, oui... de toi, de ta voix, de ton rire... de ton nez qui se fronce et de ta bouche tordue, de tes sourcils… trop arqués, trop fournis… trop de sourcils… trop de toi.

Rien ne bougeait, ta main sur ma joue devenait moite – ou ma joue sous ta main, qui sait, de stupeur blanchie, mouillée de douleur, sans oser rien déplacer, ni ton index ni ton pouce, sans oser se gonfler ni se creuser : j'encaissais, immobile, et tu continuais :

– C'est bête, quand j'y pense, parce que j'ai adoré ce visage, parce que j'en rêvais la nuit, le jour… Ah oui, comme j'ai pu y penser à ce visage !

Tu l'as pris dans tes bras et serré fort contre toi, mon nez plaqué contre tes seins, moi un peu étouffé, mon visage, puis tu l'as repoussé d'un coup :

– Mais c'est peut-être ça : peut-être que j'en ai trop rêvé, au point de l'user complètement… Maintenant qu'il n'y a plus aucune matière à rêve, c'est lui seul que je vois, dans sa réalité plate, ton visage, et… je ne peux plus supporter de le voir, de l'entendre. C'est si bête… Non, il faut que tu partes, qu'on se dise au revoir, Maurice.

Tu as tiré toute la couette vers toi, me laissant seul et nu sur mon côté du lit, et tu as joint tes mains en signe de prière, pour me demander pardon, et pour me demander de partir vite aussi. Je savais bien, au fond, que tu ne pouvais plus. Cela faisait plusieurs mois déjà que j'insistais, sûr qu'il y avait bien un moyen pour nous de fonctionner. Je ne pensais même plus à la flamme, il n'était plus question d'elle, ni de la raviver. Il fallait simplement trouver une voie où nous pourrions avancer à deux, côte à côte, coude à coude. J'avais frayé un bon nombre de sentiers déjà parmi les broussailles de nos mésententes, de nos disputes, de tes silences piquants. J'avais écarté, comme ça, quelques branches, je t'avais fait signe de te calmer, de me faire confiance, d'essayer avec moi ce chemin, ou cet autre, de m'y suivre, car quoi ? nous n'allions pas tout arrêter, nous quitter là ? Il fallait essayer, nous nous aimions et, te tirant par la main, j'avançais le premier dans ces sentiers de fortune, dégagés par la seule force de ma bonne volonté. Je maintenais repliées, le temps que tu passes, les branches touffues qui nous barraient la route, puis je les lâchais et elles retournaient brusquement à leur place initiale, dans un mouvement élastique et vif. Nous avancions. Nous délibérions. Nous nous disputions. Et le passage se resserrait sur les branches sèches, les buis épineux qui se multipliaient. Très vite nous ne pouvions plus avancer. Alors, nous restions sur place, coincés par la nature hostile, et tu te plaignais :

– Je n'en peux plus, Maurice ! Plus !

Bien que je n'en puisse pas davantage, j'insistais, plein d'amour et de compréhension. Mais cette nuit-là c'est à l'acmé, au sommet de ce que nous pouvions être, c'est sereine, sûre et certaine que tu m'as dit : « Ah… Je ne t'aime plus. » Évidemment, je le savais. Mais cette nuit-là il n'était plus question d'écarter une nouvelle branche, d'embrayer sur de nouveaux arguments, d'insister pour un nouveau chemin. C'était fini. J'ai remis mon tee-shirt, mon caleçon, mes chaussettes, j'ai enfilé mon pantalon et, encore abasourdi, je me suis dirigé vers la porte. Tu m'as dit :

– Je te raccompagne.

Tu as enfilé ta robe de chambre et nous sommes descendus au pied de ton immeuble, sur l'île Saint-Louis, dans la rue où la pluie tombait encore. Pieds nus sur le trottoir mouillé, tu as croisé les bras, l'air ferme, et tu t'es appuyée contre le mur en attendant que je veuille bien partir. Non, tu ne pouvais plus. Je ne disais rien. Toi non plus. Tu avais tes petits cheveux de frange collés sur ton front, des gouttes de pluie au bout des cils, et tu me regardais droit dans les yeux, sans peine, sans remords, sans rien. J'aurais voulu dire quelque chose, t'expliquer encore, te supplier un peu, te haïr encore, t'aimer aussi un peu... Mais il y avait en face le silence de tes yeux et il était intransigeant, complètement lisse, glacé, sans aucune prise à empoigner, aucune surface grumeleuse à saisir, aucun filon à tirer, à dérouler... Je te regardais avec mes yeux brouillons, et toi, sous ta pluie, digne, ferme, visage de marbre, tu ne disais rien – yeux neutres. C'est eux qui m'ont fait comprendre qu'il fallait se dire adieu maintenant, tout lâcher, et définitivement. Il n'y avait rien à ajouter ; je t'ai embrassée sur la joue et je me suis dit tant pis, adieu et tant pis, et bon vent, et je suis parti.

Et j'ai pleuré comme un chien tout le long du chemin. Ce n'était pas pour toi que je pleurais, pour cette femme que tu étais et qui m'avait déjà fait souffrir pendant des mois, mais pour l'adieu. C'est lui précisément qui me faisait souffrir, avec son odeur de fin d'amour. C'était la fin, la vraie, pour toujours : je n'étais plus dupe cette fois des fausses fins traînantes, qui ne sont, de par leur fausseté et leur traîne, que plus fades et pathétiques. Non, celle-ci était dure et dense, compacte, définitive ; et je l'ai reconnue tout de suite en tant que telle ; et c'est bien ce soir-là qu'elle s'est déposée, effectivement, sous sa forme de petite pierre rigide, elle, la même, qui me gêne encore et que je reconnais toujours. Oui, je savais qu'il n'y aurait plus rien de toi après cette minute-là. Plus rien. Je t'avais trop aimée pour négocier encore : il fallait me défaire de toi, entière, tout comme je t'avais aimée, entière. Et c'était bien comme ça, parce qu'il fallait se sauver du bourbier, sauver ma peau et la tienne. Adieu, tu vois, adieu, et il pleuvait, comme si tout avait été bien ajusté ; je t'aimais tant, tu vois ; tant pis ; ces yeux sans expression avec les gouttes de pluie seules, qui auraient dû être des larmes, ces gouttes de merde, de rien, ton regard de merde – tant pis.

Il n'y a rien comme ces morts d'amours, tranchés net par le couperet. Je rentrais le long des quais de la Seine, leurs pavés ruisselant sous la pluie, avec l'impression qu'il me manquait un bras que tu venais d'amputer, de garder avec toi ; je titubais comme un blessé à qui l'on vient d'arracher un membre qui le démange encore, les yeux embués de larmes, en proie à cette douleur vive, mauve, qui pétille même de brûler. En face, Notre-Dame se dressait dans la nuit, ses pierres et ses gargouilles éclairées par endroits. Je la regardais, prêt à trouver un peu de réconfort auprès d'elle, majestueuse, millénaire, qui avait dû voir déjà bien des amants déchus passer. La pluie ne finissait pas de tomber sur moi, sur ma peine, sur Paris. Tu m'avais dit adieu. Un bateau-mouche est arrivé, projetant ses spots lumineux violents, et j'ai eu l'impression que l'on m'éclairait, moi l'estropié, pour me montrer du doigt et se moquer. J'ai baissé la tête afin de la soustraire aux regards des passagers. Je n'ai rien dit. Ils ont continué de glisser dans la nuit, au bout de la Seine, et j'ai poursuivi ma marche vers la maison, dans ce caleçon remis précipitamment, ce pantalon, ce tee-shirt encore froissé, dans ce corps qui t'avait tant aimé une minute avant que tu ne l'arraches et ne le jettes.

Mes clés ont cliqueté dans la serrure, puis contre le support du buffet dans l'entrée. La porte, repoussée d'un coup de pied, s'est refermée, lourde. L'interrupteur a fait un bruit sec et l'abat-jour jaunâtre d'une petite lampe dans le coin du salon s'est empli d'une bouffée de lumière qui a poussé en avant les volutes en velours orangé dessinées à sa surface. Je me suis affalé sur le fauteuil et je n'ai plus rien dit. Tout s'est tu. Rodolphe s'est avancé vers moi sur la pointe de ses coussinets. L'adieu se terminait : assis sur ce fauteuil, entouré de ce silence, j'en signais l'arrêt. Il n'y aurait plus rien de nous, non, plus rien, et moi-même j'étais résolu à me retirer avec le même regret, la même humiliation et, quelque part, la même raisonnable fierté que celle éprouvée par le joueur ruiné qui décide enfin de se faire interdire de casino. J'avais trop perdu au change, j'avais eu trop de peine, donné trop de moi, pour gagner si peu, pour perdre tant. Il fallait renoncer à toi, porte-monnaie vidé, cœur brisé, et cependant content de cette sage résolution. Tassé dans le fauteuil, mon bassin enfoncé bien au fond et mes bras hauts levés sur les accoudoirs, Rodolphe sur mes genoux, je pensais : j'ai appelé, supplié, tiré le bas de sa robe... Je lui ai pris la jambe et le bras et les cheveux, je lui ai dit je t'aime, puis ne me quitte pas, j'ai failli chanter Brel... Rien à faire. Sage décision : se taire. Ne plus vouloir se la payer, se la garder, ne plus vouloir l'aimer – c'est-à-dire, surtout, ne plus pouvoir. S'effacer, se tourner vers d'autres chemins, moins arides. Je décidai, cette nuit même, de ne plus titiller l'espoir : c'en était fini de toi, fini. Cette flammèche dans mon cœur, que je tentais vainement de maintenir allumée, dont je prenais soin nuit et jour depuis deux ans, sur laquelle je soufflais et versais même deux gouttes d'eau pour mieux la faire vibrer, cette flammèche, je l'écrasai d'un coup : un tas de cendres froides. Et la pluie cessait au-dehors, laissant place à un ciel humide, gris de nuit, éclairé par une lune pleine et pâle. Je m'endormis, la lampe et ses volutes encore allumées.

29.

Les journées mauves

J'avais pensé, bêtement, que la flammèche écrasée, ma vie reprendrait, belle et pleine, son cours florissant, que je m'en sortirais haussant les épaules, l'air de dire : « C'est fini, et quoi ? Tant pis. » Je n'avais pas songé aux cendres, qui restèrent sur le plancher. Je n'avais pas songé, non, qu'elles se déposeraient ainsi, à la surface de mon cœur, ni qu'elles se soulèveraient au moindre courant d'air, me rappelant à toi, avec leur poussière froide et grise. Les mois qui succédèrent à notre adieu en décembre ne furent ni beaux, ni pleins, ni florissants, mais, au contraire, longs, mauves et brûlants de douleur. Je me traînais comme un infirme, d'heure en heure, de place en place, sans comprendre ni ressentir rien d'autre que cette peine floutée, indécise et pourtant si vivace. J'avais mal, plus mal encore qu'à la suite de cet accident de moto.

J'avais jeté ma poudre d'argile : à quoi bon la garder ? Je ne me coiffais plus. J'avais foutu tous mes habits Barzini dans un grand sac-poubelle aussi. À force de miroiter devant mes yeux, de se plaquer contre ma peau, de me donner un genre, ils avaient fini par me bouffer la cervelle. Je balançai ces fringues de luxe dans un conteneur. Quand je croisai le concierge, il s'exclama :

– La forme, monsieur Mollgaard ? Ça fait plaisir de vous revoir marcher !

– Bonjour, Gérard ! Oui, ça fait plaisir…

– Et madame Ambroisie va bien ?

Mes lèvres se tordirent en une grimace douloureuse. Je fis un geste de la main, signifiant : ne m'en parlez plus. Puis je sortis marcher au jardin du Luxembourg, les mains dans mes poches, le menton dans mon col roulé, content d'être saisi par le froid d'hiver, car c'était bien cela qui me manquait, ce pour quoi je priais – être saisi, claqué. Dans le parc, des gens couraient, déterminés. Je les croisais plusieurs fois sur mon chemin, ils repassaient devant moi, chaque fois plus rouges, plus haletants. Il y avait des enfants aussi avec leur cartable, sur le chemin de l'école, toujours les mêmes, que je finissais par reconnaître : le brun avec sa coupe au bol, la blonde dans son ciré jaune, le boudeur qui ensablait ses baskets à force de traîner des pieds. Eux aussi finissaient par me remarquer :

– Maman, regarde ! C'est le même monsieur qu'on a vu hier ! Il fait des tours !

Le gosse à la coupe au bol tire le manteau de sa mère et me pointe du doigt. Elle lui tapote l'épaule, l'air de dire qu'il ne faut pas observer le monsieur parce qu'il est trop triste, trop défait. Les gens comme ça ne doivent pas être vus des petits enfants – leur grisaille est quasi obscène. Oui, le monsieur est fatigué et n'aime pas qu'on l'observe, oui, il pourrait bien se mettre en colère s'il n'était pas aussi enfoncé dans sa tristesse. Les garçons en cartable, d'ailleurs, ne devraient pas être aussi curieux, ils devraient marcher tout droit à l'école, sans traîner des pieds.

C'était en décembre, l'air était sec, la lumière vive, grise, crue, et les graviers crissaient sous mes pas. Les arbres, dépouillés de tout feuillage, se reflétaient dans l'eau glacée du bassin central. Puis, c'était en janvier, une petite pluie acérée givrait ma barbe mal rasée et mon manteau d'une centaine de pointes d'aiguilles. Je continuais mes marches au jardin et, quand j'en avais trop saturé les allées, je me perdais dans les rues alentour. À midi, je déjeunais dans une cantine grecque, cachée rue Racine. Elle était sombre, peu de clients y venaient. J'avais, en habitué, une table qui m'était destinée, coincée entre les escaliers des toilettes et la porte battante de la cuisine. C'était mon coin, j'y mangeais au chaud. Le cuisinier avait sympathisé avec moi, il me faisait reconnaître les multiples effluves de sa cuisine. Avec son accent grec, il me posait des questions à travers le hublot de la porte battante : « Et celle-là ? Quelle épice ? Et celle-ci ? Vous sentez ? » Ignare, amorphe, tristement penché sur mon assiette, je haussais les épaules. Lui riait, je le faisais marrer.

Le propriétaire du restaurant aussi se prit d'affection pour moi et m'offrait parfois quelques baklavas. « C'est pour vous, c'est gratuit ! » disait-il. Mais cette sympathie tourna vite en compassion et je vis bientôt une lueur dans ses yeux qui ne me plut pas : celle de la pitié. Les baklavas arrivaient de plus en plus nombreux sur ma table, j'avais l'impression désagréable que chacun d'entre eux était un baiser sur ma tristesse, qui la soulignait. J'ai décidé alors de ne plus fréquenter ce restaurant devenu d'un côté trop railleur, de l'autre trop larmoyant. J'allais manger ailleurs, chaque fois ailleurs, prenant soin de ne jamais retourner au même endroit, afin de rester anonyme, qu'on ne me stigmatise pas comme l'âme meurtrie du quartier à laquelle on doit offrir sourires compatissants et baklavas consolants. J'alternais bêtement les cantines... Peu m'importait la nourriture, au fond, je n'avais faim de rien.

Se balader, balader sa peine comme on promène un chien, je ne serai pas le premier à me faire larguer, voilà ce qu'on dit, larguer, drôle d'idée, les amarres, comme pour se noyer. Larguer à Paris, à croire que l'on tombe amoureux ailleurs et que l'on se fait larguer à Paris – peine de cœur, cette ville. Au point qu'il y a plein de choses installées exprès pour les amants qui ne sont plus aimés : des églises, des rues pavées, des cinémas, des vendeurs de livres au bord de la Seine, avec leur étalage de titres à se flinguer : *De l'amour*, *Bonjour tristesse*, *Le Calvaire*, *La Douleur*, *La Lenteur*, *La*

Nausée, *La Peste*, *La Maladie de la mort*, *J'irai cracher sur vos tombes*. Autant de raisons de faire la gueule et de verser une larmiche, Paris. Le pont des Arts tangue, ses cadenas, accrochés par deux mains transies d'amour, doivent être défaits, sans quoi les rambardes céderaient – trop de cadenas –, le poids de l'amour fait craquer les ponts à Paris, douleur exquise, tristesse sourde. Ce pont, qui avait tendu ses deux rambardes vers nous, criant : fiez-vous à moi, scellez le socle de votre amour sur moi, sur mon torse ! Allez-y, Paris est la ville de l'amour ! En se tapant les poings sur son buste grillagé… Ce pont, les touristes le dos tourné, les amants partis, s'est reposé lourdement et a murmuré à sa copine, la municipalité : « Dis donc, qu'est-ce que je suis chargé. Vire-moi cette quincaille par-dessus bord. » Paris nous avait parlé d'amour, mais elle avait menti ! Hypocrite ! J'étais triste à en mourir.

– Maurice ! Ça alors ! Tu vas bien ? Ça fait un siècle !

– Oh, Juliet ! Oui, ça va, et toi ? Je suis pressé, on s'appelle ? Tiens-moi au courant. Tu es belle comme tout ! Allez, au revoir, je cours. Au revoir.

Croiser du monde, Paris, courir pour aller nulle part, s'arrêter au café du coin, on cache mal sa tristesse, ses cernes, mais tout le monde est habitué, personne ne s'y attarde, tout le monde est fatigué, plonger mon visage dans mon écharpe, le dissimuler aux regards indiscrets, aux yeux familiers, « Tiens, Maurice ! », non, ne pas se retourner, marcher, c'est moi que tu appelles ? faire semblant, oh, tiens, oui, Juliet, quelle plaie, marcher, je suis pressé, et tomber encore sur une boîte de livres, au bord de la Seine : *Le Dépit amoureux*, *La Honte*, *Illusions perdues*, *La Peau de chagrin*, *Une jeunesse gâchée*, *La Peur*, *Une saison en enfer*, *Mourir un peu*, *Capitale de la douleur*, *Les Amours*, *Voyage au bout de la nuit*, *Courage.* Quel monde, faire semblant, la littérature, sourire, Paris, et où aller maintenant, avoir mal aux pieds, rentrer ? On réfléchit trop ici, cette ville est faite pour le bavardage intellectuel, assez grande pour étaler ses pensées sur une feuille, assez silencieuse pour les développer, mais bien trop petite pour la flânerie sauvage, trop active pour l'oubli, la rêverie et le laisser-laisser-laisser-aller. Marcher jusqu'à vouloir rentrer. Oui, il fallait bien rentrer ensuite, à la maison, alors que faire ? C'était le silence soudain, le vide : moi face à moi.

Cette torpeur m'a pris, tu vois, elle s'est si bien immiscée que je n'en connaissais plus la raison, n'y réfléchissais plus mais me laissais tomber simplement, tel qu'elle me le commandait. Comme ça, je suis tombé, de notre adieu en décembre aux mois d'après, avec cette même routine triste, ce même jardin gris, ces mêmes déambulations solitaires, cette même page blanche d'idées. Puis, j'ai fini par ne plus sortir au Luxembourg : à quoi bon ? Les coureurs commençaient à me reconnaître, j'en étais mal à l'aise, et les déjeuners seul au restaurant suivis des errements dans Paris me paraissaient absurdes. Il était plus simple de rester à la maison, d'y manger, de m'y terrer. J'étais persuadé, en fait, qu'il me fallait du repos, beaucoup de repos, que j'avais trop mal pour aller m'exposer dehors au monde… Je ne quittai donc plus ma maison, plus mon lit même, parfois. Je décidai de dormir longtemps, me réfugier : entrer en convalescence. Convalescence. Oui, ce mot me plaisait et je m'y confortais ; je me le répétais, j'y posais lourdement ma tête comme sur un oreiller, qu'elle en laisse la trace. Ah ! Convalescence ! Ma seule référence, mon gros coussin. Je n'entendais plus rien à travers lui où j'enfonçais mon visage. Au téléphone qui sonnait, aux invitations à dîner, au courrier professionnel reçu, je ne répondais que par cette excuse, ce mot, qui me suffisait et finissait par devenir le seul auquel je me référais. « Je ne peux pas, je suis en convalescence. » Et je ne veux rien d'autre, rien d'autre que convalescer. Je convalesce. Je convalesce des mois durant.

30.

La naissance et la mort

Deux impératifs parvinrent à m'extraire de ma convalescence. En mars, Isabelle donnait naissance à son fils et ma mère m'appelait à son chevet. D'un côté, la vie ressemblait à un minuscule corps, rose et fripé, choqué d'avoir été mis au monde. Entendant hurler cet être hagard, que l'on venait d'arracher à l'organique imprécision de l'existence, en l'extrayant du ventre de sa mère pour le jeter dans l'air matériel d'une vie où les heures sont comptées, je compris que je ne m'étais moi-même jamais remis d'être né. Quelle violence que de naître au monde ! Ce pauvre bébé venait d'être miraculeusement fabriqué et, emmailloté dans sa couverture bleu ciel, il pleurait, car il savait qu'il allait, désormais, aussi mourir. Quand je fis part de cette impression à Stéphane, lequel se trouvait dans la chambre d'hôpital avec moi pour féliciter Isabelle, il soupira :

– Mon pauvre vieux, tu dois vraiment être déprimé.

L'éruption volcanique avait eu lieu. L'enfant gémissait, avec son nez froissé, sa peau rouge, comme une fleur de cactus jaillie d'une coulée de lave. Voilà à quoi ressemblait la vie, ce jour-là. Mais elle ressemblait aussi à autre chose, elle ressemblait aussi à un corps vieilli. Dans l'après-midi, je rejoignis ma mère chez elle et constatai que l'existence, dans cette chambre, n'était plus une fleur jaillie de la lave fraîche, mais une roche volcanique noire et ancienne. Ma mère était allongée sur son lit, très fatiguée. Elle m'avait appelé, disant qu'elle avait le besoin urgent de me parler. Cependant, quand j'arrivai, elle ne me dit rien et resta une demi-heure à regarder dans le vide. Je lui partageai alors la bonne nouvelle :

– Tu sais qu'Isabelle a accouché, ce matin ?

– Quelle joie. C'est une bonne fille. Je l'ai su tout de suite, car elle aime les chats. Ce qui n'était pas le cas de l'autre. Une femme qui n'aime pas les animaux, ce n'est jamais bon signe.

Je ne répondis pas mais l'observai attentivement. Pâle, elle avait le bras qui tremblait et la voix chevrotante. Elle avait vieilli d'un coup, sans prévenir. Les jours s'étaient agrippés à son visage et l'avaient froissé, sans l'épargner. Au bout d'un moment, les jours ne vous oublient plus : ils s'accrochent à votre peau, à vous. Ils vous veulent avec eux, au creux de leurs heures, ils ne vous laissent plus voler. C'était le cas pour ma mère : les secondes mêmes se déposaient sur son épiderme, la somme d'une vie ralentissait son souffle, comme si elle avait déjà eu sa part et qu'elle devait, maintenant, retomber au fond de son lit, dans le ventre de la terre. La vie vous expulse ainsi, puis vous reprend. Elle vous donne l'illusion d'être unique, puis vous n'êtes plus rien. Elle vous fait battre le cœur, puis elle vous mange. Je la regardais, perplexe, quand je vis une fourmi passer sur ses draps, près d'elle. J'approchai mes doigts, saisis l'insecte et, d'un geste brusque, l'écrasai.

– Non ! cria ma mère. Malheureux, qu'as-tu fait ?

– Ne t'affole pas, maman. J'ai simplement viré une fourmi, j'avais peur qu'elle ne te pique.

– Mais tu viens de tuer quelqu'un, Maurice !

– Quelqu'un, non, maman, une fourmi.

– C'est tout de même quelqu'un. C'est une créature de Dieu. Elle marchait là, avec son petit cœur qui bat. La pauvre, elle vivait. De quel droit lui as-tu retiré cette vie ? La pauvre... (*Elle était décomposée.*)

Avait-elle perdu l'esprit ? Elle regarda par la fenêtre, les yeux dans le vague. Un couple d'oiseaux passa dans le ciel. Le vent agitait doucement les branches des arbres. Il faisait beau.

– Une vie, une seule, Maurice. La quitter, c'est quelque chose.

Elle tourna de nouveau son visage fatigué vers moi. Ses yeux étaient cernés de bleu, ses lèvres tombaient dans une grimace douloureuse, tous ses traits semblaient lutter contre un ennemi invisible, comme si elle tirait une porte trop lourde ou bien résistait à une pression trop forte.

– La vie, dit-elle.

Elle me tendit sa main que je serrai entre les miennes. Cette main était froide, rêche et rocheuse, comme un morceau de volcan, une pierre de feu séchée.

– Ne te préoccupe pas des objets, mon fils. Ni du regard des gens. Ils finissent par te tenir en laisse. Écris tes livres, aime la vie et sois libre, c'est là l'essentiel.

Quand je quittai son appartement, le soir venu, descendant l'escalier, j'eus l'étrange impression que ces mots seraient ses derniers. Marche après marche, mon cœur se serrait, songeant : c'est la dernière fois que j'entends la voix de ma mère. Son visage même, si pâle qu'il en devenait gris, était un visage passé, un visage déjà mort. Je remontai les escaliers en courant et frappai à sa porte. Personne n'ouvrit. Je tapai de toutes mes forces contre le silence de cette chambre vide car, désormais, j'en étais sûr : elle était vide. Il n'y avait plus âme qui vive, dedans, ma mère était partie, comme cette fourmi. Je m'écroulai au pied de la porte et pleurai à chaudes larmes. C'était ce jour-là, étrangement, ce jour-là qu'elle avait choisi pour partir. Pourquoi ? À l'intérieur de l'appartement, il n'y avait plus que son souvenir, comme une pierre froide. Son souvenir et ce clic-clac rouillé. Ma mère était décédée, mais personne n'avait crié gare.

31.

Le poids de l'existence

– Maurice Mollgaard, es-tu en vie ? Ça doit être la trentième fois que j'appelle, et toujours aucune réponse. Si tu es vivant, rappelle-moi s'il te plaît. Je t'embrasse.

C'est la voix d'Inès qui grésille à travers le haut-parleur de mon téléphone. Elle laisse plusieurs messages par semaine sur mon répondeur, j'en ai une collection. Dommage qu'on ne puisse pas dérouler la bobine du téléphone et y trouver les voix enregistrées, parce que, alors, je l'accrocherais sur mon mur, elle y formerait une longue vaguelette brune, miroitante, où, par endroits, s'entasseraient des masses plus larges : celles où se trouvent les messages qu'Inès a laissés. Il suffirait de presser cet endroit de la bandelette pour diffuser son message. Je presserais, comme ça, plusieurs endroits à la fois, j'entendrais les messages se mêler dans un grand brouhaha. « Maurice Mollgaard, tu ne réponds pas… Cher Maurice, alors… Bon, mon vieux, où en es-tu… Salut, j'insiste… C'est encore moi… » Les voix berceraient ma convalescence de leur cacophonie. C'est vrai, je ne fais plus rien, ne donne plus signe de vie depuis des mois. Près d'un an a passé. « Maurice ! Réponds, bordel. C'est Stéphane. Sinon, je viens chez toi et je défonce la porte. La plaisanterie a assez duré. »

Ces voix grésillantes, je les entends du fond de ma couette, refuge fidèle où je me cache des heures durant, mon corps entier enfoncé dedans, jusqu'au menton, mes jambes contre sa chaleur molletonnée, mon dos tenu par le matelas et mon ventre pressé sous la couverture rembourrée. J'y suis terré, couvert, chauffé, comme dans une navette spéciale, hors du monde et du temps. Les bras coincés en dessous, je n'ai qu'à bouger la tête et les yeux. Cela me suffit pour ce que j'ai à faire : jeter un coup d'œil à la fenêtre, à la montre, au téléphone, à la télévision ou à la couette elle-même, que j'observe inlassablement. Mes yeux, seuls mobiles, parcourent ses ondulations ; elles forment des pics et des plaines, des montagnes de coton qui s'élèvent puis tombent d'un coup dans un creux, où l'ombre semble être un ruisseau, lequel serpente entre les masses foncées et les masses claires, plaines ombragées, me dis-je, et plaines solaires. Ma tête calée contre l'oreiller, je fixe pendant des heures cette couette brouillonne, qui dessine un paysage artificiel sous lequel mon corps est enfoui comme sous la chaleur de sa terre. Je me trace un parcours, m'imagine marcher entre les bosses, gravir un monticule, traverser le désert strié, m'enfoncer dans une nappe phréatique du tissu, puis tomber dans un trou. Je remue le genou parfois, transforme soudain une vallée en volcan. Je me retourne dans le lit : tremblement de terre ! Puis m'endors.

Un matin, la sonnette a retenti et le doigt qui la pressait y est resté appuyé trois longues minutes. Ça a fait un bruit strident, terrible et incessant. Ce ne pouvait être Gérard, puisque ce dernier avait les clés. Il passait régulièrement, avec Rodolphe (mon chat logeait désormais chez lui et venait me rendre visite, au lieu du contraire). D'habitude, je n'ouvrais pas, mais le bruit était si insupportable que je me résolus à aller voir de quoi il s'agissait. J'ai poussé ma couette et me suis dirigé vers la porte. J'arrive, j'arrive ! L'autre ne voulait pas attendre, avec son doigt débile. Qui était-ce ? Stéphane. Il avait le nez rougi par le froid, les oreilles aussi, et le visage bouffi par le vent, blanchi par l'air. Ça m'a surpris : j'avais oublié l'hiver dehors, les gens qui marchaient, défigurés par le climat. Je n'y avais plus pensé. Stéphane m'a poussé de l'épaule, entrant avec son manteau et ses chaussures sales. Je restai embêté, dans mon pyjama de convalescence. Il m'a toisé, de la tête aux chaussons, puis a éclaté de rire :

– Ah, ah ! Mon vieux ! C'est quoi ce pyjama ? Non mais je vais te secouer, moi, tu vas voir.

Bien sûr, maman était morte, mais ce n'était pas une raison pour mourir moi aussi, selon lui, et ce qu'il fallait commencer par faire, c'était répondre au téléphone, car s'il y avait bien une chose détestable, pensait-il, et avec lui Inès, et les autres, c'était quelqu'un qui ne répondait pas quand on prenait soin de lui, quand on l'appelait. Ces appels manqués, comme autant de lignes jetées dans le vide sans qu'on y morde jamais, ça les foutait en rogne, les gens : d'abord ça les inquiétait, puis ça les énervait.

– Sors-toi de là, et sers-moi un grand café chaud aussi, il fait un froid de canard dehors.

Il a enlevé son manteau, déroulé son écharpe, les a suspendus, puis s'est penché pour défaire les lacets de ses boots. Ensuite, il a pris place sur le fauteuil, les jambes écartées. Je suis revenu vers lui avec la tasse :

– Tiens.

– C'est chaud… Tu n'en prends pas, toi ? Tu devrais, ça te mettrait un bon coup de fouet.

Il a posé la tasse sur la table basse, pour attendre qu'elle refroidisse. Puis il s'est enfoncé dans le fauteuil en cuir qui a craqué sous son poids. Je l'ai trouvé beau, avec ses cheveux de jais, sa mine d'hiver rosie, ses grands sourcils noirs… Je me suis tassé un peu, sur le canapé en face. Ça n'a pas craqué du tout. Les coussins ont seulement fléchi, mollement. J'ai frotté mes jambes l'une contre l'autre, comme pour faire disparaître mon pantalon de pyjama. Il a repris :

– Alors, tu te tapis ici depuis dix mois ? Tu comptes réagir, ou dormir encore ?

Pour Stéphane, le repos était synonyme de maladie – un arrêt de vie. Je lui expliquai que, dans mon cas, une période de convalescence était nécessaire, avant de reprendre de plus belle. Mais il n'aimait pas ça, il m'incitait à écrire, à travailler, ça me changerait les idées. Il ne voulait pas comprendre que j'étais trop fatigué, physiquement, épuisé, mais quoi, disait-il, c'est dans ton cœur, dans ta tête, c'est psychologique. Il a fini de boire son café, puis m'a signifié qu'il reviendrait bientôt, et de lui faire signe quand je serais prêt à sortir de ma tanière.

– Salut, Maurice, prends soin de toi.

La porte s'est refermée derrière lui. Alors, la torpeur qui pesait dans la pièce, le bruit sourd de la solitude et mon corps, qui avait feint de se redresser, sont retombés, à mon grand soulagement. J'ai couru vers la chambre, me fourrer sous la couette.

Il y avait le départ de ma mère, évidemment, mais aussi l'adieu, qu'il me fallait digérer. Je n'avais pas vu Ambroisie depuis un an et, étrangement, la disparition de l'une télescopait celle de l'autre. Je m'étais pris la pierre d'adieu en pleine face. Des pensées de toi, bien sûr, j'en avais, des rêves, des bouffées d'odeur soudaines, des effluves, des sursauts, des tristesses de toi, des regrets, des songes, des heures pleines de toi. Mais il valait mieux, par le sommeil ou la raison, les écraser. J'étais tenté de t'appeler une dernière fois, mais non, jamais : il fallait suivre le protocole de guérison scrupuleusement et renoncer à toi, comme je me l'étais promis dès l'adieu.

Les mois passaient ; j'y parvenais de mieux en mieux. Peu à peu, dans l'abandon de l'espoir, je trouvais une tranquillité, stérile et triste, mais une tranquillité tout de même, et découvrais combien l'indifférence gracieuse du chat était préférable à l'aboiement forcené du chien. Oui, j'adoptais consciemment la posture sereine, détachée, de Rodolphe plutôt que celle, idiote et bornée, d'un chien bruyant. J'avais, de toute manière, toujours détesté les chiens et je m'étonnais, à présent que je faisais de nouveau le chat et en avais presque retrouvé le ronronnement, d'avoir pu me laisser aller à des éclats de jalousie, des appels intempestifs, des filatures, des supplications et des larmoiements aussi canins.

Alors rien, alors le silence, les longues journées mauves de solitude et de douleur, et les nuits aussi : des nuits de lambeaux, de lamelles, des nuits seul à me faire peur. Car du haut de mon mètre quatre-vingts, j'ai peur, oui, peur de la solitude, ce linceul qui longe mon corps et l'enveloppe. Je n'ai pas envie de sentir contre ma peau la fraîcheur ferreuse des draps, ni celle de ce coussin mou que j'enserre de toutes mes forces comme s'il s'agissait d'une femme. Je voudrais ton corps tiède, chaud, tes bras, doux, vivants… Et rien, tu sais, rien que ce coussin immobile qui s'affaisse, incapable. Il faudrait s'assommer de lecture ou bien s'enivrer de boisson pour arriver à dormir, maintenant, s'asséner des grands coups dans la gueule, se fatiguer assez pour mourir la nuit, dans ce lit où l'on s'endort moins que l'on ne s'achève. Sinon, ce sont des heures encore à se tourner, se retourner, à chercher des bras perdus dans les couettes, à forcer la couleur des rêves… à être seul, enfin. Cette vie que nous portions à deux, sur nos deux épaules, me retombe entièrement dessus, et j'ai l'impression que tu es partie en me laissant seul tout le poids de l'existence à porter.

32.

Un point sur la carte

Il fallait le déléguer, ce poids, c'est toujours comme cela que l'on fait. Stéphane, qui revenait à la charge, ses larges épaules penchées vers moi, l'air de dire reposes-y tout ce que tu ne peux pas porter, s'acquitta de cette tâche. Peu à peu, j'y posai une once de tristesse, un poids d'amour mort, une pelletée de paroles, une main, une larme, un pied, un coude et, bientôt, il me traîna hors de ma tanière.

Mes premiers pas dehors m'emmenèrent à l'anniversaire d'Inès. La table avait été mise, la vie avait continué de tourner. On m'avait attribué une place entre Isabelle et Amandine, une inconnue à laquelle on avait dû vanter mes mérites puisqu'à peine assis, elle m'est tombée dessus. Moi apeuré, félin d'eau douce, chat d'appartement, elle chasseresse aiguisée, véritable lionne des mers.

– Alors, vous êtes écrivain ? J'ai lu votre dernier roman. Je travaille dans l'événementiel. On pourrait organiser une dédicace ? Je peux vous tutoyer peut-être ? Tu veux du sel ? Pardon, je me sers sans proposer… Mais dans *Délétères,* ce personnage, William, il est terrible ! D'ailleurs le film est tellement réussi. Quelle adaptation !

C'était vrai, *Délétères* était sorti en salles. Je l'avais complètement oublié. Les appels d'Anton Geijer avaient dû tomber dans ma messagerie. Je n'étais pas allé à l'avant-première et n'avais même pas vu le film.

Quand le fromage est arrivé, la musique a augmenté, quelques invités se sont mis à danser. Il était difficile pour moi de passer d'une léthargie de plusieurs mois à une fête d'anniversaire où la bonne humeur, pour ne pas dire l'euphorie, était de mise. Je digérais en bout de table, la tête entre les mains, et fis signe à Isabelle, qui m'invitait sur la piste, que je la rejoindrais plus tard. Mon sourire la rassura, elle partit s'amuser avec les autres. Elle avait retrouvé sa ligne, après l'accouchement. C'était rare de la voir sortir, désormais, l'anniversaire d'Inès étant une exception. La plupart du temps, elle restait chez elle avec son fils. Elle avait même installé son cabinet de psychologue dans son appartement, afin d'être plus disponible pour lui.

Ils dansaient tandis que je demeurais assis, avec ce sourire aimable qui barrait mon visage comme une excuse. Si tu me voyais, me disais-je, tu ne serais pas fière. Tu te moquerais, me forcerais à danser, ou bien tu soupirerais d'ennui et partirais pour m'appeler le lendemain seulement. Stéphane s'est approché :

– Content de te voir hors de ton terrier ! Alors, Amandine ? Elle est chouette, non ?

Il m'a tapé l'épaule, puis, sans attendre ma réponse, a rejoint Juliet sur la piste de danse.

Une bonne demi-heure était passée et mon sourire, que j'avais négligé, retombait en une grimace douloureuse. Inès se fraya un passage. Elle était rouge d'avoir trop bu. Elle s'est assise à côté de moi, les cheveux ébouriffés, sa robe bustier tournée de travers. Elle a posé sa tête sur mon épaule et nous sommes restés ainsi une longue minute, puis elle s'est saisie d'un rond de serviette qui traînait sur la table et l'a tripoté.

– Pas de nouvelles d'Ambroisie ?

Je n'ai pas répondu. Aucune envie d'en parler. Elle a insisté :

– J'ai vu qu'elle était à Lisbonne. Des photos…

Je n'avais pas besoin de savoir. L'idée que tu partes au soleil, vives et bouges loin de moi, m'a pincé. J'ai eu envie, soudain, de te rejoindre là-bas, d'être à tes côtés au bord du Tage, comme autrefois, à Santa Engrácia, au palace Olissippo, d'entendre le clapotis de l'eau et de te voir danser en fumant. Toi seule, pensais-je, pourrais me consoler. Cependant, j'oubliais que c'était toi précisément qui m'avais rendu aussi triste. Je m'imaginais bêtement à Lisbonne… Le cœur bouleversé…

– C'est fini avec Ambroisie. Elle ne me concerne plus. Ne m'en parle plus.

Je me redressai brusquement sur ma chaise, cognant involontairement la tête d'Inès restée sur mon épaule. Elle me tapa un grand coup sur la cuisse :

– T'as raison ! Du balai ! Puis, je pourrais te présenter des femmes, moi, j'en connais un tas qui rêveraient de sortir avec Maurice Mollgaard.

Je déclinai son offre. Un tas de femmes, c'est bien, il y en a effectivement un tas dans les rues qui marchent, vous regardent, un tas qui vous laissent passer ou au contraire vous passent devant... Il y a un tas d'hommes aussi, un tas de tout. Mais j'en voulais une seule, une seule pour m'écouter, m'aimer, moi, pas Mollgaard l'écrivain mais Mollgaard l'enfant en pyjama. Une seule pour me caresser les cheveux, écouter mes histoires, assise sur le clic-clac, me rouspéter aussi. Une seule femme me manquait, c'était ma mère.

Soudain, les lumières se sont éteintes. Il y a eu, dans le noir, un mouvement de foule très certain et les invités ont disparu. J'étais le seul à ne pas avoir été prévenu. L'obscurité m'empêcha de faire un geste. Je restai bête. Une porte a claqué et, à travers elle, un amas de voix s'est élevé, crescendo. Ces voix montaient, s'approchaient, grossissaient : elles chantaient « Joyeux anniversaire ». La porte s'est ouverte, rectangle lumineux dans l'ombre, et une trentaine de lucioles ont percé : les bougies plantées sur le gâteau. Inès s'est esclaffée :

– Merci, merci !

Elle a soufflé sur les bougies, comme convenu, on l'a applaudie, puis quelqu'un a rallumé la lumière. Alors, ils ont sautillé, leurs cadeaux dans les mains, se sont poussés du coude pour embrasser Inès les premiers. Elle a remercié tout le monde et proposé que l'on passe à table, pour manger le gâteau et boire une énième bouteille de champagne. Le supplice de la conversation obligée recommençait : coincé entre Isabelle et Amandine, j'en avais marre de jouer. À chaque sollicitation, je répondais par un sourire aimable. Mais la soirée était déjà trop avancée, et ces sourires qui suffisent à barrer toute initiative en début de dîner sont de piètres adjuvants une fois les cinq coupes de champagne sirotées. Les interlocutrices éméchées ne le voient plus, elles passent à travers pour m'assaillir de mots, de rires, de points d'interrogation. Désemparé, j'eus l'idée de recourir aux bâillements. Ils se voient davantage qu'un sourire, me disais-je, même à cette heure de la nuit. C'était alors des bâillements à tout-va, non furtivement dissimulés mais affichés au contraire, telle une pancarte sur mon visage, pour dire ma fatigue, d'emblée. J'alternais entre barrières de sourires aimables et pancartes de bâillements, protégeant ainsi mon visage. Ma ténacité porta ses fruits : la paix vint. Isabelle et Amandine, lassées de se battre contre ce visage en château fort, allèrent voir ailleurs. Je pris congé, impatient de retrouver ma tanière.

À pied, je remontai le boulevard Beaumarchais, désert à cette heure de la nuit, et arrivai place de la

Bastille, où l'ange au sommet de sa colonne brille. Je tournai rue Saint-Antoine et marchai droit vers l'hôtel de ville, d'où j'allais gagner le Panthéon. Je traversai un premier pont, mais ne pus m'empêcher de tourner à gauche, déviant de ma trajectoire initiale pour arrimer vers l'île Saint-Louis. Je savais bien que je finirais par céder au crochet du cœur et tomber chez toi, aimant au centre de Paris. Ta petite chambre au creux du vallon urbain, mes pieds n'ont cessé de vouloir m'y porter. Non, disais-je, Odéon, Vavin, Montparnasse, Notre-Dame même, pourquoi pas, et les rues qui grattent l'île Saint-Louis aussi, d'accord, mais jamais ta rue, voyons, ce serait insensé. Et j'allais, parfois, jusqu'à l'île de la Cité, m'approchais, mais m'interdisais d'avancer plus avant, alors je revenais sur mes pas. Le nombre de fois où j'ai voulu passer dans ta rue, Ambroisie, sans vouloir te croiser pourtant, car tomber nez à nez avec toi aurait été la pire des épreuves, mais passer simplement, titiller le hasard, frotter les rebords de mon cœur aux trottoirs de ta rue, voir de quoi je suis capable, et ce qui va se jouer, ou non, ce qui peut se jouer, ou non… Ton immeuble est au centre d'un puits où je tombe toujours, vers lequel peu importe l'endroit où je suis, peu importe l'endroit où je vais, je me sens tout le temps glisser. Paris entière y converge, et je me laisse prendre, malgré moi, me leurrant, à dire c'est mon chemin, il n'y a pas d'alternative, forcément, passer par chez Ambroisie, c'est le carrefour de Paris, c'est bête, il faut y passer avant de tourner, y passer pour aller à Bastille, à Ménilmontant, à République, y passer pour voir si tu n'y es pas, même quand on te dit loin, on ne sait jamais, y passer... C'est ainsi qu'est ma carte de Paris, froissée comme celle des touristes négligents qui l'ont fourrée mille fois dans leur sac à dos. J'en parcours les ondulations, les froissures, et je tombe irrévocablement dans le trou fendu que le centre de la carte, déchirée le long des pliures symétriques, au point même de la croix centrale, a fait : chez toi. Y passer encore, y tomber toujours. Et ne rien voir, et tourner, et avoir honte d'avoir cédé, mais quoi... Je remontai enfin la rue des Écoles et rentrai chez moi.

33.

L'herbe à poux des dieux grecs

En avril, Elena avait réussi à me convaincre de participer à une émission littéraire, laquelle avait une grande audience et l'habitude de consacrer un document d'une heure et demie à « l'écrivain de l'année ». Je n'avais pourtant rien publié depuis trois ans, mais mon éditrice avait joué des coudes pour placer son chouchou sur le plateau. Je n'avais, disait-elle, pas démérité puisque, jusque-là, j'avais publié un livre par an depuis vingt ans. Je refusai d'abord, arguant que j'étais trop défait, trop laid, trop mou, pour parler devant des projecteurs, mais son art de la persuasion était tel qu'elle parvint à me tirer hors de mon lit. Dans les coulisses du plateau, je me laissai donc maquiller, coiffer, et préparai à peine le discours que j'allais tenir devant le présentateur. Elena, qui m'avait accompagné, me motivait et gonflait mon ego de compliments, afin que j'eusse l'allure un peu digne. En vérité, j'étais totalement affaissé.

L'émission se déroula toutefois bien. Nous parlâmes de mes romans, de mes sources d'inspiration, de mes lectures, des auteurs que j'admirais. Ils passèrent quelques images d'archives, des interviews données dans ma jeunesse, quand j'avais encore l'air de Maurice Mollgaard. Puis, avant que l'heure et demie ne se termine, le présentateur montra, sur l'écran, l'affiche de la publicité Louise Botta. Il dit, en rigolant :

– En plus, notre écrivain a un physique de mannequin !

Cela me glaça d'effroi, non seulement parce que je n'avais aucune envie de me revoir en slip, à la télévision, devant tout l'Hexagone, mais aussi parce que je n'avais pas vu le visage ni le corps d'Ambroisie depuis longtemps. Les découvrir là, près de moi dénudé, me bouleversa. Je ne pus que marmonner :

– Cette publicité m'a flingué.

Sans comprendre le sérieux de ma réplique, ils se mirent tous à rire. L'émission se termina sous un tonnerre d'applaudissements.

Rentré chez moi, je récoltai une tonne de messages, textuels et vocaux, qui me complimentaient pour ce document formidable, lequel faisait honneur à ma belle carrière. Le lendemain, je réceptionnai encore des fleurs par coursier et des lettres par la poste. Toute la semaine, ainsi, des amis et des lecteurs m'envoyèrent leurs plus tendres pensées. Cela me touchait, bien sûr, mais je restais atterré par l'apparition de cette affiche en pleine émission.

Peu de temps après, je reçus ce petit carton rose que j'ai tout de suite su être tien : il était pailleté, parfumé et, quand je l'ai retourné, j'y ai vu écrit un mot, un seul : « Bravo ». Ce n'était rien : c'était absolument tout. Les pâtés des autres, les cinq feuillets de commentaires, les vingt lignes de questions, les paragraphes d'éloges s'effaçaient tous devant ton simple « Bravo ». Oui, il y avait dans ce bravo mille fois plus que dans toutes les longues lettres élogieuses que j'avais reçues. Il y avait le *b* que prononçaient, en s'entrouvrant, l'une lentement décollée de l'autre, tes deux lèvres striées, pulpeuses. Il y avait le *r* que ta langue rose roulait contre ton palais. Il y avait le *a* que ta bouche émettait en s'ouvrant, béante, rouge, sexuelle, adorable. Il y avait le *v* que tes incisives mordaient sur ta lèvre inférieure, dents, *v*, dents, *v*, qui se frottaient… Il y avait le *o* enfin, final, bouche ouverte bouche ronde bouche embrasse-moi, bouche Ambroisie. « Bravo. » Puis il y avait le point, qui voulait dire qu'elle se fermait, ta bouche, se fermait, ton amour, à moi, fermé. Et c'était tout. Une seconde d'Ambroisie, une seconde de ta bouche, et un point final. « Bravo. » Et j'avais envie de crier, de sauter au plafond, merci mon amour, mon Dieu, merci ! J'avais envie de courir à ma table, saisir une feuille, écrire une longue lettre : merci de ton bravo, merci, comment vas-tu, où en es-tu, d'ailleurs où es-tu, tout court, et que fais-tu, et comment vas-tu, non, cela je te l'ai déjà demandé, mais alors quand nous verrons-nous, et si tu me dis bravo, c'est que ça t'a plu, n'est-ce pas, mais tu savais déjà, alors qu'en penses-tu, mon amour, enfin, merci, j'ai été si ému par ton bravo, et bravo à toi d'ailleurs, et... Rien. Il ne fallait rien répondre. Après tout, ce n'était qu'un « Bravo ». Rien.

Un bravo d'Ambroisie, quelle étrange assonance, pour moi qui aime tant les mots. Ambroisie et Maurice, c'était une certitude. Ambroisie relevait, avec sa couleur rose, dense, pourpre, et ses courbes généreuses, ses rondeurs, la trivialité de mon petit Maurice, plat, gris bleuté. Ambroisie, je me perdais dans les voûtes de ses *m*, les niches de son *b*, le siège de son *e*, le trou de son *o*, je me logeais dans l'ondulation de son *s*, escaladais son *a*, passais des heures perdu dans Ambroisie comme dans une framboise. C'était une évidence, Ambroisie. Et à qui me disait : « Quel prénom étrange ! », je répondais oui, c'était une femme étrange, différente des autres. Je ne me remettais pas de ce prénom et le pleurais lui aussi, autant que je la pleurais, elle. Jamais, me disais-je, je ne retrouverais ce prénom, tout comme jamais je ne la reconquerrais, elle. Je souffrais une double perte.

Mais les jours ont passé, et plus ils ont passé, plus ce prénom s'est décoloré. À force de le répéter, je l'abîmais. À la fin, ce prénom devenait ridicule ! Il ne sonnait plus que comme une breloque vieillotte, à la teinte grotesque. Qui plus est, Juliet, qui connaissait bien la flore, m'indiqua que l'ambroisie à feuilles d'armoise était une mauvaise herbe, répandue dans son pays, l'Australie. Cette plante obsidionale poussait dans les sols désertifiés et bouleversés, tels les anciens lieux de guerre, où la terre avait été remuée par les explosions et les tranchées. L'ambroisie à feuilles d'armoise était significative des séquelles environnementales et indésirables car pionnière, nitrophile et envahissante. En outre, son pollen provoquait de graves allergies chez les personnes sensibles. Il n'y avait plus de doute : c'était bien là le portrait de la femme dont j'avais été épris. Ainsi, celle que j'avais crue être une figure mythologique, déesse des pluies, fille des dieux, n'était en fait qu'un vulgaire type d'ortie.

J'avais lustré cette femme, je l'avais polie, fait briller de tout mon amour. Elle en était devenue belle à mourir, parce que je la divinisais, la soignais, la montais à l'étage, mais elle n'était rien en vrai, rien du tout, et c'était bien beau finalement la façon dont j'avais réussi à diviniser cette mauvaise herbe. J'avais fait du bon boulot, vraiment, et c'est en merde drapée du manteau olympique que je lui avais offert qu'elle s'en est allée, snob et insolente, sans comprendre que bientôt, défaite de mon travail d'embellissement, elle redeviendrait comme avant : une vilaine herbe à poux. Ma haine croissait au fil des mois. Du regret, je sombrais dans la colère. Quand je pensais que même mon art avait pâti de sa personne… Ça me mettait hors de moi. Comment avais-je pu me laisser envahir ainsi ? Ambroisie avait proliféré, m'avait colonisé, elle qui ne pensait qu'à séduire, dégoûtante. Et j'ai été séduit ! Dégoûtant ! Ça avait donc marché, son truc ! Inès n'avait jamais été dupe, mais moi j'ai mis du temps à comprendre. C'est-à-dire qu'elle jouait à entretenir un feu autour de son corps, pour en faire un véritable incendie. Elle se pliait aux torsions des flammes, ses hanches se courbaient, son fessier en arrière, sa poitrine en avant. C'était une flamme vivante, cette femme. Quand je lui parlais, même, ce n'était jamais elle que mes paroles atteignaient : elle répondait toujours en souriant, mièvre et lubrique – charmante quelquefois : elle récupérait mes mots dans son feu, dans son jeu, mais elle ne les comprenait jamais ! Ambroisie n'existait pas. Parler d'elle, de son ressenti, de ses pensées intérieures, de ses goûts, profondément, de ses envies : cela était impossible. Cela n'existait pas. Ambroisie prenait les mots et les jetait dans son brasier, s'en nourrissait pour mieux ondoyer, mieux briller. C'était une belle femme, en vérité, mais elle avait le feu au cul. C'était une belle femme, mais elle... elle pensait trop à plaire, et oh, elle me plaisait, oui, moi elle me plaisait mais, c'est-à-dire... il y avait ce feu... Et je finissais par m'en rendre compte.

Quand l'hiver arriva, je brûlais de colère et d'envie de revanche. Je pris conscience, à l'approche de Noël, que le père Noël n'était pas le père Noël, car il avait des baskets, tout comme la montre Lip n'était pas celle de mon père, car elle était à mon oncle, et Ambroisie n'était pas la femme que j'avais aimée, car j'en avais inventé une autre. Peut-être est-ce ainsi que l'on passe à côté de sa vie, à croire aux choses que l'on a sous les yeux, sans savoir qu'elles ne sont que les reflets de nos désirs, l'illusion pure d'une envie. Mais l'envie se fatigue au contact de l'âpre réalité, comme un nuage que l'on aurait trop frotté contre une pierre, alors l'homme, l'objet, la femme apparaît dans sa triste exactitude. Et il n'a, elle n'a plus rien à voir avec notre rêve. Dans nos bras, ne reste que la vérité plastique, matérielle, dénuée de toute illusion. Il n'y a plus rien à en faire mais la vie a passé, sans nous prévenir que nous vivions à côté d'elle. Elle a passé sans attendre, tandis que nous attendons, désormais, sans passé. Le passé de tout cela n'était qu'une illusion. Oui, je comprenais maintenant qu'Ambroisie n'était rien d'autre que cette montre Lip : un malentendu, une méprise. Le matin de Noël, je me suis regardé dans la glace et j'ai vu, dans le reflet, mon visage plat de souffrances, enfin vide d'elle, mon visage neutre : toute la douleur était partie. J'ai souri. Il n'était plus bouffi, ni cerné, ni ridé, plus défiguré de peine. J'étais redevenu un homme normal. Tu étais partie de ma face, enfin. Au revoir, mauvaise herbe !

34.

Nouveau roman

Inspiré comme un physicien fou, je me remis au travail, la tête rivée sur mes feuillets mille fois noircis, cent fois raturés. Je ne voulais plus voir personne. J'avais des idées, des idées... Maurice en ébullition ! Comme autrefois, oui, je travaille, j'ai trouvé ! Pendant des jours entiers, cette énergie nouvelle ne me quitta plus : ma concentration se tendait entière vers l'écriture, de nouvelles idées apparaissaient sans arrêt. Elles florissaient, plus vives d'éclore sur un sol laissé trois ans en jachère. La même page, qui était restée blanche, se remplit d'un coup de lignes noires, de pleins et de déliés enthousiastes. Les pages tournaient, se noircissaient, j'écrivais, mon tas de feuilles s'épaississait.

Emporté par cette force, je courais tous les matins au jardin du Luxembourg, à toute allure, le souffle coupé, le visage rouge, le cœur retourné. Ce n'était pas pour perdre du poids ni pour me muscler, en vérité je courais pour perdre Ambroisie, la semer. Je dépassais les coureurs qui me dévisageaient auparavant, je les doublais dans l'allée, les saluais, deux fois plus rapide qu'eux. Je croisais les mêmes enfants sur le chemin de l'école, dans le rôle, cette fois, non plus de l'âme en peine mais de l'athlète acharné. Un matin, la mère du petit à la coupe au bol alla jusqu'à me sourire et orner son salut d'un clin d'œil. On pouvait donc regarder le monsieur, à présent ? Je courais, courais, sur les graviers qui crissaient.

Mes semaines, qui s'étaient affaissées les unes sur les autres de décembre dernier à maintenant, pour former un grand tas informe, se structuraient à nouveau : sport, écriture, travail, rendez-vous, sorties. Aucune minute ne devait être inutile. Les appels de Stéphane, qui, jusque-là, striaient désespérément l'air de mon appartement, n'avaient même plus le temps de sonner : je décrochais d'emblée, toujours prêt à réagir. Rodolphe, qui retrouvait son maître, ronronnait de nouveau à la maison. La belle saison ! J'étais guéri ! Le printemps arrivait, tout allait éclore, et moi, j'écrivais !

Au bureau, dans la maison d'édition, assis en face d'Elena qui scrutait le fond de ma pupille, j'eus l'impression d'être ce jeune homme de dix-neuf ans, tremblant de peur comme autrefois. Je venais en face de l'éditrice italienne, orphelin de mère aujourd'hui, tout comme j'étais venu, intimidé et orphelin de père, il y avait vingt ans. J'avais un manuscrit et elle attendait d'en savoir plus. Les cheveux ébouriffés, dans mon tee-shirt blanc froissé, j'étais redevenu Maurice Mollgaard. Elle appréciait cela et me demandait de lui raconter le roman que j'avais couché sur le papier. Je commençai, maladroitement :

– C'est l'histoire ordinaire d'un type ordinaire, dans un monde ordinaire, mais qui tombe amoureux d'une femme, et se vautre extraordinairement.

Elle sourit. Allumant une gitane, son visage éclairé par la flamme du briquet, elle me lança un regard par-dessus ses lunettes baissées :

– Et comment va s'appeler ce roman ?

Je n'eus pas le temps de répondre : quelqu'un frappa à la porte. Le chien d'Elena, qui se trouvait, comme souvent, dans son bureau, aboya. La porte s'entrebâilla et la secrétaire passa son visage :

– Votre prochain rendez-vous est là.

Elena fit signe d'attendre un instant. La porte se referma mais le lévrier courait déjà vers la sortie, aboyant. Elena tira d'un coup sec sur la laisse.

– Tais-toi, Enzo !

Il gémit et se replia sur ses pattes, la tête posée tristement sur les membres avant. Elle se tourna vers moi :

– Alors, comment va s'appeler ce roman ?

Je souris.

– Le cœur en laisse. Il va s'appeler *Le Cœur en laisse.*

Satisfaite, elle opina puis me fit signe de sortir. Je quittai le bureau, heureux. Sur mon chemin, je croisai son prochain rendez-vous qui entrait. Je la saluai :

– Bonjour, Line.

– Ah, bonjour, Maurice ! On ne vous voit plus depuis quelque temps.

– Oui, un passage à vide. Mais ça y est, je viens de confier un nouveau roman à Elena.

– Bravo ! Moi, c'est la panne en ce moment.

Je lui souhaitai bon courage et, tandis qu'elle entrait dans le bureau de l'éditrice, je sortis de la maison, le cœur léger.

Épilogue

Une année avait passé. Je venais de faire la présentation de mon nouveau roman. En plein centre de la salle, un claquement de mains lent et vigoureux a résonné comme une voix de patriarche ; et bientôt plusieurs mains l'ont suivi et ont claqué un peu partout autour, à droite, à gauche, toutes sortes de mains, des frêles, des grandes, des velues, des maigres, des moites, des petites, les paumes larges ou molles ou plates ou sèches, toutes ensemble, frénétiques, confondant leurs voix en une seule dans un tonnerre d'applaudissements. Chacun claquait, y mettait du sien, paume contre paume, d'un mouvement robuste ; tous se fondaient dans cet essaim d'enthousiasme, et la salle comble gonflait de chaleur. C'était un applaudissement général, profond, puissant, un applaudissement de poitrine, et la salle montait en levure. On a entendu des chaises racler le sol, des cris, des hululements. Je ne disais rien, je souriais à pleines dents, l'air un peu ébahi par le bruit et la lumière crue du projecteur ; je courbais la tête en signe de remerciement et j'applaudissais moi-même en tendant les mains vers mon public, pour le féliciter autant qu'il m'acclamait. C'était, comme ça, une ébullition de bonheur et de bruit. Dans la salle, je distinguai Gérard, emballé, et, quelques sièges plus loin, Christian, applaudissant avec distinction. Puis quelques mains ont cessé de battre, essoufflées, plusieurs paumes se sont tues, endolories ; la salle retombait doucement dans l'accalmie, le bruit s'étouffait et la foule, en minces filets, se dispersa vers les portes de sortie où l'on surprenait encore des sourires. Christian s'éclipsa, Gérard aussi. Sur le trottoir d'entrée, les gens se cognaient, on se poussait pour monter dans les premiers taxis, pardon madame, au revoir Bernard ! Avec des signes de main par les fenêtres parce qu'on n'a pas eu le temps de se faire la bise, on a été bousculé, des baisers volants passaient d'un groupe à l'autre, on s'appelle, oui, dînons ensemble la semaine prochaine ! Et les taxis qui arrivaient derrière klaxonnaient ceux qui ne démarraient pas devant, parce que madame avait coincé le pan de son manteau dans la portière…

À l'intérieur, dans la pièce aux chaises renversées, avec ses bouts de papier par terre et ses traces de chaussures sales, je descendis au bas de l'estrade. Les derniers auditeurs partaient. Le nuage de gens se dissipait peu à peu, et il ne restait finalement plus qu'une petite fille, seule, plantée debout face à moi, qui me regardait. C'était Anita. Mon cœur cessa de battre. En un éclair, je vis défiler sous mes yeux la tour Link, l'oiseau mort contre la vitre, les œuvres de Damien Hirst, les cocktails de Takumi, et Ambroisie, bien sûr, Ambroisie… Je pâlis. La petite fille se précipita vers moi et enserra mes mains avec chaleur.

– C'était très beau, monsieur Maurice.

– Anita… Que fais-tu là ?

– J'ai vu la pancarte dans la rue. Présentation du nouveau roman de Maurice Mollgaard. Alors, je suis entrée, tout simplement !

Elle gardait mes mains dans les siennes et souriait si fort que je ne voyais plus rien. J'étais gêné de la sentir si près, de la toucher, comme si le passé me prenait la main. Je ne savais pas quoi penser, et elle, en face, était figée dans son sourire, heureuse. Elle aurait pu, sans doute, rester des heures à sourire comme ça et à me regarder, braquant ses pupilles malicieuses sur moi. À ses pieds, Nouille jappait. Anita s'exclama :

– J'ai entendu les gens, à la sortie, ils trouvaient ça super. Les gens adorent ce que vous faites.

Les gens, les gens… Mais elle ? Que faisait-elle là ?

– Tu es venue seule ?

– Oui. Maman n'a pas voulu entrer, mais moi si. Vous savez, monsieur Maurice, c'est pas parce que vous voyez plus ma mère qu'on peut pas être amis, tous les deux.

Je lui dis qu'elle avait raison. À présent, il fallait sortir de la salle, qui fermait. Je la pris par la main.

Bien sûr, Ambroisie n'était pas loin, mais mon cœur ne frémit pas. Je dis au revoir à Anita et partis, sans même voir sa mère. Je n'en avais aucune envie. Et dès l'instant où je n'ai plus eu envie, j'ai ressenti une grande légèreté : c'était enfin terminé, non parce que j'avais couru loin, mais parce que je n'en avais plus envie, simplement. Sur le trottoir d'en face, je jetai un coup d'œil. Ta silhouette, de dos, avançait, Anita près de toi. J'en profitai pour t'observer et remarquer que tu ne me plaisais plus. Non, il n'y avait plus d'amour, aucun désir. Je n'avais plus envie. L'envie surtout, la dernière des coriaces, l'envie même était partie. La rupture était enfin consommée. Elle, qui avait été brûlante de douleur, s'était estompée, du mauve au brun au gris. Bientôt, ce ne serait plus qu'un voile, blanc, inexistant. Combien m'avait-il fallu d'énergie pour sortir ma tête de l'ornière crasseuse de l'amour éperdu, et perdu ! Tu vois, c'est arrivé : l'étau de ma vision, qui s'était resserré autour de toi, s'est ouvert de nouveau. C'était fou – la renaissance. Ce que j'avais méprisé, pour ne pas être toi, vivait de nouveau : les arbres, les gens, le bruit, les rires. J'étais débarrassé, l'amour de la vie reprenait ! Je t'ai aimée au début de notre rencontre, pour avoir donné tant de volume à la vie, et à la fin, à la clôture, pour la même raison. Je t'ai aimée autant pour m'avoir capturé que pour m'avoir délivré, et, aux deux bouts du couloir, je t'ai dit merci. Désormais, je t'aime d'hier.

On ne peut pas ; on ne peut pas ; on ne peut pas.
Voilà ce qu'on se dit. On ne peut pas.
Et puis il y a le temps ;
Et puis si ;
On peut.

Un taxi passa : je le hélai. On va où, monsieur ? Je donnai mon adresse. Nous traversâmes Paris. La lumière des lampadaires, des kiosques, des bouches de métro, des affiches lumineuses, brillait dans le noir. Je regardais la ville et pensais que, de tous les chemins frayés pour Ambroisie, de toute cette forêt que j'avais ratissée, de toutes les voies que j'avais tracées, ne restait plus, à vol d'oiseau, qu'une immense plaine, beige d'être de boue et de neige fondue... J'avais beau sonder le paysage en long, en large : plus rien. Des traces de tes doigts, plus, de ta bouche, la paume de tes mains, des pensées de toi, des envies de toi, plus : c'était une immense plaine déserte, en friche, usée à neuf.

Nous arrivions au niveau de la tour Montparnasse qui brillait, verte un coup, rouge l'autre, bleue ensuite. Je soufflais longuement : enfin, voilà, tu es ma fanure, mon souvenir, et je t'aime de l'être, mon passé, mon amour d'hier. Oui, c'était, enfin, prendre le caillou à même les mains, et l'enlever pour le déposer, à côté. Le chauffeur se tourna :

– Tout va bien, monsieur ?

Je souris à pleines dents :

– Oui, le mieux du monde.

Il ne renchérit pas. La voiture longea le boulevard jusqu'à Port-Royal, prit le tournant vers Saint-Michel, remonta la rue Soufflot jusqu'au Panthéon. Je demandai au chauffeur de s'arrêter. Je le payai, descendis, et regardai la voiture noire s'éloigner dans la nuit. À pied, j'avançai vers la rue des Écoles et songeai à maman. Écris tes livres, aime la vie et sois libre, c'est là l'essentiel. Le ciel était clair, la lune pleine, je venais de présenter mon livre et marchais maintenant sur les trottoirs, heureux. Oui, j'aimais la vie, ce soir-là, maman, et j'étais libre.

Table

Cet ouvrage a été composé
par PCA
et achevé d'imprimer en France
par CPI BRODARD & TAUPIN (72200 La Flèche)
pour le compte des Éditions Stock
21, rue du Montparnasse, 75006 Paris
en février 2021

PAPIER À BASE DE FIBRES CERTIFIÉES

Stock s'engage pour l'environnement en réduisant l'empreinte carbone de ses livres. Celle de cet exemplaire est de :
650 g éq. CO_2
Rendez-vous sur www.editions-stock-durable.fr

Imprimé en France

Dépôt légal : mars 2021
N° d'édition : 02 - N° d'impression : 3042607
17-51-5456/6